경계 너머로,

GEMAC

경계 너머로, GEMAC

초판 1쇄 펴냄 2022년 8월 10일

지은이 전윤호
발행인 박민홍
책임편집 허문원
디자인 최계은
인쇄 디앤와이 프린팅
발행처 그래비티북스
등록 2017년 10월 31일 (제2017-000220호)
주소 06312 서울시 강남구 논현로 38 (개포동, 다우빌딩 2층)
전화 02-508-4501
팩스 02-571-4508
전자우편 say2@cremuge.com
ISBN 979-11-89852-20-7 03810

그래비티북스 _ 주식회사 무게중심의 출판 전문 브랜드입니다.

하드 SF 장편소설

경계 너머로,
GEMAC

전윤호

GRAVITY BOOKS

GEMAC

1

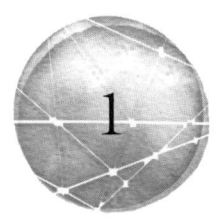

소프트웨어가 모두 정상 동작 중이면 조련사는 잠시 쉴 수 있다. 준우는 눈을 감았다. 어젯밤에도 낡은 환기 시스템의 오작동 경보에 잠을 설쳤다. 몇 분이나 지났을까. 머릿속에서 하얀빛이 점멸하며 그를 깨웠다. 고개를 들자 지맥 87이 녹색 눈을 껌뻑이며 그의 눈치를 살피고 있었다. 87은 검은 털이 수북한 손으로 전동 드라이버를 내밀었다. 87의 생각을 읽었다.

고장 | 교체 | 허락

준우는 87로부터 드라이버를 건네받았다. 지맥의 손에 맞게 제작된 드라이버를 한 손으로 들고 다른 손으로 작동 스위치를 눌렀다. 딸깍거리기만 했다.

승인

지맥 조련사는 고개를 끄덕이거나 말을 할 필요가 없다. 87은 고장 난 드라이버를 허리 벨트에 꽂고, 스페어 공구가 있는 트럭을 향해 두 발과 손등을 내디디며 뛰어갔다. 지맥은 공구가 망가지면 자기 잘못이 아니더라도 조련사의 눈치를 본다. 87이 돌아오면 안심시켜 줘야겠다고 생각했다.

다른 지맥들은 작업을 제대로 수행 중인지 둘러봤다. 노란색 반소매에 반바지 훈련복을 입은 지맥들은 한 변의 길이가 2미터 정도인 삼각형 복합 패널을 프레임에 고정하고 커넥터를 연결하는 작업을 연습하는 중이었다. 지금은 작업이 제대로 완료되었는지 확인하는 단계였다. 지맥 35가 휴대용 제어기의 노브를 돌리자, 투명하던 패널이 점차 우윳빛으로 흐려졌다. 지맥 12는 패널의 태양광 발전량을 측정했다. 기대하는 수준이 안 나오는지, 12는 커넥터를 뺐다가 다시 끼우기를 반복했다.

준우는 평택 단지 남쪽의 야외 훈련장에서 지맥들을 훈련하는 중이었다. 이들은 곧 시작될 단지 확장 공사에 투입될 예정이었다. 조련사가 할 일은 많지 않았다. 오래도록 사용되어 온 건설용 소프트웨어는 완성도가 높았다. 기본 공구 사용법을 익힌 지맥들이 컴퓨터의 세부적인 지시에 따라 작업을 수행하는 모습을 관찰하다가, 공구가 고장 날 때처럼 예외적인 상황에만 개입하면 되었다. 준우는 고장 빈도가 일정 수준 이하일 경우, 승인 없이 공구를 교체하도록 하자는 개선안을 작성했다. 제안이 채택되어 소프트웨어에 반영되면 그의 근무 성적에 가산점이 부여될 것이다.

공구를 교체해 돌아오던 지맥 87이 갑자기 두 발로 일어서더니 북쪽을 가리키며 우우, 우욱 하는 울음소리를 냈다. 준우는 반사적으로 87의 생각을 읽었다.

위험

뭐가 위험하다는 거지? 지맥 87이 가리키는 방향으로 고개를 돌렸다. 1킬로미터 정도 떨어진 평택 단지는 우측 절반은 회색 콘크리트 장벽이, 좌측 절반은 도두 공원이 보였다. 그런데 공원의 지오데식 돔 표면에 뭔가 반짝이는 것이 있었다. 복합 패널에 반사된 햇빛은 아니었다.

그는 페이스 실드의 근안(近眼) 디스플레이에 카메라 영상을 띄우고 확대했다. 돔의 곳곳에서 반짝이는 수백 개의 작은 불꽃은 용접 불꽃보다는 훨씬 더 밝았고, 동시에 수백 개의 프레임을 수리할 리도 없었다. 보고 있는 동안 불꽃이 하나씩 사라지기 시작했다. 그중 불꽃이 조밀하던 부분에서 연기가 피어오르며 주변이 일렁거렸다.

몇 초 후 쿵 소리와 함께 지면이 진동했다. 모든 지맥이 작업을 멈추고 일어서서 도두 공원을 바라봤다.

페이스 실드의 뼈 전도 이어폰이 관자놀이를 간지럽혔

다. 디스플레이에는 단지 내 주민들은 모두 가까운 건물로 대피하라는 긴급 메시지가 오버레이 되었다. 팀장의 목소리가 들렸다.

"다들 지금 어디지?"

준우가 대답했다.

"남쪽 훈련장입니다. 지금 도두 공원을 보고 있습니다."

"돔이 파손되었다는 경보가 울렸어. 부근의 조련사는 모두 지맥을 데리고 공원으로 가라는 긴급 지시가 내려왔네."

"네?"

"가서 현장 수습하는 걸 도우라는 거야. 나도 지맥이 그런 일을 훈련받은 적 없다는 걸 알지만, 회사의 지시니 일단 가봐. 나도 가볼게."

지맥들에게 차량에 탑승하라고 지시한 후 그가 뛰기 시작하자 지맥들도 따라 뛰었다. 지맥이 모두 탑승하고 안전벨트를 맨 것을 확인한 후, 운전석에 올라 수동 모드로 전환하고 가속페달을 밟았다. 제한속도를 무시하려면 그러는 편이 빨랐다.

단지에 가까워지자 사이렌 소리가 들려왔다. 공원과 가장 가까운 에어록으로 차를 몰고 들어갔다. 외부 문이 닫히자마자 사방에서 분사되는 강력한 바람이 유리창을 뒤흔들고,

이어서 소독액 샤워가 차체를 후드득 때리기 시작했다. 외부에서 들어오는 차량에 대한 표준적인 소독 절차였다. 갑자기 샤워 줄기가 약해지더니 스피커에서 소리가 났다.

“긴급 상황이니 그냥 들여보내랍니다. 빨리 들어오세요.”

차량 앞 유리 스크린에 당황한 기색의 담당자가 손짓하는 모습이 나타났다. 내부 문이 열리면서 틈새로 밀려 들어오는 공기에 아직 채 멈추지 않은 샤워 물줄기가 흩날렸다. 기압이 높아지면서 귀가 먹먹해졌다. 차량을 자동 모드로 되돌려 놓고 지맥들과 내부 문으로 들어섰다. 지맥들에게 따라오라고 하자 그들은 항상 거쳐야 했던 전용 샤워실을 가리키며 깍깍거렸다. 단호하게 다시 따라오라고 지시하니 그제야 불안한 표정으로 두리번거리며 쫓아왔다. 털에 묻은 소독액을 털어내며 복도를 성큼성큼 뛰어가는 지맥의 모습에 사람들이 소스라치며 벽으로 바싹 비켜섰다.

도두 공원으로 통하는 로비에 도착하니, 유리문 밖에서 사람들이 잠긴 문을 열어 보려 안간힘을 쓰는 모습이 보였다. 비상 대피용 입구가 별도로 있다는 것을 당황해서 잊은 듯했다. 준우는 문을 열어도 괜찮을지 잠시 주저했다. 그들이 방역을 생략한 것만으로도 이미 오염의 가능성이 있었지만, 문밖의 사람들 역시 오염되었을 수 있었다. 하지만 돔이 뚫린 지 얼마 안 되었고, 아직 공원에 새들이 보이지도 않았다. 지표에서 수십 미터 상공의 구멍으로 오염된 부유물이 들어올 가능성은 크지 않았다.

수동 레버로 강제로 출입문을 열자, 공기가 빠져나가면서 천장의 덕트에서 바람이 뿜어져 나왔다. 공원의 기압이 이미 낮아지기 시작했으며 혹시 공원에 들어왔을지 모르는 부유물이 잠시 동안은 건물 안으로는 들어오지 않을 것임을 의미했다. 피와 먼지로 범벅이 된 사람들이 밀려 들어오는 사이로 지맥들을 데리고 뛰어나갔다.

사고 현장을 찾는 것은 어렵지 않았다. 로비에서 300미터쯤 떨어진 곳에 뿌연 먼지가 피어오르고 있었다. 현장에 가까이 다가가자 엿가락처럼 휜 프레임과 깨진 복합 패널, 당황한 사람들로 아수라장이었다. 바람 소리에 고개를 들어 돔을 보니, 직경이 수십 미터는 됨직한 구멍의 가장자리에는 끊어진 골조가 삐죽삐죽 튀어나와 있었고 그 주변의 삼각 구조는 형태가 변형된 채 로프에 매달려 버티고 있었다.

"여기요! 누가 좀 도와주세요!"

멀리 산책길 쪽에서 여자의 외침이 들렸다. 소리가 난 쪽으로 달려갔다.

"저기, 저 밑에 사람이 깔려 있어요. 저는 겨우 피했는데…….”

아기를 안은 젊은 여자가 준우를 보자 뒤로 물러서며 말했다. 옆에는 찌그러진 유모차와 돔에서 떨어진 패널 조각이 행어 로프(hanger rope)와 뒤엉켜 있었다. 그는 지맥에게 패널을 들어 옮기라고 지시했다. 지맥 몇이 달려가 패널의 모서리를 한쪽씩 붙잡고 힘을 줬다. 사람보다 체구는 작아도 근력은 훨씬 센 지맥들은 무거운 패널을 번쩍 들었다.

하지만 들어 올린 패널을 어느 쪽으로 치워야 할지, 얽혀 있는 로프는 어떻게 해야 할지 지시해 주는 소프트웨어가 없으니 그들은 우왕좌왕했다. 준우는 넥서스를 능숙하게 사용하는 숙련된 조련사였지만 이런 상황은 처음이었고, 흥분한 지맥 각자에게 어떻게 움직이라고 개별적으로 지시하기도 힘들었다. 패널을 겨우 치우고 난 자리에는 두 노인이 쓰러져 있었다. 목에 손을 대 보니 들릴락 말락 신음하는 한 사람에게서만 희미한 맥박이 느껴졌다.

그새 방호장비를 갖춰 입은 의료진과 구조대원들이 도착하기 시작했다. 옆에서 구경하던 여자는 구조대원들이 내민 일회용 페이스 실드를 보고서야 자신이 바깥 공기에 노출되었다는 사실을 깨달은 듯, 허둥대며 페이스 실드를 뒤집어쓰고 머리 밴드를 조였다. 준우는 두 노인을 의료진에 넘긴 후 지맥들을 데리고 돔 잔해의 중심부로 향했다.

"형, 얘 좀 치료해 줘야겠는데요."

돌아보니 민호였다. 오늘 쉬는 날이었지만 비상 연락을 받고 뛰어왔다고 했다. 그제야 지맥 49가 호출하고 있는 것이 느껴졌다. 49는 팔에서 피를 뚝뚝 흘리고 있었다. 패널을 치우다가 날카로운 단면에 베인 모양이었다. 민호가 응급키트를 내밀었다.

"구조대원한테서 빌렸어요."

"고마워. 그럼 넌 얘네들 데리고 저쪽으로 가봐."

준우는 연못 건너편을 가리켰다. 낙하물이 추락한 곳 부근이었는데 로프에 깔린 사람들이 보였다. 그는 데리고 있던 지맥 중 셋을 민호에게 붙여주고, 넥서스로 49를 진정시킨 후 상처를 소독하고 봉합했다. 응급처치를 대충 마치고 일어서 허리를 폈다. 그 사이에 공원의 기압이 더 낮아졌는지 귀가 먹먹했다. 턱을 벌려 중이의 공기가 빠져나가게 하니, 삐걱대는 소리가 사방에서 들렸다.

위를 올려다봤다. 돔 전체가 뒤틀리고 있었다. 돔의 무게를 덜어주던 공기압이 사라지자 그동안 간신히 버티던 행어로프가 하나씩 끊어지면서 타탕탕 하는 소리가 공원 전체에 메아리쳤다. 멀리서 사람들의 비명이 들렸다. 준우는 연못

쪽을 향해 소리쳤다.

"민호야, 조심해!"

건너편에서 민호가 그를 쳐다봤다. 준우가 민호 쪽으로 달려가려는 순간, 큰 손이 그의 팔을 움켜쥐고 강한 힘으로 잡아끌었다. 지맥 87이었다.

위험

"나도 알아!"

87의 손을 떼어내려 했지만 87은 쉽사리 놔주지 않았다. 그 순간 온 사방이 무너지기 시작했다. 떨어지는 구조물과 솟아오르는 흙먼지 때문에 아무것도 보이지 않았다. 지맥들은 손으로 얼굴을 가리고 콜록거렸고 페이스 실드는 필터의 성능이 저하되었다는 경고를 울렸다. 눈앞을 가리는 먼지와 귀가 먹먹해지는 굉음 속에서 그들은 함께 엎드려 머리를 싸맸다. 돔의 구조물이 이미 떨어졌던 곳에는 다시 떨어지지 않기만을 바라며 두려움 속에 먼지가 가라앉기를 기다렸다.

열린 하늘에서 내리쬐는 햇빛이 공원을 뒤덮은 거대한 그물의 일그러진 모습을 드러내기 시작했다. 준우는 먼지를 털고 일어나 주위를 둘러봤다. 시야가 닿는 모든 곳이 먼지와 강화 폴리머 케이블, 알루미늄 합금으로 덮여 있었다. 그는 연못 너머로 나아갔다. 지맥들도 그를 따랐다. 날카롭게 찢어진 프레임에 옷이 찢어지고 다리에서 피가 흘렀지만 무시했다. 마침내 민호가 있던 자리에 도달했다. 반투명 패널을 덮은 먼지를 손으로 훔치니 그 아래에 지맥의 노란 훈련복이 비쳐 보였다. 지맥들에게 구부러져 엉킨 프레임과 로프를 용접기로 끊고 패널을 치우도록 일일이 지시하는 동안은 다른 생각을 할 겨를이 없었다. 마지막 패널을 치우고 나니 민호와 지맥이 겹쳐 쓰러져 있었다. 그는 떨리는 손가락을 민호의 피 묻은 손목에 갖다 댔다. 아무것도 느껴지지 않았다.

그는 바닥에 주저앉았다. 지맥들은 쓰러져 있는 민호와 그 아래 깔린 지맥을 만져보며 불안해했다. 그는 이제 뭘 해야 할지 쳐다보는 지맥들에게 아무 지시도 할 수 없었다. 연신 호출 신호를 울리는 단말기를 어떻게 해야 할지도 생각나지 않았다. 멀리서 사이렌이 다가왔다.

민호의 시신이 들것에 실려 간 후, 준우는 잔해를 계속 뒤졌다. 이런 일을 위한 전용 소프트웨어는 없었기 때문에 계속 작업을 지켜보며 매 순간 지맥 각자에게 세세한 동작을 지시해야 했고, 그러다 보면 지맥의 부상도 잇달았다.

"준우, 이제 그만 애네들 데리고 철수해."

어느새 팀장이 옆에 와 있었다.

“아직 깔려 있는 사람이 더 있을 거예요.”

“훈련받지도 않은 일을 하다가 지맥도 둘이나 실려 갔잖아. 애초에 지맥을 이런 일에 투입하는 게 무리한 일이었어. 자네 꼴도 좀 보라고. 이제 다른 사람들에게 맡겨. 임시 병원에 민호 가족이 와 있대. 민호랑 친했었지? 가서 가족들 좀 위로해 주고 그만 들어가 쉬어.”

준우는 자신을 돌아봤다. 회색 방호복은 스마트 섬유에서 배어 나온 염색제가 찢어진 부위들을 오렌지색으로 물들인 데다 상처에서 흐른 피까지 범벅되어 있었다. 페이스 실드는 긁힌 자국과 먼지 탓에 시야가 뿌예졌고, 에어 필터는 언제부터 경고등이 들어와 있었는지 기억도 안 났다. 갑자기 무리하게 힘을 쓴 탓에 근육이 풀리고 다리가 후들거렸다.

임시 병원에는 가보고 싶지 않았다. 그는 팀장 말대로 몇 안 되는 조련사 중에서도 민호와 친한 사이였다. 그렇지만 그의 가족을 만나거나 가족 얘기를 들은 기억은 없었고, 이런 상황에서 무슨 말을 해야 할지도 몰랐다. 민호가 그의 입장이었어도 마찬가지였을 것이다. 조련사들은 다 그랬다. 조련사에게 진정한 가족은 동료 조련사들 뿐이었다.

준우는 지맥을 불러 모았다. 지맥 셋은 민호와 함께 희생되었고 둘은 구조 작업 중 부상을 입고 실려 갔기 때문에 남아 있는 지맥은 다섯이었다. 평소 같았으면 그들은 스스로 숙소로 돌아갔겠지만, 지금은 사고 때문에 단지 내 길 안내 기능이 제대로 동작하지 않았고, 구역 사이를 이동하려면 임시 방역 절차도 거쳐야만 했다.

지맥들을 이끌고 공원의 비상구를 거쳐 밖으로 나갔다가 다시 가까운 외벽의 에어록으로 들어왔다. 지맥들을 전용 샤워실로 들여보낸 후 페이스 실드와 방호복을 소독기에 넣었다. 속옷도 개인용 망에 넣어 세탁기에 투입했다. 이어서 스마트 카메라가 보는 앞에서 소독액으로 샤워하고 직원용 대여복으로 갈아입었다. 평소에는 귀찮은 절차였지만 지금은 땀에 절지 않은 대여복이 반가웠다. 에어록 출구에서는 찢어진 방호복과 그의 몸의 상처를 확인한 방역 시스템이 24시간 내에 감염 검사를 받아야 한다고 통보했다.

훈련센터로 가는 거리는 텅 비어 있었다. 평소 북적거리는 거리의 배경 소음과 그를 쳐다보는 불편한 시선이 사라지자 자유롭기보다는 뭔가 불안하게 느껴졌다. 지맥이 상용화된 지 20년도 더 되었고 조련사로 키워지는 아이들이 있다는 사실도 그때부터 공개되었지만, 이마에 헤드유닛을 단 조련사와 지맥의 무리가 길거리에서 보이기 시작한 것은 고작 몇 년 전부터였다. 아직도 그들과 마주치는 열 명 중 한 명은 여전히 준우의 이마를 쳐다보는 시선을 감추지 못했다. 그나마 평택 단지 내에는 지맥 때문에 일자리를 잃었다며 시비 거는 사람은 없다는 점이 다행이었다.

지맥들은 적막한 주위를 두리번거리며 흥분한 모습이었다. 넥서스로 스캔해 보니 낯선 곳에 왔을 때의 느낌과 함께, 힘든 일과가 끝났고 이제 식사할 시간이라는 생각을 하고 있었다. 평소 같았으면 길거리에서 서로 장난치고 끽끽거리는 것을 통제했겠지만 보는 사람도 없었기에 그냥 뒀다. 오늘은 그들도 더 많은 자유를 누릴 권리가 있었다.

훈련센터에 도착했다. 경비원 아저씨가 쫓아 나왔다.

"아이고, 준우야. 어디 다친 데는 없어?"

그는 걱정스러운 표정으로 준우를 위아래로 훑어봤다.

"네, 아저씨. 전 괜찮아요. 그런데 민호가……."

"나도 들었어."

아저씨는 고개를 떨구고 가쁜 숨을 내쉬었다. 정한철 경비원은 젊었을 때 조류독감에 머리카락과 폐의 3분의 2를 잃고 가까스로 목숨을 건진 후 쭉 경비원으로 일해 왔다. 어렸을 때 준우는 그를 대머리 아저씨라고 부르다가 철이 들고는 아저씨라고 했다. 숨을 돌린 아저씨가 말했다.

"자네라도 괜찮으니 그나마 다행이네. 어서 애네들 들여보내고 가서 좀 쉬어. 산 사람은 살아야지."

준우는 지시를 기다리는 지맥들에게 일과가 끝났다는 메시지를 보냈다. 지맥들은 즐거워 깍깍거리며 입구로 뛰어 들어갔고, 그중 몇은 아저씨에게 달려가 매달리며 간지럽혀 달라는 시늉을 했다. 이들은 훈련센터의 직원들을 좋아했는데, 특히 경비원 아저씨가 인기 있었다. 그런데 지맥 87은 준우 앞에 남아 있었다. 87은 허리 벨트에 매달려 있던 가방을 그에게 내밀었다. 87의 생각이 전해졌다.

공원 | 땅 | 줍다

이어 87은 가방에 손을 넣어 내용물을 꺼내려 했다. 준우는 87의 손에 잡힌 것을 본 순간 숨이 멎는 듯했으나 그의 머리는 반사적으로 명령했다.

멈춰

87은 동작을 멈추고 그를 쳐다봤다. 그는 가방을 넘겨받아 조심스레 내려놓으며 단말기에 말했다.

"경찰서 긴급번호 연결해 줘."

2

From: 유현규/CEO 〈hg.yoo@syntelligence.lab〉

To: 한주식/CEO 〈jshan@nextinvest.llc〉

Date: Mon, 30 Apr 2040 23:25:02 KST

Subject: 지맥(GEMAC) 소개

안녕하십니까, 신텔리전스의 유현규 대표입니다. 오늘 귀한 시간 내주셔서 감사드립니다. 회의 때 보셨다시피, 제가 말을 좀 더듬어서 질문에 대해 이메일로 답변드리는 점을 양해 바랍니다.

먼저, 저희 기술의 전망이 과장된 것 아니냐는 질문에 답변드리겠습니다. 한 대표님도 지적하셨듯이, 지난 수십 년간 AI와 로봇 기술에 천문학적인 투자가 이뤄졌음에도 불구하고 그 성과는 기대에 훨씬 못 미쳤습니다. 저희 기술에 대해서도 그런 의구심을 가지시는 것이 당연합니다. 하지만 지맥(GEMAC: Genetically-Enhanced Machine-Augmented Chimpanzee의 약자)은 침팬지를 유전적으로 개량하고 컴퓨터로 지능을 보완한 증강동물로서, 아직 가능성 검증 단계입니다만 AI에 기반한 로봇에 비해 다음과 같은 차별성이 있습니다.

인간의 지식을 코드로 표현하면, 메모리 용량이 커지면, 학습 데이터가 충분하면, 양자 컴퓨터가 구현되면……. 지금까지 새로운 기술이 나올 때마다 인간 같은 범용 AI가 곧 출현할 거라고들 했으나, 여전히 컴퓨터는 사람이 프로그래밍해야 하고 효율도 생물학적인 뇌에 훨씬 못 미칩니다. 저는 수억 년 진화의 산물인 유인원의 두뇌를 최대한 활용하고 부족한 부분을 컴퓨터가 보완하는 방식이 더 낫다고 확신합니다. 저희 회사의 이름, 즉 신텔리전스(SYNergetic inTELLIGENCE)가 그런 철학을 담고 있습니다.

로봇의 몸체도 마찬가지입니다. 인간은 600개가 넘는 근육, 유연하면서 재생되는 피부, 셀 수 없이 많은 감각 신경을 갖고 있습니다. 인간의 일을 대신하려면 휴머노이드, 즉 인간 형태의 로봇이 필요한데, 로봇의 복잡도가 올라갈수록 비용과 고장률이 급증합니다. 평범한 유기물질을 재료로, 최첨단 공장도 없이, 어떤 기계보다도 정교하고 자가 수리까지 가능한 신체를 값싸게 만들어낼 수 있는 생명체야말로 궁극의 나노 머신입니다.

인간의 육체적 노동력이 필요한 일은 아직도 많고, 지맥은 이런 일에 인간 대신 활용될 수 있습니다. 지맥은 총 소유 비용과 유연성, 신뢰성과 연속 작업 시간, 작업 효율 등에 있어 로봇보다 우월할뿐더러 인간에게 맞춰진 작업 공간이나 도구를 큰 수정 없이 쓸 수 있다는 장점이 있습니다.

동물권 문제에 대해서도 답변드리겠습니다. 인류는 예로부터 동물을 개량하고 이용해 왔습니다. 늑대를 길들여 개로 진화시켰고, 말의 발굽에 편자를 박고 안장을 얹어 이동 수단으로 활용했습니다. 가만두면 멸종할 침팬지를 개량하여 인간 사회에서 일거리를 주고 적절한 근무 조건을 보장해 주는 것은 우리가 사랑하는 개를 수색견이나 맹도견으로 활용하는 것과 다를 바 없습니다.

컴퓨터를 두뇌에 연결한다는 것에 거부감이 들 수도 있습니다. 하지만 컴퓨터는 로봇의 서보모터를 제어하듯이 지맥의 근육을 일일이 제어하는 것이 아닙니다. 언어 능력이 부족한 지맥에게 뇌 임플란트를 통해 지시가 전달되면, 개별 작업을 훈련받은 지맥이 스스로 행동하는 겁니다. 물론 업무 시간 외에는 그런 지시도 없습니다.

지맥의 원천 기술은 오랜 기간에 걸친 연구의 결과물이고 프로토타입의 시험도 성공하였습니다. 이제 상용화를 위한 본격적인 투자가 필요한 시점입니다. 저희가 새로운 시대를 여는 데 함께 참여해 주시기를 기대합니다. 감사합니다.

Hyeon-Gyu Yoo, Ph. D.
CEO/Founder, Syntelligence, Inc.

←

From: 유현규/CEO <hg.yoo@syntelligence.lab>
To: 전직원 <all@syntelligence.lab>
Date: Thu, 18 Nov 2049 01:15:57 KST
Subject: 대유행과 기회

임직원 여러분,

우리 회사가 이제 설립된 지 10주년이 되었습니다. 그동안 우리는 수많은 기술적 이슈와 법적 규제를 해결하여 세계 최초로 증강동물을 상업화했습니다. 우리 모두 함께 축배를 들 시점이지만, H5N1-2049 조류독감 변종 바이러스 때문에 한자리에 모이지도 못하는 상황이 안타깝습니다. 백신의 인체 실험이 또다시 실패했다고 합니다. 최근에는 비둘기의 분비물을 통해 감염된 사례도 확인되었습니다. 앞으로 창문은 모두 닫아두고 외출 시에는 불편하더라도 전신 방호복의 착용을 권장합니다. 우리 회사는 창문에 설치하는 창호형 필터를 전직원에게 제공할 예정이니, 모두 자택의 창문 규격을 측정해서 제출해 주시기 바랍니다.

최악의 전염병에 고통받는 상황에서 이런 얘기를 하기가 좀 그렇지만, 우리 회사에는 기회가 왔습니다. 위험한 실외 업무에 지맥의 활용이 늘고 있다는 것은 다들 아실 겁니다. 하지만 우리가 백신 개발을 위해 얼마나 많은 수의 지맥을 정부와 제약회사에 제공했는지는 윤리와 법규상의 이유로 비밀에 부쳐졌고 회사 내에도 아는 사람이 몇 없었습니다. 인간과 면역체계가 유사한 침팬지, 또는 지맥을 우리만큼 단기간에 많은 수를 제공할 수 있는 곳이 없었기 때문에, 참으로 안타깝지만 인간 대신 지맥을 위험한 실험에 희생시킬 수밖에 없었습니다.

하지만 그 희생은 헛되지 않았습니다. 곧 공개될 연구결과에 의하면 새로 개발된 백신이 비록 인체 실험은 실패했으나 지맥에게는 충분한 면역성을 갖게 한다는 것이 확인되었습니다.

앞으로 지맥의 수요는 폭발적으로 늘어날 것입니다. 이미 시범지역을 넘어 전국적으로 지맥을 보급하기로 정부와 합의했고, 보조금도 지급될 것입니다. 해외에서도 큰 관심을 보이고 있습니다. 우리는 가능한 한 빨리, 많은 지맥을 공급해야만 합니다. 거부반응을 줄인 돼지를 대리모로 이용하는 연구가 성공하면 많은 도움이 될 것입니다. 또한 차세대 제품인 넥서스를 빨리 상용화해야 합니다. 대외관계를 담당하는 서혜린 상무가 이미 합성생물 규제 문제를 해결하기 위해 관계 당국을 접촉하고 있습니다.

모두에게 힘든 시기입니다. 하지만 지맥 사업이 단지 회사의 성공을 위한 것이 아니라 우리 가족을, 세상을 더 안전하게 만든다는 생각으로 업무에 매진해 주시기를 부탁드립니다.

Hyeon-Gyu Yoo, Ph. D.

CEO/Founder, Syntelligence, Inc.

3

평택 단지로 가는 길은 평소보다 붐볐다. 전방의 커뮤니티 버스는 다가가는 경찰차를 인식하고 자동적으로 우측 차선으로 비켰다. 최경혜 형사는 창밖을 보고 있었다. 거대한 회색 콘크리트 장벽이 점점 가까워지다 마침내 시야를 전부 가렸다. 앞쪽 멀리 보이는 남측 게이트에는 에어록으로 들어가려는 사람들이 길게 줄 서 있었다. 안 그래도 시간당 통과할 수 있는 인원에 제약이 있는데, 사고 이후 보안 절차가 강화되어 평소보다 줄이 몇 배는 길었다. 그녀가 말했다.

"저렇게 매일같이 줄 서가며 굳이 단지에서 일하고 싶을까?"

운전석에서 졸고 있는 김규식 형사는 답이 없었다.

평택 단지 또는 그냥 단지라고 불리는 이곳의 정식 명칭은 '평택 기밀 복합 단지-1'이었다. 지맥 사업으로 많은 돈을 번 신텔리전스는 방호복 없이 생활할 수 있는 공간을 원했다. 회사는 주한미군이 철수하며 남긴 캠프 험프리스 부지를 인수해, 모든 생활 기반시설을 내부에 갖춘 복합 단지를 건설했다. 단지는 안전을 위해 여러 독립된 구역으로 나뉘었다. 각 구역은 둘레를 성벽처럼 둘러싼 기밀(氣密) 건물과 투명 돔이 외부 공기를 차단했다. 사람과 물자는 에어록을 통해 출입했고, 거대한 필터가 소독·정화한 공기를 들여보냈다.

단지에서 가장 큰 구역은 붕괴 사고가 발생했던 도두 공원이었다. 원래 골프장이었던 이 구역은 긴 지름이 2킬로미터에 이르는 타원형 돔으로 덮여 있었다. 공원의 네 귀퉁이에 세워진 고층 타워는 현수교의 주탑 역할을 겸했고, 각 타워 사이에는 강화 폴리머 소재의 주 케이블이 늘어져 있었다. 주 케이블에서 수직으로 내려오는 수천 개의 행어 로프에는 강화 알루미늄 프레임으로 이뤄진 돔의 그물망이 매달려 있었다. 돔은 외부 공기를 차단할 뿐만 아니라 햇빛의 투과량을 조절하고 태양광 발전도 했다. 평택 단지에 이어 건설된 김포 단지에도 도두 공원처럼 사치스러운 공간은 없었다. 신텔리전스는 도두 공원을 '하늘을 보며 산책할 수 있는 세계 최대의 안전한 공간'으로 기네스북에 등재시켰다.

최 형사는 평택 단지에 관한 얘기를 처음 들었을 때 SF 영화에서 본 도시 전체를 덮는 거대하고 매끈한 유리 돔을 상상했었다. 완공된 단지는 그 기대에는 못 미쳤으나 그래도 대단한 장관이었고, 실내에 갇혀 지내는 전세계 사람들이 가장 동경하는 장소가 되었다. 단지의 인공 환경은 바이러스와 미세먼지를 차단할 뿐만 아니라 1년 내내 쾌적한 온도와 습도, 조도를 유지했다. 회사 시설과 직원 사택을 제외한 주거 공간은 일반인들에게 경매로 분양되었고 낙찰된 가격은 평택 단지를 다시 한번 기네스북에 등재시켰다. 사건 수사가 아니었으면 최 형사 같은 경찰의 월급으로는 들어갈 이유가 없는 곳이었다.

경찰차는 남측 게이트를 지나 단지 외곽 순환로를 따라 신텔리전스 타워로 향했다. 공원에 접한 타워 중에서 가장 높은 신텔리전스 타워에는 회사의 주요 부서들이 입주해 있었다. 아직 거리가 1킬로미터 정도 남았는데도 회사의 고위 임원과 정·재계의 유력 인사들이 사는 타워의 고층부는 이미 차량의 지붕에 가려 보이지 않았고, 가까이 다가갈수록 이음새 없이 매끈한 타워의 은색 몸통은 점점 시야를 압도했다.

콘크리트 외벽이 끝나고 도두 공원이 나타났다. 지면과 수직으로 맞닿은 돔의 아랫부분은 평소처럼 아침 햇살을 산란하는 대신 흙먼지를 흩날렸다. 돔 앞에 줄지어 선 이동 영안실에는 흰색 방호복을 입은 사람들이 바쁘게 들락거리고 있었다. 오염되었을지도 모르는 시신이라 아직 합동 장례식장으로 들여가지 못한 모양이었다.

경찰차가 신텔리전스 타워의 차량용 에어록 앞에 멈춰 섰다. 최 형사는 자동운전을 켜놓은 채 쌕쌕거리고 있는 김규식 형사의 어깨를 흔들었다.

"김 형사, 일어나. 학교 가야지."

"죄송합니다. 어젯밤 늦게까지 연구소와 연락하느라……. 그런데 뭐 하는 사람들이죠?"

김 형사가 주변을 두리번거리며 물었다. 낯선 형태의 건설 장비들이 즐비하게 늘어선 앞에 수백 명의 사람들이 어슬렁거리고 있었다.

"건설 인부들일 거야. 복구 공사하러 온."

"역시 능력 있는 회사네요, 하루 만에 사람을 이만큼 동원할 수 있다니. 그런데 세계 최대의 공간을 지맥이 건설했다고 자랑하더니만 왜 지맥 대신 사람들을 모았을까요?"

"지맥은 다들 하는 일이 있고, 노는 사람은 얼마든지 있잖아. 갑자기 동원하려면 사람 모으기가 더 쉽겠지."

최 형사는 며칠 전 술자리에서 김 형사가 형님이 또 실직

했다고 얘기했던 것이 기억났다. 아차 싶어 김 형사 표정을 흘깃 살폈지만, 아직 잠이 덜 깼는지 일부러 무표정한 척하는 것인지 분간할 수 없었다.

차량을 인식한 에어록이 열리고, 차량은 타워의 안내에 따라 VIP 주차장으로 들어갔다. 특급 호텔처럼 번지르르한 주차장에 낡은 경찰차가 어울리지 않았다. 로비로 들어서니 방역 작업의 잔류물 냄새가 코를 자극했다. 임시 검사 시설로 어수선한 이곳은 평소 먼지 한 점 없는 것으로 유명한 신텔리전스 타워의 모습이 아니었다.

이마에 검은 장치가 부착된 탐지견을 앞세워 지나가던 경호원들이 두 사람에게 인사했다. 비용 때문에 경찰은 탐지견 대신 전자후각 탐지기를 쓰게 된 지 오래되었으나, 이 회사는 상징적인 이유로 증강 탐지견을 쓰고 있다는 얘기를 들은 적 있었다. 리셉션 데스크 옆의 대형 홀로그램 디스플레이에서는 창업자인 유현규 박사가 팔을 휘젓고 있었다. 디스플레이에 가까워지자 귓불의 간지러운 느낌과 함께 그의 열정적인 연설이 들렸다.

– 생명체와 기계의 장점을 결합하는 것이야말로 우리 인류 문명이 다음 단계로 나아가기 위해 반드시 필요한 과정으로서, 우리 회사는…….

디스플레이 하단에는 모든 직원과 방문객은 검사를 받아야 한다는 안내 문구가 흘러갔다. 두 경찰이 검사 부스 쪽으로 향하자 목소리는 어느새 사라졌다. 빈 부스에 들어가 검사를 받고 1분간 기다린 후 엘리베이터로 갔다. 카메라가 두 사람의 얼굴을 인식하고 연구소로 가는 저층 엘리베이터를 열어 줬다.

엘리베이터가 멈추고 문이 열렸다. 지맥의 녹색 눈동자가 그들을 맞았다. 이마에 부착된 납작한 장치에서 작은 불빛이 깜빡이며 음성이 흘러나왔다.

"안녕하십니까, 최 형사님, 김 형사님. 다들 기다리고 계십니다. 저를 따라오세요."

지맥을 따라 걸으며 최 형사가 말했다.

"자네보다 이 친구가 더 잘생기고 부지런해 보이는데. 다음번에는 파트너로 지맥을 배정해 달라고 해야겠어."

"그런 말 하는 선배님부터 대체될 것 같은데요. 과학기술 담당인 제가 더 오래 버틸걸요?"

"그거야말로 뇌가 컴퓨터와 연결된 녀석을 당할 수 있겠어?"

회의실로 가는 복도는 얼핏 보면 한쪽 벽이 모두 유리창인 것 같았다. 다시 보니 멀리 보이는 서해안과 하늘은 비현실적으로 깨끗했고, 태양은 눈이 부시기는 했지만 똑바로 바라볼 수 있을 정도였다. 조금 걸어가자 벽 디스플레이에는 여러 가상 정보 패널이 나타났다. 회사 연혁과 최근 사업 실적, 그리고 국내외 특허 등록증과 논문, 각종 상장이 번갈아 나타났다.

"세계 최대의 라이트필드 스크린입니다. 작년에 설치되었습니다."

회의실 입구에 서 있던 남자가 말하며 문을 열었다. 회의실로 들어서니 천장 전체가 푸르스름한 백색으로 빛나는 큰 방의 가운데에 긴 원목 테이블이 놓여 있었고, 은은한 향기가 느껴졌다. 60대 정도로 보이는 남자가 일어서 다가왔다. 최 형사는 배지를 보여줬다.

"안녕하세요, 경기남부 지방경찰청의 최경혜 형사입니다. 이쪽은 김규식 형사고요."

"신텔리전스 증강동물 연구소의 이윤식 소장입니다. 이리 앉으시죠."

이 소장은 두 사람을 빈자리로 안내했다. 반대편에는 연구소 직원으로 보이는 사람들이 앉아 있었다. 최 형사가 말했다.

"이렇게 시간 내주셔서 감사합니다, 소장님."

"우리 회사 일이기도 하니까요. 조금 전 사장님 뵙고 왔는데, 어제 사건으로 충격을 많이 받으셨는데도 사건 수사를 최우선으로 도우라고 신신당부하시더군요."

"이미 도움을 받고 있습니다. 가미카제 쥐도 그쪽 직원분, 아니 지맥이 발견했지요. 제가 현장 감식반에게 한 소리 했더니 뒤늦게 한 마리 더 찾아오기는 하더군요. 먼저 저희가 지금까지 알아낸 걸 설명해 드리겠습니다."

최 형사는 영상을 회의실 스크린에 띄웠다. 타워 상부의 CCTV가 돔을 촬영한 영상이었다. 영상에는 한동안 아무 변화도 없었다. 잠시 후 돔의 가장자리로부터 작은 점들이 줄지어 나타나더니 돔의 곳곳으로 흩어져서 행어 로프를 타고 오르기 시작했다. 최 형사는 영상을 확대했다. 점의 크기가 커져 검은색 얼룩이 되었으나 형체가 명확하지 않았다. 얼룩은 잠시 후 움직임을 멈추고 하얗게 작열하는 불빛으로 변했다. 로프가 연이어 끊어지며 돔이 변형되기 시작했다. 그녀는 영상을 멈췄다.

"행어 로프는 내열 처리가 되어 있었으나, 소이탄의 고열을 견디지 못하고 끊어졌습니다."

최 형사가 스크린을 향해 손짓하자 검게 불타 끊어진 로프의 확대 사진이 나타났다.

"다른 CCTV 영상도 확인하는 중입니다만, 적어도 수백 마리는 동원된 듯합니다."

김 형사가 이어서 말했다.

"처음에는 소이탄을 마이크로 로봇에 탑재해 로프를 끊은 것으로 추정했지만 의문점이 많았습니다. 왜 안티 드론 시스템에 탐지되지 않았는지, 로봇 수백 대분의 정밀 부품을 수급하면서 어떻게 첨단기술 거래감시 시스템을 피했는지, 또 타다 남은 기계 부품은 왜 발견되지 않았는지. 다음 화면."

김 형사가 스크린을 향해 말하자, 죽은 쥐의 확대된 사진이 나타났다. 쥐의 머리에는 검은색 바둑알 같은 납작한 원반이 부착되어 있었고, 원반의 모서리에서 튀어나온 가는 전선이 쥐의 몸통에 달린 짙은 회색 상자로 이어져 있었다.

"저 상자가 예상했던 대로 불발한 소이탄이었습니다. 끊어진 로프의 잔류물 성분 분석과도 일치합니다. 어떻게 쥐가 로프를 정확하게 하나씩 맡아서 자살 공격했는지는 연구소장님이 설명해 주시죠."

이윤식 연구소장이 자리에서 일어나며 손짓을 하자 테이블 중앙에서 솟아오른 투명 패널에 형광빛의 두뇌가 입체 영상으로 나타났다. 연구소장은 뇌의 앞쪽에 부착된 납작한 검은 상자가 잘 보이도록 영상을 회전시켰다. 검은 상자가 뇌와 닿는 부분에는 검붉은 강낭콩 같은 것이 보였다. 연구소장이 최 형사에게 말했다.

"증강동물 기술에 대해 얼마나 아십니까?"

"전혀 모른다고 가정하고 설명해 주세요."

최 형사는 평소 과학기술에는 관심이 없었다. 김 형사가 오는 길에 졸지만 않았어도 그녀에게 기본 개념을 설명해 줄 수 있었을 것이다. 김 형사를 노려봤다. 그는 모른 척하면서 비싸 보이는 홀로그램 디스플레이만 쳐다보고 있었다.

"알겠습니다. 넥서스라고 들어는 보셨죠? 우리 회사의 2세대 뇌 확장 장치입니다. 쥐의 머리에 달려 있던 것도 기본적으로는 같은 겁니다."

이 소장이 손짓하자 검은 상자가 확대되며 반투명해졌다. 내부 부품의 형체가 나타났다.

"신경전자공학 외피질 통합 시스템(Neuro-Electronic eXo-cortex Unified System), 줄여서 넥서스(NEXUS)라 불리는 이 시스템은 두 부분으로 구성됩니다. 이마에 부착된 헤드유닛은 음성 인터페이스와 통신 모뎀, 카메라 등이 내장된 소형 컴퓨터입니다. 통신과 음성 대화를 담당하고, 지맥 운영체계와 작업 소프트웨어가 이 컴퓨터에서 실행됩니다."

"왜 지맥은 헤드유닛의 스피커로 말하죠?"

최 형사가 평소에 궁금하던 것을 물었다.

"지맥은 침팬지와 많이 다르지 않습니다. 개와 늑대의 차이 정도죠. 울음소리나 손짓으로 간단한 의사를 표현할 수는 있어도, 사람의 언어는 그들에게 너무 복잡합니다. 그래서 사람과의 대화는 모두 컴퓨터가 처리해 단순화된 지시만 지맥의 뇌에 전달합니다."

이 소장은 다시 입체 영상을 가리켰다. 검은 상자 뒤의 강낭콩이 빨간색으로 빛났다. 곧이어 강낭콩에서 수천 가닥의 가는 줄기가 자라나 뇌의 곳곳으로 뻗쳐나갔다.

"저것이 넥서스의 나머지 부분인 넥서스 임플란트입니다. 1세대 뇌 확장 장치의 그래핀 전극은 문제가 많았습니다. 2세대에서는 생체적합성과 내구성 등 모든 측면에서 월등한 합성생물을 임플란트로 이용합니다. 넥서스 임플란트는 호스트, 즉 지맥의 두뇌 속에서 함께 성장하면서 수만 개의 촉수를 뇌의 구석구석으로 뻗칩니다. 각 촉수에는 전극 역할을 하는 돌기가 256개씩 달려 있고, 밖으로 노출된 임플란트의 머리 부분이 헤드유닛과 물리적으로 접촉하여 신호를 주고받습니다."

최 형사는 수백만 개의 신호를 어떻게 해석할 수 있다는 것인지 궁금했으나 설명을 들어봐야 이해하지 못할 것이 뻔했다.

"알겠습니다. 아무튼 이런 장치가 쥐의 뇌를 조종해 타깃 지점으로 보냈다는 거죠?"

"그렇습니다. 증강 쥐의 분석 결과를 보여드리겠습니다."

연구소장이 다른 입체 영상을 띄웠다. 나무뿌리 모양의 촉수가 뇌의 곳곳으로 퍼져 있는 3D 스캔 모델이 스크린 앞에서 천천히 회전했다. 지맥의 임플란트와는 많이 달랐다. 촉수의 수가 적었고 형태도 달랐다. 회전하는 모델 아래에는 유전자 서열이 일치한다는 분석 결과가 나타나 있었다.

"쥐의 뇌에 박혀 있는 합성생물의 유전자를 분석해 보니 넥서스 임플란트와 100% 일치합니다만, 우리 것은 아닙니다."

"누군가 클론을 만들었다는 말씀인가요?"

최 형사가 자리에서 일어나 스캔 모델을 이쪽저쪽에서 들여다보며 물었다. 소장이 대답했다.

"넥서스 임플란트는 자연 상태에서 독립적으로 생존하는 생물이 아닙니다. 발생 초기 단계부터 외부에서 유전자의 발현을 제어해 줘야 성충으로 자랄 수 있고, 촉수의 성장도 헤드유닛이 유도해 줘야 합니다. 스스로 자라거나 자연적으로 번식할 수 없어서 엄밀하게는 생물이라고 말하기도 어렵습니다. 이는 혹시라도 생태계를 교란하는 일을 막기 위한 안전장치이며, 그 덕분에 당국의 허가를…….”

“불법 복제를 막기 위한 것이 아니고요?”

김 형사가 불쑥 끼어들었다. 연구소장이 불편한 표정으로 대답했다.

“결과적으로 그런 효과도 있죠. 아무나 우리 지맥을 하나 잡아다 임플란트를 복제할 수 있었다면 어제 같은 사건이 일찌감치 발생했을 겁니다.”

“하지만 결국 누군가 클론을 만들었잖아요.”

“유감스럽게도 그렇습니다. 우리 회사가 초창기에 공개한 디지털 후성유전학 논문을 읽고 대충 흉내 냈을 겁니다. 그래서는 지맥 수준의 증강동물은 못 만들죠. 그 외에도 다른 점이 있는데요, 촉수 형태와 주변 조직을 보면 다 자란 쥐에 뒤늦게 이식한 걸로 보입니다. 뇌 손상 때문에 우리는 그렇게 하지 않습니다만, 새끼 쥐부터 키우기 귀찮고 어차피 곧 죽을 호스트라면 간편한 방법이긴 하죠. 헤드유닛도 우리 것보다 훨씬 단순하고 조잡합니다. 아마 중국의 무허가 공장에서 제조했을 겁니다.”

김 형사는 연구원들을 붙잡고 자신이 아는 내용을 장황하게 늘어놨다. 자신의 가치를 최 형사에게 보여주려는 모습에 짜증 났지만, 그래도 기술을 잘 모르는 그녀에게 필요한 사람이었다. 최 형사는 시계를 흘깃 봤다. 곧 단지 시설관리팀과 회의 약속이 있었다. 그녀가 말했다.

"단순한 사이보그 쥐도 아무나 만들 수 있을 것 같지는 않은데요. 혹시 회사에 앙심을 품고 퇴사한 직원이라던가 경쟁사라던가……."

이 소장이 고개를 저었다.

"저게 조잡해 보이긴 해도 혼자 할 만한 일은 아닙니다. 퇴사한 직원이 한둘이 아니기도 하고요. 우리 사업을 탐내는 회사는 수도 없이 많아요. 아마 합성생물의 지식재산권을 인정하지 않는 나라에서 만들었을 겁니다."

"아무튼 연구소 퇴사자 명단과 경쟁사 정보 좀 부탁드리겠습니다. 저희는 다음 일정이 있어서요."

엘리베이터 문이 닫혔다. 최 형사가 말했다.

"다 알아들었어?"

"대충은요. 사실 저 정도는 이미 공개되어 있던 내용이에요."

"저 회사에서 얘기하는 것처럼 정말 만들기 어려운 거야?"

"첨단 반도체나 정밀 로봇은 천문학적인 시설 투자가 필요하죠. 그래서 지금처럼 산업 생태계가 무너진 시대에는 유지하기 어려운 거고요. 합성생물은 그렇지 않아요. 기술 개발은 어렵지만, 기생충 키우는 데 거대한 공장이 필요한 건 아니니까요. 누군가 신텔리전스에서 기술을 빼냈다면, GPS 달린 자살 테러 쥐를 만드는 건 작은 실험실에서도 할 수 있을 거예요. 특히나 규제를 신경 쓰지 않는다면."

"경계 밖에서는 가능할 거라는 말이지?"

"그런 거 개발해 주는 비밀 조직이 있다는 소문을 들은 적 있어요. 대유행 전부터 바이오 해커들의 모임이었는데……."

두 사람의 단말기에서 동시에 알람이 울렸다. 최 형사는 메시지를 확인한 후 한숨을 내쉬었다.

"시설관리팀에 약속 다시 잡자고 연락해. 일단 경찰청으로 들어가자고. 청장님이 당장 의견 내놓으라고 할 테니."

4

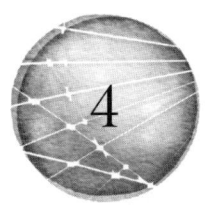

회의실에는 준우 외에 조련사가 세 명 더 앉아 있었다. 평택 단지의 지맥 훈련센터는 규모가 작아서, 민호가 있을 때도 다섯 명이 전부였다. 보육센터에서 기초교육을 수료한 후 평택 단지에 배정된 지맥에게 이곳에서 일하는 데 필요한 교육을 하는 것이 이들의 업무였다. 조련사 1기인 준우가 스무 살이었고, 민호는 한 살 아래였다. 막내는 아직도 얼굴에 여드름이 한창이었다.

팀장이 스크린에 영상을 띄웠다. 돔이 붕괴하는 모습을 상공에서 촬영한 영상이었다. 익명화된 목소리로 내레이션이 재생되었다.

– 우리의 지구는 생태계를 파괴하고 자원을 소진해 온 인류에게 경고를 보냈다. 하지만 아직도 교훈을 얻지 못한 과학자와 부자들은 알량한 인공 환경 속에 숨어 여전히 기술만능주의를 신봉하고 있다. 그들은 지능과 감정을 가진 고등동물을 제멋대로 개

조하고 착취해 막대한 부를 축적하고, 그 돈을 우주개발처럼 쓸모없는 곳에 쓰고 있다. 그들은 지구를 다 망가뜨리고 나면 우주에 나가 살면 된다고 생각하지만, 계속 이곳에 살아야 하는 우리는 그런 만행을 더는 내버려 둘 수 없다. 우리는 어제 첫 번째 경고를 보냈다. 지구상의 모든 생명체가 조화롭게 살아갈 수 있도록 신텔리전스가 다음의 요구사항을 최단 시간 내에 시행하지 않으면 더욱 치명적인 공격을 가할 것이다. 첫째, 평택과 김포 단지 주거 공간의 절반을 서민들에게 할당하고 주변의 아파트와 동일한 가격으로 임대하라. 둘째, 지맥 사업에서 발생한 이익의 절반을 환경보호 및 동물복지 단체에 기부해라. 셋째, 증강동물에 관한 모든 정보를 공개하고…….

팀장이 영상을 멈췄다. 가이아 연대의 지구 모양 로고가 화면에 나타났다.

"어제 준우가 발견한 증강 쥐 얘기는 다들 들었지? 가이아 연대가 오늘 오전 우리 회사와 주요 언론사에 전달한 영상이다. 아직은 엠바고가 유지되고 있지만 오래가진 못할 거야."

"지맥 87이 발견했습니다. 저는 경찰에 전달만 했고요."

팀장은 고개를 끄덕이고 말을 이었다.

"지금은 우리와 관련도 없는 유현규 박사의 일로 우리를 비난하거나 평택 단지를 욕하면서도 입주시켜 달라는 등, 말도 안 되는 주장을 하고 있어. 진짜 테러범인지도 확실하지 않고."

준우가 말했다.

"사고 순간에 저걸 공중에서 촬영한 걸 보면 범인이 맞는 것 같은데요."

"우연히 촬영한 다른 동영상도 인터넷에 올라왔어. 시위대가 이 부근에서 드론 띄우는 거야 자주 있는 일이니까. 어쨌건 가이아 연대를 조사해야 할 텐데, 다들 짐작하겠지만 그게 쉽지 않아. 주요 분파는 이미 자기네와 상관없는 일이라고 부인했고."

가이아 연대는 예전부터 환경 단체를 빙자하며 대기업들을 괴롭혀 온 조직들의 느슨한 연합이었다. 전국적으로 수십 개의 분파와 수만 명의 조직원이 주로 경계 밖에서 활동하고 있었다.

뒤에서 막내가 씩씩거리며 말했다.

"그냥 싹 쓸어버려야 해요. 사회에 해만 끼치는 놈들이잖아요."

"다들 그걸 원하지. 자네들, 사장님 조카에 관한 소문은 다들 들었지?"

준우는 주위를 둘러봤다. 아무도 모르는 눈치였다. 조련사들은 회사의 다른 직원들과는 교류가 거의 없다 보니 비공식적인 소식은 한참 늦게서야 들었다.

"사고 때, 아니 이제 사고가 아니라 테러 사건이라고 해야겠군. 아무튼 그때 부근에 있다가 사람들 도우러 갔는데 돔이 2차 붕괴될 때 죽었나 봐."

굉음과 진동 속에서 운이 좋기만을 바라던 순간이 생각났다. 처음 돔에 구멍이 뚫렸을 때만 해도 인명 피해가 그토록 크지는 않았다. 지원 인력이 현장에 투입된 후에 주변이 연쇄적으로 무너져 내리지만 않았어도 민호도 이 자리에 있었을 것이다. 팀장은 조련사들을 차례로 쳐다봤다.

"문제는 경찰도 경계 밖에서 활동하는 걸 꺼린다는 것이지. 그렇다고 다음 테러를 기다리며 손 놓고 있을 상황도 아니고. 조금 전, 사장님은 테러범 수색에 지맥을 지원하겠다고 경찰에 제안했네."

"지맥이 뭘 한다고요?"

준우가 놀라서 물었다.

"경계 밖의 산간지역에서 쥐를 사육하고 임플란트 시술도 했을 거야. 그 장소를 찾는 게 관건이야. 경찰만으로 수색이 쉽지 않으니 지맥을 활용하자는 거지."

동물이 전염하는 바이러스 때문에 인적이 끊긴 산림은 점차 울창한 원시림이 되었고, 산기슭의 주거지역도 인구가 급속히 줄어들었다. 국가 재정이 바닥난 시대에 어차피 일반인이 가지도 않을 이런 지역까지 전력, 통신, 교통 시설을 유지할 수 없었다. 경찰도 치안을 책임지는 영역의 경계를 그어야만 했고, 경계 밖은 범죄자들의 피신처가 되었다.

그런 곳에서 테러범을 수색하기 위한 소프트웨어는 없다. 지맥은 건설, 물류, 농축산업 등 여러 분야에 활용되고 있었으나, 각 업무별 전용 소프트웨어를 지맥의 헤드유닛에 설치하고 작업별로 특화된 훈련을 시켜야 했다. 새로운 작업에 지맥을 투입하려면 소프트웨어 개발과 현장 시험에 최소 1년 이상 걸렸다.

"지맥이 수색을 돕는다고요? 어떻게요?"

후배가 물었다. 팀장은 예상했다는 듯 바로 대답했다.

"연구소에서 능동 모드를 활용하자고 제안했다는군."

능동 모드에 대해서는 얼마 전 조련사 정기 교육에서 들은 적 있었다. 기존의 소프트웨어보다 유연하고 지맥의 지능을 더 많이 활용하는 방식이라고 했다. 하지만 준우는 능동 모드의 베타 테스트가 실시되었다는 애길 들어본 적이 없었다. 신기술의 테스트는 주로 연구소와 가까운 평택 단지 훈련센터가 지원하기 때문에, 그가 모를 리 없었다.

"기껏해야 아직 프리 알파(pre-alpha) 버전일 텐데, 그걸 사용한다고요?"

"그러니까 우리 조련사들이 밀착해서 지원해야 해. 조련사가 아니라 현장 관리자로서. 자네 말대로 아직 미완성이라 조련사의 넥서스 감각이 필요해."

이제야 팀장이 한참 뜸 들인 이유가 이해됐다. 조련사더러 미완성 소프트웨어를 탑재한 지맥들을 데리고 경찰도 겁내는 경계 밖 산간지역으로 테러범들을 찾으러 가라는 얘기였다.

"지원자 중에서 회사가 선정할 거야. 대신 의무 근무 기간이 1년 줄어들고, 근무 실적에도 반영하라고 사장님이 특별 지시하셨어. 지원서를 보내줄 테니 읽어 보고 오늘 중으로 결정하게."

동물과 컴퓨터의 지능을 결합하는 일은 생각만큼 쉽지 않았다. 호스트 동물에게 단위 작업을 훈련시킨 후, 컴퓨터가 전체 업무 프로세스에 따라 각 단계의 작업을 순차적으로 지시하면 될 거라고 생각했었다. 하지만 컴퓨터는 현장에서 발생하는 다양한 예외상황을 인지할 수 없었고, 호스트 동물 스스로는 대응할 방법을 몰랐다.

이 문제를 개선하려면 뇌-컴퓨터 간에 주고받는 정보량을 획기적으로 늘려야 했고, 이를 위해 넥서스가 개발되었다. 넥서스 임플란트의 수백만 돌기가 감지한 뉴런 활동전위 데이터로부터 두뇌가 인지한 상황과 사물, 더 나아가서 감정과 의도를 인식할 수 있을 것이라 기대하고 이 데이터를 사고벡터(思考 vector)라고 불렀다. 이를 이용하여 작업이 완료되었는지, 또는 어떤 예외상황이 발생했는지 판단하고 다음 할 일을 지시하면 되는 것이었다.

하지만 헤드유닛의 소형 컴퓨터뿐 아니라 연구소의 대형 컴퓨터조차도 사고벡터를 해석하는 데 어려움이 있었고, 여전히 지맥의 활용성은 투자자들에게 약속했던 수준에 못 미쳤다. 지맥의 뇌는 인간 뇌의 3분의 1밖에 안 되었으나 여전히 컴퓨터와 연구원들이 이해하기에는 너무 복잡했다.

그때 유현규 박사가 과감한 제안을 내놨다.

"지맥의 사고벡터를 인간의 감각피질에 직접 전달하면, 인간은 그 의미를 직관적으로 이해할 수 있을 겁니다. 시각장애인이 소리만으로 주변 공간을 인식하는 법을 배우듯이, 인간의 뇌는 뛰어난 적응능력으로 초고차원 벡터 데이터를 해석하는 방법을 스스로 알아낼 것입니다."

자신의 뇌에 심긴 넥서스를 통해 지맥의 생각을 들여다보며 그들을 훈련하거나 작업 소프트웨어를 디버그할 수 있는 인간, '조련사'의 개념이 그렇게 만들어졌다. 모두 예상했듯이, 유아의 뇌에 넥서스를 시술하겠다는 계획은 과학기술 윤리위원회에서 불허되었다. 하지만 신텔리전스는 대유행을 극복하는 데 필요한 기술이 규제에 막혀 있다고 여론을 움직였고, 그 논리면 안 되는 일이 없던 시대였다.

바이러스 감염으로 남편이 사망하고 변변한 직업도 없이 혼자 준우를 키워야 했던 어머니에게, 조련사 프로그램에 지원하면 받게 되는 혜택은 솔깃할 만한 수준이었다. 모자가 먹고살기에 넉넉한 지원금에, 평택 단지 내 교육과 고용 보장, 거주 혜택까지. 거주 혜택은 한참 후에야 주어지고, 지원금은 의무 근무 기간을 마쳐야만 상환 의무가 없어지는 대출금이었음을 뒤늦게 깨달은 어머니는 어린 준우에게 늘 미안해했었다.

준우는 동년배들이 장난감을 갖고 놀 때 넥서스 감각 훈련을 받았고, 기자나 VIP가 연구소를 방문할 때마다 사람들 앞에 서야 했다. 회사는 최초로 넥서스를 이식한 아이들이 얼마나 건강하고 행복한지, 지맥과 함께 어떤 일을 할 수 있는지 보여주고 싶어 했다. 마치 텔레파시처럼 생각만으로 지맥에게 명령을 내리는 시연 후에는, 연구소장의 매번 똑같은 농담에 웃는 척해야 했다. 아직 무엇이 왜 싫은지 제대로 설명하지도 못하는 나이였지만, 아무튼 싫었다.

어머니마저 돌아가신 후 준우는 보육원으로 보내졌다. 그곳 아이들은 그를 같은 인간으로 쳐주지 않았다. 혼자만 단지 내의 사립학교에 다닌다는 점도 그가 아이들로부터 따돌림받는 또 다른 이유였다. 학교 선생님들도 그를 뇌에 인공 기생충이 있고 침팬지와 마음이 연결된 별종이라고 생각하기는 마찬가지였다.

매일 방과 후에 연구소에 가서 감각 훈련을 받는 동안은 차라리 마음이 편했다. 경비원 아저씨는 항상 그를 반갑게 맞아줬고, 다른 조련사 훈련생도, 교육을 맡은 연구원도 그를 이상한 눈으로 쳐다보지 않았다. 곧 같은 처지의 아이들끼리 친해졌고 민호는 그때부터 그를 친형처럼 따랐다.

“지난번에도 회사가 사고 수습하는 모습을 성급하게 보여주려다가 민호가 그렇게 된 거잖아. 이번에도 마찬가지야.”

“연구소야 이번 기회에 신기술을 테스트하고 싶겠지만, 위험은 우리하고 지맥이 감수하잖아. 자기네는 사무실에 앉아 모니터나 볼 거면서.”

"의무 기간이 빨리 끝나면 뭐 할 건데. 조련사보다 나은 일자리도 별로 없어."

팀장은 수색에 지원하면 근무 실적에 가산점이 주어진다고 했다. 실적이 좋아 선임으로 승진하면 우선적으로 단지 내 거주지 분양권을 받는다. 하지만 준우를 포함한 몇 안 되는 1기 조련사 중에도 아직 선임은 없었다. 분양권은 조련사들을 부려먹기 위한 유인책일 뿐, 실제로는 상징적으로 극소수의 조련사만 선임이 될 것이라는 얘기도 있었다.

다른 조련사들이 위험한 곳에 왜 가냐며 화를 내는 동안 준우는 아무 말도 하지 않았다. 감염된 새와 산짐승, 범죄자가 득실대는 곳에 가고 싶은 사람은 없다. 민호의 죽음이 준우의 책임은 아니었지만, 그때 자기가 민호에게 그쪽으로 가라고 했다는 사실은 아무에게도 말할 수 없었다. 민호를 죽인 자들을 잡아넣을 수 있다면, 적어도 그러기 위해 노력하는 동안만이라도 덜 괴로울 것 같았다. 어차피 언제 죽어도 이상할 것 없는 세상이었다. 더군다나 그는 조련사로 계속 일할 생각은 없었다.

'이번 일에 넥서스 감각이 가장 우수한 조련사를 선정해 달라고 연구소에서 요청했어. 난 민호를 위해서라도 자네가 자원해 줬으면 하네. 이건 비공식적인 얘기지만, 만약 의무 근무 기간을 채운 후에 회사를 그만두기 원한다면 임플란트의 돌출 부위를 제거하는 수술도 가능하다고 들었네. 그게 자네가 원하는 거지?'

회사는 넥서스가 뇌에 미치는 영향을 평가하기 위해 조련사들에게 정기적으로 심리 검사를 받도록 했었다. 정신과 의사는 무슨 얘기를 해도 회사에 전해지지 않을 거라고 말했었다. 팀장이 그에게 보낸 메시지의 내용으로 보아 그 약속은 지켜지지 않은 모양이었다. 그는 남들 앞에서 거리낌 없이 이마를 드러낼 수 있게 될 거라고 생각해 본 적이 없었다. 평택 단지의 거주민으로서, 경계의 눈길 대신 부러움의 시선을 받으며, 방호복 입고 에어록에 줄 서는 대신 선선한 공기가 스치는 느낌을 즐기며 거리를 걷는 날이 올까?

퇴근 버스가 단지 밖으로 나가자 창밖으로 시위대가 보였다. 뉴스가 새어 나갔는지, 띄엄띄엄 떨어져 서 있는 시위대의 플래카드에는 가이아 연대의 요구사항이 나열되어 있었다. 사람들로부터 드론이 날아올라 시위 현장을 천천히 선회했다. 드론이 촬영한 영상의 빈자리에는 가짜 사람이 채워질 테고, 변조된 영상이라는 표시를 개의치 않는 소수의 사람만 이 영상을 볼 것이다. 대유행의 시대에 시위는 무력했다.

시위대 상공을 맴돌던 드론이 갑자기 방향을 바꿨다. 폐허가 된 도두 공원을 향해 날아가던 드론은 곧 불꽃이 일며 추락했다. 돔은 붕괴했어도 드론 방어 시스템은 여전히 동작하고 있었다. 이제까지 지켜만 보고 있던 경찰기동대가 시위대를 즉시 체포했다. 단지 밖에서 지맥을 훈련하다 간혹 목격하는 시위는 대개 이런 식으로 마무리되었다. 준우는 사람들을 이해할 수 없었다. 시위든 테러든 원하는 것이 얻어질 리 없는데 왜 그런 짓을 하는 것일까. 누구나 편하고 안전한 곳에서 살기를 원하지만, 아무것도 못 얻어낼 테러로 애꿎은 주민들만 희생되었고, 확장 공사가 중단되어 몇 년째 기다려 온 사람들의 입주도 늦어지게 되었다. 그와 민호는 단지에서 살 권리를 얻기 위해 갓난아기 때부터 온갖 어려움을 감내해 왔다. 그는 경찰이 수거해 가는 플래카드를 보면서 그걸 공짜로 요구하는 시위대와 테러범들에게 분노가 치밀었다.

팀장의 메일 말미에는 [승낙]과 [거부] 두 개의 버튼이 있었다. 그는 더 이상 고민하지 않았다.

5

지맥 87은 옛 비무장지대의 철원 보육센터에서 수태된 지 4개월 만에 제왕절개로 나왔다. 인공 양수로 가득 찬 바이오백에 연결된 탯줄을 통해 산소와 영양분, 호르몬을 공급받으며 자랐다. 바이오백에서 나올 즈음에는 체중이 4킬로그램이 훌쩍 넘었고, 100일 후 이마에 넥서스 임플란트가 이식되었다는 점과 날씨가 추울 때면 실내에서 지내야 했던 점을 제외하면 그의 선조들이 아프리카에서 살던 모습과 크게 다르지 않은 유년기를 보냈다. 젖이 충분치 않아 사람들이 준 우유를 먹여서 87을 키운 어미는 87이 자신보다 훨씬 크게 태어나 더 빠르게 자란다는 것을 깨닫지 못했으나 3년 후 사람들이 그를 데려가려 할 때는 너무 빨리 헤어진다는 느낌에 울었다. 하지만 어미는 곧 87의 동생을 키우는 데 열중하면서 87에 대한 그리움과 걱정은 희미해졌고, 간혹 유리문에 반사된 모습을 볼 때만 자신을 닮은 87의 얼굴이 기억났다.

87은 한국에서 근무하는 것으로 결정되었고, 그중에서도 평택 단지의 훈련센터로 오게 되었다. 헤드유닛의 음성인식 기능과 별개로 간단한 구두 명령 몇 개는 지맥 스스로 알아들을 수 있어야 하므로 근무할 지역과 같은 언어를 사용하는 곳에서 훈련받는 것이 기본 정책이었다. 어지간한 부자도 입주하기 어려운 평택 단지 내부에 지맥 훈련 시설을 두는 이유에 대해, 유현규 박사는 연구소와 가까운 곳에 훈련센터가 있어야 새로운 기술의 테스트 사이트를 겸할 수 있다며 그의 방침을 고수했다.

87은 어미의 품과 무성한 숲이 잠시 그리웠으나 곧 온갖 장난감과 맛있는 음식이 있는 훈련센터의 생활을 좋아하게 되었다. 사람들의 생활 공간을 본뜬 놀이 시설에서 87과 동료들은 어떤 물건은 위험하고 어떤 것은 만져도 괜찮은지, 문을 열려면 무엇을 돌려야 하고, 엘리베이터에 타면 뭘 눌러야 하는지 배웠다. 정기적으로 외부에 나가 놀다 들어올 때는 에어록에서 몸을 씻고 스스로 옷을 갈아입는 법도 배웠다. 각종 모의 장애물이 등장하는 운전 연습장에서는 안전하고 편안하게 카트를 운전하면 상으로 과일을 받아먹었다. 이들은 어린 손에 맞게 소형으로 제작된 장난감 공구의 사용법을 익혀 자신들만의 집을 만드는 것을 특히 좋아했는데, 아쉽게도 다음 날이 되면 집은 모두 해체되었지만 매번 더 크고 복잡한 집을 만들고 싶은 욕구까지 사라지지는 않았다.

만 네 살이 되자 몸집이 거의 다 자라서 무거운 택배 상자를 번쩍 들 수 있게 되었고 장난감 놀이를 통해 손놀림도 정교해졌다. 이제는 슬슬 몸값 하는 법을 배울 때였다. 뇌와 함께 성장하며 촉수를 뻗은 넥서스가 마음속에 그때그때 해야 할 일을 심어줬다. 그것은 눈앞의 과일을 따 먹고 싶은 것과 다를 바 없는 자연스러운 충동이어서, 그 일을 하지 않으면 초조하게 느껴졌고 마치고 나면 만족스러웠다. 다른 지맥과 협업할 때는 넥서스를 통해 조율이 이뤄졌고, 같은 일을 나눠 할 때면 더 빨리, 더 많이 수행한 지맥에게 승리의 쾌감이 주어졌다. 또한 넥서스는 이들이 너무 지치거나 생리적인 욕구를 처리할 때가 된 것을 감지해 쉬는 시간을 부여했다.

넥서스의 통제를 받기 시작하면서 87은 매 순간 무슨 일을 할지 고민할 필요가 없었고 하루가 언제 지나갔는지 느낄 새가 없었다. 저녁이 되어 숙소에 돌아오면 해야 할 일을 다 해냈다는 뿌듯한 성취감과 함께 음식과 자유시간이 주어졌기 때문에 불만은 없었다. 만약 아프리카의 선조들이 87의 일상을 지켜봤다면 왜 온종일 저런 일을 하는지 도저히 이해할 수 없었겠지만, 풍부하고 맛있는 음식과 편안한 거주지가 주어지고 표범이나 수컷 간의 서열 다툼을 신경 쓰지 않아도 되는 그를 부러워했을 것이다.

고되기는 해도 걱정할 것 없는 87의 규칙적인 일상은 돔이 무너지는 것을 목격했을 때 끝났다. 그는 공원 전체를 덮은 뚜껑이 어떻게 무너질 수 있는지 이해할 수 없었고 무서웠지만, 준우가 무너진 더미를 들어 올리라고 했을 때 주저 없이 동료들과 함께 그의 지시를 따랐다. 하지만 평소와 달리 그다음에 뭘 해야 할지 아무 지시도 없었고, 준우도 정신이 없어 보였다. 고민 끝에 패널 더미를 어느 쪽으로 치울지 마음을 정했지만 다른 지맥들은 제각각 다른 방향으로 힘을 썼다. 답답하고 화나는 마음에 끽끽거리며 울기 시작하자 그제야 다른 지맥들도 함께 울었다. 넥서스를 부착하고 일하기 시작한 이래 어떻게 해야 할지 몰라 막막함을 느낀 것은 처음이었다.

* * *

준우가 훈련센터로 출근하니 팀장이 불렀다. 수색 지원 업무에 준우가 참여하는 것으로 확정되었으며, 곧 열리는 영장류 관리 위원회의 긴급회의에 그가 조련사 대표로 참석해야 한다고 말했다. 장소는 신텔리전스 타워의 회의실이었다. 평소에는 훈련센터에서 자전거로 10분 남짓이면 갈 수 있는 곳이었으나, 그러려면 도두 공원을 거쳐야 했다. 그는 에어록의 방역 절차를 거칠 필요가 없는 임시 셔틀버스를 탔다. 로비에 도착했을 때는 이미 회의가 시작될 시간이었다.

회의실은 타워의 최고층부인 156층에 있었다. 엘리베이터를 내리니 리셉션 데스크의 남자가 가야 할 방향을 알려줬다. 벽에 나타나는 방향 지시를 따라 복도를 걸어갔다. 회의실에 다가서자 그를 알아본 카메라가 문을 소리 없이 열었다. 문 맞은편 창에서 비치는 햇빛에 순간적으로 눈이 부셨으나, 곧 이음새 없이 한쪽 벽을 가득 채운 유리창이 부분적으로 어두워지면서 태양은 어슴푸레한 붉은 원반이 되었다. 적갈색으로 얼룩진 기다란 원목 테이블의 한쪽에는 이윤식 연구소장과 낯선 연구원들이 몇 명 있었고, 반대편에는 외부인들이 막 자리 잡는 중이었다. 잠시 멈칫거리니 테이블의 끝에 서 있던 사람이 앉을 자리를 말없이 가리켰다. 그가 자리에 앉자 옆자리의 여자 연구원이 그를 아는 척하며 반갑게 고개를 끄덕였다. 회사에는 최초의 조련사 중 하나였던 그를 알아보는 사람이 많았다. 그는 고개를 살짝 끄덕여 인사했다.

회의가 시작되고 준우에게 자리를 안내한 사람이 말했다.

“급하게 소집된 회의에 참석해 주셔서 감사합니다. 오늘의 안건은 지맥에게 신규 기술을 적용해 돔의 복구와 테러범 수색에 활용하겠다는 계획에 대한 심사입니다. 잘 아시다시피 영장류에 대한 새로운 실험과 상업적 활용은 본 위원회가 안전성과 윤리성을 검토하여 허가하게 되어 있습니다. 신텔리전스의 이윤식 증강동물 연구소장께서 먼저 안건을 설명해 주시겠습니다.”

연구소장이 일어섰다.

“먼저 사장님이 테러로 경황이 없어 참석하지 못해 죄송하다고 전해 달라고 하셨습니다.”

연구소장은 위원들을 둘러보며 말을 이었다. 위원들은 테이블 위에 보이는 자료 화면은 이미 여러 번 본 듯 별 관심을 보이지 않고 있었다.

“처음 참석하신 분도 있으니 배경을 간단히 설명드리겠습니다. 지맥은 작업별로 전용 소프트웨어가 필요합니다. 물건을 선반에 내려놔라, 50미터 앞에서 우회전해라, 계단을 올라가라, 이런 지시를 받아 미리 훈련받은 단위 동작을 수행합니다. 이 방식은 높은 효율과 안전성, 예측 가능성을 보장하지만, 작업 종류나 환경이 바뀔 때마다 새로운 소프트웨어를 개발하고 테스트해야 합니다. 그래서 지금처럼 긴급한 상황에 투입하기 어려운 것입니다."

연구소장은 마지막 부분을 천천히 말하며 강조했다.

"우리는 지맥이 더욱 자율적으로, 다양한 일을 할 수 있도록 새로운 기술을 개발해 왔습니다. 차세대 지맥 운영체계를 개발 중인 유진 연구원이 설명드리겠습니다."

옆자리의 연구원이 일어서 회의실 앞으로 나갔다. 스크린에 자료를 띄우고 설명을 시작했다. 그녀의 말과 손짓과 설명에 따라 애니메이션이 동기화되어 움직였다. 준우는 회사에서 신기술을 설명하는 자리에 여러 번 참석했었지만, 어려운 개념을 이처럼 이해하기 쉽게 보여준 적이 없었다.

"이 소장님."

위원 중 한 명이 발표자의 말을 끊고 연구소장을 쳐다보며 말했다. 방호레벨 인증을 받지 못한 곳에 거주하거나 그런 이동 수단을 이용한 사람이 입어야 하는 외부인용 대여복을 입은 중년 여성이었다. 그녀가 화난 표정으로 말했다.

"우리가 기술 세미나 들으러 온 건 아니잖아요? 이게 재작년에 부결했던 건과 다른 건가요? 그때는 명칭이 달랐었지만, 뭐였더라……."

"구현 방식이 달라졌습니다, 위원님. 그동안 저희가 새로운 접근 방법으로…….”

“그때 제가 알고리즘과 데이터를 외부의 전문가에게 제공해 안전성을 검증하자고 했는데 소장님이 거부했었습니다. 더 자율적이라면 그만큼 위험성도 높을 텐데요.”

“그 부분은 영업비밀일 뿐만 아니라, 최첨단의 독자 기술이어서 제3자가 기술을 이해하기 어렵습니다. 새로운 기술의 안전성을 사전에 100% 보장하라고 요구하는 것은 혁신을 저해하는…….”

“소장님. 지맥은 사람들과 섞여 일하는 대형 유인원입니다. 게다가 침팬지는 원래 매우 사나운 동물입니다. 이들이 혹시라도 사람을 해친다면 책임지실 건가요?”

“잠시만요, 위원님.”

‘위원장’이라는 이름표 앞에 앉은, 양복 입은 남자가 여자의 발언을 제지했다.

“그 말씀도 다 맞는데요, 이 자리가 긴급회의 아닙니까. 우리 평택 단지가 위험에 처했습니다. 지맥의 능력이 절실한 상황인데, 혹시 있을지도 모를 부작용에 대한 완벽한 답까지 요구해야 할까요? 소장님, 안전장치는 다 있는 거죠?”

“물론입니다. 지맥은 사람에게 친화적이도록 유전자 조작된 침팬지입니다. 그들의 녹색 눈동자는 해당 유전자가 적용되었다는 것을 나타내는 표식입니다. 능동 모드에서도 안전과 관련된 명령은 최고 우선순위로 실행되고요, 저희 조련사가 옆에서 이들을 모니터링할 예정입니다."

연구소장이 준우를 가리켰다. 준우는 어려서부터 수도 없이 반복했던 대사를 다시 말했다.

"그렇습니다. 저희는 지맥이 어릴 때부터 관찰하며 키워 왔고, 지맥이 어떤 일을 행동에 옮기기 전에 생각만 해도 알 수 있으며, 필요하면 강제로 진정시킬 수도 있습니다. 안전 문제는 걱정하실 필요 없습니다."

팔짱을 끼고 뒤로 기대앉아 있던 덩치 좋은 남자가 말했다. 역시 대여복을 입고 있었다.

"지난달에 동물권 협회장으로 취임한 이동석입니다. 지맥의 안전 문제는 그렇다 치더라도, 이 정도의 지능과 의식을 가진 동물의 뇌에 전극을 꽂아 꼭두각시처럼 조종해도 되는 건가요?"

이 말을 들은 위원들 중 몇 명은 한숨을 쉬었다. 위원장이 이마를 찌푸리며 말했다.

"아니, 그 해묵은 논쟁을 이제 와서 또……."

"대유행이 막 시작되었을 때야 신텔리전스가 해결책이 있다며 여론을 동원해 허가를 받아 냈지만, 지금은 그런 식으로 넘어가면 안 되죠."

"위원장님, 괜찮습니다. 제가 말씀드리겠습니다."

연구소장이 말했다.

"이미 오래전 결론이 난 건이지만 이 자리에 처음이시니 다시 설명드리겠습니다. 사람은 대상을 의인화하는 성향이 있습니다. 반려동물이나 더 하등한 동물, 심지어 무생물조차 의인화시키고 단순한 반응을 마치 의식적이거나 지적인 행동인 것처럼 받아들입니다. 지맥의 경우 컴퓨터가 지시 수행과 음성 대답을 대신해 주니까 사람에 가까운 지적 능력을 갖고 있다고 착각하기가 더 쉽습니다. 그래서 상응하는 권리도 주어져야 한다고 믿는 거죠. 하지만 그건 어디까지나 컴퓨터의 기능입니다. 지맥은 동물일 뿐입니다."

동물권 협회장은 고개를 저었다.

"그건 다 아는 얘기고요. 계속 지능 얘기만 하시는데, 침팬지의 감정과 사회성이 인간과 큰 차이가 없다는 것도 부인하실 건가요? 게다가 이번에 테스트하겠다는 것이……."

그는 불편한 표정으로 서 있는 유진 연구원에게 자료 화면의 첫 페이지를 다시 보여달라고 했다.

"'능동 모드 외 개발 단계의 제반 기술'을 테스트한다고 되어 있군요. 구체적인 내용이 없는데 어떻게 심의하라는 건가요? 이번에 지능이 더 높은 지맥 변종을 실험하는 건 아닙니까? 신텔리전스의 비밀 연구실에서는 지맥의 지능을 향상시키는 연구를 한다던데요?"

연구원 한 명이 웃음을 참으려 손으로 입을 가렸다. 협회장의 얼굴이 벌게졌다. 연구소장이 다시 말했다.

"그건 컴퓨터의 기능을 고도화하려는 계획이 와전되어 발생한 오해입니다. 인간의 뇌는 수백만 년에 걸친 진화의 산물입니다. 지맥이 이런 뇌를 가지려면 뇌뿐만 아니라 출산과 성장 과정, 에너지 대사, 골격 구조 등 많은 부분이 최적화되어야 합니다. 우리가 유전자 몇 개 편집해서 될 수준도 아니고, 자연 선택의 압력 없이 저절로 진화가 일어나지도 않습니다. 설령 의도적으로 지능을 높이려 해도 아주 오랜 기간과 많은 시행착오가 필요합니다."

"인간의 유전자를 넣으면요?"

"관계기관이 정기적으로 신생 지맥의 DNA를 서열분석해서 인간의 유전자가 혹시라도 섞여 있는지 확인합니다. 그 결과는 위원회에도 공유되는 것으로 아는데요."

이후에도 계속해서 몇몇 위원이 인터넷 검색만 해봐도 답변이 바로 나오는 질문들로 연구소장을 괴롭혔지만, 소장은 계속 준비된 답변으로 대응했다. 준우는 왜 그런 뻔한 질문을 하며 시간을 낭비하는지 이해할 수 없었다. 위원장도 마찬가지 생각인 듯했다.

"자자, 위원님들. 다들 바쁘시고 테러 수사도 급한데 이런 논쟁만 계속할 수 없습니다. 이견이 일부 있으나, 긴급한 상황을 고려하여 제가 절충안을 제안하겠습니다. 사람이 거의 없는 경계 밖으로 지역을 한정해 신기술을 일단 테스트하고, 그 결과를 다시 검토해서 최종적으로 결정하는 거로 하죠. 다른 위원님들은 어떻게 생각하시나요? 돌아가며 의견 말씀하신 후 거수로 투표하겠습니다."

위원 대부분은 위원장의 수정안에 동의했고 일부 위원은 회사의 입장을 적극적으로 지지했다. 연구소장은 위원장의 제안에 동의할뿐더러, 능동 모드가 지맥을 더 자율적이고 행복하게 할 거라며 이를 검증하기 위한 연구과제를 동물권 위원회에 발주하겠다고 약속했다. 투표는 가결되었다. 곧이어 대외관계를 담당하는 서혜린 부사장이 새로 오픈한 고급 식당을 예약해 두었다며 연구소장과 위원들을 데리고 나갔다.

엘리베이터를 기다리는데 누군가가 준우의 어깨를 툭 쳤다. 회의 때 능동 모드를 설명했던 유진 연구원이었다.

"준우야, 정말 오랜만이네. 잘 지냈어?"

"네? 저를 아세요?"

"나 기억 안 나? 유진이야."

"제가 사람을 잘 기억 못해서……."

"내가 중학교 때 연구소에서 인턴 하면서 너랑 다른 아이들 돌봤었는데. 그래도 기억 안 나?"

얼굴이 화끈거렸다. 어렸을 때 일은 띄엄띄엄만 기억났다. 연구소의 정신과 의사는 어쩌면 넥서스의 영향일 수도 있지만 괜찮아질 거라고 했고, 어차피 간직하고 싶은 추억 따위는 없었다. 그러고 보니 한동안 연구소에 오면 그를 도와주던 누나가 있었던 것 같았다. 유진의 얼굴을 보며 그때의 기억을 되살려 보려 했다.

"테스터 명단에서 네 이름 보고 기억났어. 넌 그때 속은 썩여도 제일 귀여웠었는데, 키만 훌쩍 크고 얼굴이 많이 변하진 않았네. 너 그때는 나한테 말 놨었잖아."

"응……. 그런데 이번 건에 관련된 일 해? 아까 설명 잘 하던데."

"위원들은 듣지도 않던걸. 능동 모드 개발팀 소속이야. 그나저나 잘됐다. 내가 네 팀 지원하게 됐어. 안 그래도 미리 만나보려고 했었는데."

엘리베이터의 문이 열렸다. 유진은 엘리베이터로 들어서

며 두툼한 바인더를 준우에게 건네줬다.

“이거 가져가서 읽어 봐. 혹시 기술적인 질문 나오면 참조하려고 들고 온 건데, 내일부터 시작하는 테스트에 도움될 거야. 기술자료를 연구소 밖으로 전송하려면 보안 절차를 거쳐야 하지만 그럴 시간 없으니까 그냥 프린트된 거로 봐. 난 10층에서 내려.”

유진이 엘리베이터의 카메라를 쳐다보며 말했다. 준우도 목적지를 말했다.

“난 로비에서 내려. 이걸 다 읽으라고? 시간도 없고, 나 이런 거 잘 몰라.”

엘리베이터 스크린에 10층과 로비가 목적지로 설정되었다. 몸이 가벼워지는 느낌이 들면서 현재 층 표시가 빠르게 줄어들기 시작했다.

“너 엄살 부리는 건 여전하구나. 출퇴근할 때나 자기 전에 찬찬히 읽어 봐. 테스트하려면 동작 원리를 알아야 하잖아. 재미있을 거야. 이해 안 되는 부분 있으면 내가 설명해 줄게. 그리고 이번에 참여할 지맥 명단 알려줘. 모레 투입하려면 오늘 밤에는 헤드유닛 교체하고 알파 버전 펌웨어로 업데이트해야 하니까.”

“업데이트하고 하루 만에 수색에 투입한다고? 훈련은 언제 하고?"

"경찰이 서두르나 봐. 능동 모드라면 훈련이나 전용 프로그램 없이도 일할 수 있는지 테스트하는 목적도 있어. 문서에 다 나와 있어. 내일 아침 훈련센터로 갈게. 새 헤드유닛과 소프트웨어가 잘 설치되었는지 확인해야 하니까. 오늘 반가웠어. 내일 봐."

준우는 베개에 기대 누웠다. 유진이 준 바인더를 펼쳤다. 첫 페이지부터 읽었다.

> 합성생물을 뇌 심부 전극으로 이용하는 넥서스 기술 덕분에 뇌와 헤드유닛 간에 주고받는 정보의 양이 훨씬 많아졌다. 그러나 기존의 헤드유닛 아키텍처와 결정론적 알고리즘으로는 데이터를 해석하고 모든 경우의 수에 대한 행동 양식을 기술하는 데 한계가 있었다.
>
> 두뇌와 컴퓨터의 협업을 고도화하기 위하여, 신텔리전스는 확률-반응형 프로그래밍 기술을 개발했다. 이 기술과 새로운 하드웨어에 기반한 능동 모드에서는 지맥의 두뇌와 컴퓨터가 밀결합하여 수평적, 보완적으로 동작하면서 상황에 따라 유연하게…….

준우는 확률과 상태 전이에 관한 수식을 이해할 수 없었다. 대신 유진이 회의실에서 위원들에게 설명하던 장면을 기억했다. 그녀를 몰라봤던 순간이 다시 떠올라 눈살이 찌푸려졌다. 어렸을 적의 기억을 더듬어 봤다. 엄마가 돌아가시기 전의 기억은 많지 않았다. 엄마, 연구소, 지맥…….

어린 준우는 다른 아이들과 함께 작은 방에 있었다. 한쪽 벽에는 큰 거울 위에 빨간 불이 깜빡이는 카메라가 달려 있었다. 다른 쪽 구석에서는 유진이 책상에 앉아 아이들이 노는 모습과 컴퓨터 화면을 번갈아 보고 있었다. 그녀는 앳된 얼굴에 단발머리였고, 건설 중인 우주 거주지가 프린트된 티셔츠를 입고 있었다. 아이들은 만화 퀴즈 문제집을 풀거나, 이상한 모양의 블록을 이리저리 조합해 지정된 모양을 만들어내는 게임을 했다.

준우는 유진에게 다가갔다. 그녀에게 말을 걸어보고 싶었다. 무슨 말을 할지 주저하는 새 그녀가 물었다.

"한번 해볼래?"

유진은 준우의 헤드유닛을 컴퓨터에 연결했다. 그녀가 컴퓨터에 뭔가 입력하자, 화면에 네 개의 서로 다른 침팬지 얼굴이 나타나면서 동시에 머릿속이 낯선 감각으로 가득 찼다. 그는 반사적으로 뒷걸음질 쳤다.

"미안. 신호를 천천히 올려야 하는데 내가 아직 잘 몰라서. 괜찮아?"

준우는 고개를 끄덕이며 다시 컴퓨터 화면에 다가갔다. 그녀는 뭔가 다시 입력했다. 머릿속 감각 강도가 적당한 수준으로 떨어졌다. 유진은 지금 느끼는 감각과 관련 있는 지맥을 맞혀보라고 했다. 그들은 화난 표정, 이빨을 드러내고 웃는 표정, 놀란 표정, 고통스러워하는 표정을 짓고 있었다. 웃는 표정을 골랐다.

"와, 동작한다! 너도 잘했어. 한 번에 맞히네?"

유진이 환하게 웃으며 그를 쳐다봤다. 준우도 기분이 좋아졌다. 그녀의 마음도 지맥의 마음처럼 읽을 수 있으면 좋겠다고 생각했다. 어느새 그녀는 성숙한 모습으로 변해 있었고 머리카락도 길어졌다. 자신은 초등학생 그대로였다. 부끄러웠다.

생쥐를 쫓던 고양이가 함정에 빠져 납작해졌다. 함께 만화영화를 보던 준우와 지맥은 동시에 배를 잡고 웃었다. 둘 사이에는 칸막이가 있었으나 서로의 감정을 공유하는 데 방해되지 않았다. 만화영화가 멈추자, 준우는 지맥이 한 편 더 보고 싶어 안달하는 생각을 느끼고 다음 편 재생 버튼을 눌렀다. 지맥은 고맙다는 메시지를 전했다. 지맥은 준우보다 덩치가 꽤 컸지만, 생각은 단순했고 그를 잘 따랐다. 게임을 하거나 만화를 볼 때면 내용을 이해하지 못할 때도 그를 따라 함께 긴장하거나 웃었다.

요란한 웃음소리에 둘을 잠시 바라보던 엄마는 옆에 있는 남자에게 다시 언성을 높였다.

"지원금도 그렇지만, 평택 단지에 살게 해준다고 했잖아요."

"계약서를 잘 보시면, 그 시기는 회사의 사정에 따라 바뀔 수 있다고 되어 있습니다. 준우가 성장해서 일정 자격이 되면, 그때 분양권을 줄 겁니다. 저 역시 지금 당장 준우가 어머님과 함께 단지 안에서 지낼 수 있으면 좋겠는데요, 정부청사가 들어오는 바람에 일반 분양이……."

"그러면 우리를 속인 거예요? 이런 게 어딨어요? 애를 위험한 수술까지 받게 했는데. 소송할 거예요!"

"어머님, 그래 봐야 비용만 날립니다. 계약서는 법적으로 문제없어요. 저희 변호사가 다 검토했어요. 저희도 최선을 다할 테니 저희를 믿고……."

엄마는 언성을 높였고 남자는 경비를 불렀다. 헐떡이며 쫓아온 경비원 아저씨는 엄마를 데려가라는 남자와 버티는 엄마 사이에서 난처해했다. 준우는 어른이면서 계약서도 제대로 읽지 않고 이제 와서 소리 지르는 엄마가 창피했다. 준우가 알기에도 지난번에 다 끝난 얘기였는데, 또 그랬다. 연구소 사람들은 그에게 친절했고, 그는 엄마가 그들과 다투는 것이 싫었다. 어린 준우의 생각에도 어차피 엄마가 이 회사와 싸워서 이길 수 있을 것 같지 않았다. 그는 화가 났다. 엄마를 노려봤다. 화가 북받쳐 올랐다.

"그만 좀 해!"

식은땀을 흘리며 침대에서 일어났다. 아직 새벽 2시쯤이었다. 가슴을 누르고 있던 바인더를 옆으로 치웠다. 다시 잠이 들었다.

숲속에서 지맥과 함께 뭔가를 피해 달아나고 있었다. 앞서가던 지맥이 펄쩍 뛰어오르며 나뭇가지를 붙잡았다. 준우도 따라 뛰었지만 그만큼 높이 뛸 수 없었다. 손끝이 나뭇가지를 스치며 그는 밑으로 떨어지기 시작했다. 옆의 넝쿨을 잡으려 했지만, 몸이 말을 듣지 않았다. 지맥은 이를 드러내 웃었다. 그를 내려다보는 녹색 눈동자가 점점 멀어져갔다.

6

최경혜 형사는 화면을 노려봤다. 아까부터 계속 비슷한 얘기였다.

"걔네들은 진짜 이런 일을 할 만한 능력이나 배짱이 없다니까요."

남자가 히죽거리며 말했다. 이 남자는 자기 보스에게도 이런 표정과 말투를 쓸까? 이 녀석은 항상 이런 모습이었다.

"됐고, 그럼 누가 했다는 거야?"

"그야 모르죠. 이번 일에 대해선 자기네끼리도 말이 많아요. 누가 했는지도 모를뿐더러, 굳이 왜 그렇게 피해자를 많이 만들었냐고요. 누군가 가이아 연대를 모함하는 걸 거예요. 가이아 연대를 싫어하는 사람은 많으니까."

"음모론은 됐고, 정보나 더 캐 봐. 누가 그런 사이보그 쥐를 만들 수 있는지."

"알았어요. 근데 그건 별도예요. 아시죠?"

최 형사는 통화를 종료하고 약속했던 코인을 전송했다. 어렸을 때 꿈꿨던 범죄 수사는 이런 게 아니었다. 드라마에서는 노련한 형사가 으슥한 뒷골목에서 정보원을 접선해 얘기를 듣다가 뭔가 숨기는 게 있으면 바로 눈치채고 한 대 쥐어팼었다. 신텔리전스가 본사 건물에 공간을 제공한 덕에 좋은 환경에서 일하면서 사건 현장에 언제나 가볼 수 있었다. 하지만 신텔리전스 타워는 물론, 평택 단지 전체가 정보원이 드나들기엔 불편한 곳이었다. 더구나 테러 이후로 출입 절차가 까다로워진 탓에 정보 수집은 웬만하면 원격으로 해야 했다. 형사들에게 지급되는 단말기에는 화상통화 상대방의 표정을 분석하는 기능이 있었지만, 제대로 동작하는 걸 본 적이 없었다. 시설관리팀 회의실에서 돔을 설계한 미국 회사와 미팅할 때는 어떻게 실제보다 더 화질이 좋은지 의아할 정도였다. 하지만 20년째 경제가 내리막인 시대에 경찰은 그런 장비는 꿈도 못 꿨다.

"김 형사, 구조 분석은 어떻게 됐어?"

"한번 보세요. 지금 막 도면이 로딩됐어요."

김 형사의 컴퓨터 화면에 도두 공원을 덮은 돔의 구조가 나타났다. 최 형사는 무너진 부근을 가리켰다.

"그럼 이 부분부터 로프를 하나씩 끊어 봐."

김 형사의 눈이 동그래졌다.

"네? 어떻게요?"

"자네가 과학기술 담당이잖아. 그럼 뭐하러 회사에 설계 도면이랑 구조 분석 프로그램을 요청했겠어?"

"보고서에 그럴싸한 그림이나 한 장 넣으려는 거 아니었어요? 설령 프로그램 사용법을 다 익혀도 이 컴퓨터로는 무리예요. 모델을 로딩하는 데만 10분이나 걸렸다고요."

김 형사가 화면의 돔을 잡아끌었다. 주요 골격이 먼저 회전하고, 새로운 각도에서 본 모습이 다 그려질 때까지 한참 걸렸다. 그가 이것 보라는 표정으로 그녀를 쳐다봤다.

"나 참, 과학기술 특채 경찰이면 이 정도는 할 줄 알았는데. 그럼 본부장님한테 얘기해서 경찰청 장비 지원받아."

"편한 보직 받으려고 공부 좀 했다고 뭐든 다 할 수 있는 건 아니라고요. 그런데 뭐하러 시뮬레이션해 보라는 거예요? 이미 다 무너져서 결과가 나왔는데. 필요하면 뭐든 도와주겠다는 회사에 요청할 수도 있고요."

"어떤 로프를 얼마나 끊으면, 돔이 어떻게 붕괴하는지 조건을 바꿔가면서 보고 싶어서 그래. 돔을 설계한 미국 회사가 이렇게 쉽게 무너진 건 이상하다고 했잖아."

"걔네야 당연히 그렇게 말하겠죠. 아니면 자기네 설계가 허술하다고 하겠어요?"

"부실시공 때문일 수도 있고, 어쩌면 테러리스트가 회사 내부인에게서 구조적 취약점을 파악했을지도 몰라. 그러니까 그쪽은 믿을 수 없단 말이야."

"알았어요. 먼저 회사 퇴사자 명단부터 사건 데이터베이스에 등록하고요."

"아직 그것도 못 했어? 내가 했어도 벌써 다 했겠다. 증강 쥐는 뭐 좀 나온 거 없대?"

"아직 국과수에서 리포트는 못 받았지만 통화는 한 번 했어요. 기생충인가 임플란트인가는 자기네가 분석을 못 하니 그냥 신텔리전스 연구소 의견을 참조하래요. 헤드유닛은 범용 부품에다 군용 스펙의 중국제 위성항법 시스템으로 로프를 하나하나 정확히 타깃 할 수 있었대요."

"그럼 중국 정부가 개입했다는 거야?"

"군용 칩 정도는 암시장에서 구할 수 있어요. 아 참, 그리고 광역 통신 모뎀이 있었어요. 끊어진 배터리를 연결했더니 미국의 서버로 접속을 시도하더래요. 인터폴에 IP 주소 추적 조사 의뢰했어요. 내장 프로세서는 동남아 어딘가의 무허가 공장 제품인 것 같은데 국과수에서 중국에 포렌식 의뢰한답니다. 몇 주는 걸릴 테고요, 쓸 만한 정보가 나올지는 그때

돼봐야 알 수 있어요."

평택 단지 입주 초기에는 단지에 대한 대중의 반감이 극심했고 소소한 테러도 잦았다. 선택된 자들만 대유행으로부터 안전한 곳에 살 수 있으니 당연한 일이었다. 하지만 자폭 드론을 날리거나 비둘기를 몰래 반입해 소란을 일으키는 등의 행위는 시간이 지남에 따라 점차 줄어들었다. 단지는 주변 경비와 에어록의 보안 검색을 강화하고 스마트 카메라를 확대 설치했으며 드론 방어 시스템을 갖추는 등 취약점을 꾸준히 보완했다. 자체 발전소와 모듈러 수직농장, 대체육류 등으로 평택 단지의 자급자족률을 높인 것도 유효했다. 무엇보다도 기밀 시설에 대한 모든 종류의 위협을 방역 리스크로 간주하고 중벌에 처하는 '국가방역안전법'이 결정적이었다. 요즘도 출입 차량에 오물을 투척하는 등의 사소한 화풀이가 근절되지는 않았으나, 그래 봐야 소용도 없고 결국 잡힌다는 인식이 퍼지면서 범죄 행위는 점차 줄어드는 추세였다.

이번 테러는 오랜만에 일어난 일이기도 했거니와 그 피해 규모도 유례없는 수준이었다. 경찰청에 테러 사건 대책본부가 조직되었고, 신텔리전스 타워에 현장본부가 만들어졌다. 현장과 회사, 단지 주변에 대한 조사는 최 형사가 속한 현장

본부의 소관이었고, 전국의 경계 밖 지역에서 가이아 연대를 수색하는 것은 대책본부의 대테러 특공대가 회사의 지원을 받아 수행하게 되었다.

최 형사는 쓸 만한 정보도 없이 광범위한 지역에서 가이아 연대를 수색하는 것은 바보 같은 일이라고 생각했다. 회사나 경찰은 이번 일에 최선을 다하고 있다는 것을 평택과 김포 단지의 영향력 있는 주민들에게 보여줄 필요성이 있었을 것이다. 물론 그런 건 최 형사가 신경 쓸 일이 아니었다. 그녀가 가장 궁금한 것은 범행 동기였다. 언론사에 전달된 영상이 범인이 보낸 것이고 그게 진정한 목적일 리는 없었다. 아무도 이념과 사회적 정의만을 위해 이런 거창한 일을 벌이지 않는다. 처벌받을 위험성은 그렇다 치더라도 상당한 자금과 노력이 소요되었을 일에 개인적인 목적이 없을 리 없다. 어쩌면 범인은 회사에 비밀리에 별도의 요구를 했고, 회사는 그 사실을 경찰에 숨겼을 수도 있다. 하지만 경찰 몰래 범인과 협상할 계획이라면 지맥까지 제공해가며 적극적으로 수색을 지원하겠다고 나설 이유도 없었다.

최 형사는 사건 데이터베이스를 열었다. 아직도 쓸 만한 정보는 거의 없었다. 쥐들이 줄지어 지나가는 걸 봤다는 신고가 있었으나 목격자는 쥐의 특이점에 대해 제대로 진술하지 못했다. 경찰은 증강 쥐가 테러에 이용되었다는 것을 발표하면서 구체적인 모습은 공개하지 않았었다. 목격자는 대유행 이후 지속적으로 수가 늘고 있는 들쥐 무리를 봤을 가능성이 컸다. 이런 문서들은 〈검토 완료〉 폴더에 넣었다. 컴퓨터가 발신자의 신원을 추적할 수 없다고 표시한 제보들도 훑어보았다. 항상 그렇듯 검증 가능한 주장이나 변조방지 전자 서명이 된 사진, 영상은 하나도 없었다. 초등학생도 얼마든지 그럴싸한 영상을 합성할 수 있는 시대에 이런 제보를 검토할 시간은 없었다. 익명 제보는 모두 〈추후 검토〉 폴더에 넣었다.

회사가 전해 준 퇴사자 명단은 수천 명에 달했고, 실업급여를 받은 비자발적 퇴사자로 범위를 좁혀도 여전히 너무 많았다. 최 형사는 그중에서 증강동물 기술에 접근할 수 있었던 연구소 직원으로 검색 결과를 좁히고 나머지는 역시 〈추후 검토〉로 분류했다. 〈검토 필요〉에 남아 있는 사람은 얼마 안 되었다. 연구원 직원이 몇 명이나 되는지 모르지만, 연구원의 퇴직률은 전사 평균보다 낮아 보였다. 신원 조회를 돌려보니 대부분 중국과 미국의 합성생물학이나 뇌-컴퓨터 연동기술 등의 첨단기술 업계에서 일하고 있었고, 일부는 사망했다. 국내에 생존해 있으면서 소득도 별로 없는, 자신을 내쫓은 회사에 아직도 불만을 품고 있을 만한 사람은 두 명으로 압축되었다.

"경찰이라고요? 이번 테러에 이용된 증강동물 때문에 전화하셨나요? 퇴사한 지가 언제인데, 설마 제가 용의자인가요?"

여자가 다짜고짜 물었다.

"모든 가능성을 조사하는 중입니다. 먼저 퇴사 사유를 말씀해 주시겠어요?"

"어차피 회사 쪽 얘기는 들으시겠죠? 연구소장하고 트러블이 있었고요, 근무 성적이 나쁘다는 구실로 쫓겨났어요."

"어떤 트러블이었는데요?"

"실험실 사고를 축소·은폐한 거나, 다른 비윤리적인 일들 말이에요. 그런 걸 거론하면 애사심이 없거나 대유행의 심각성도 모르는 멍청한 이상주의자로 매도당했어요. 연구소장만 그런 것도 아니었어요. 사장님과 직접 면담한 후에야 알게 되었죠. 겉으론 천재 과학자 이미지이지만 사실은 냉혹한 사업가라는 것을."

"구체적으로 말씀해 주세요. 내부 고발자는 저희가 보호를……."

"아니요. 퇴사할 때 비밀유지 서약했고요, 이런 경우에 어떻게 되는지 많이 봤습니다. 이 회사가 얼마나 영향력 있는지 모르는 척하지 마세요. 이미 너무 많이 말했네요."

최 형사는 반박할 수 없었다. 자신의 속마음이 표정에 드러나지 않기만을 바랐다.

"어차피 그 건은 오늘 통화의 목적이 아니니까……. 요즘은 어떤 일을 하시나요?"

"뇌-컴퓨터 인터페이스 관련 스타트업을 준비하고 있어요."

"그건 신텔리전스가 놔둬요?"

"넥서스 기술의 원천특허가 곧 만료되기 때문에, 저 말고도 준비하는 곳이 여럿 있어요. 저는 구멍가게니까 큰 회사가 관심 안 가지는 틈새시장을 노릴 거고요."

"신텔리전스에 대해 아직 섭섭한 감정이 있으시죠?"

"제가 받은 투자의향서 사본을 보내 드리겠습니다. 비공개이지만 경찰은 열어볼 수 있을 거예요. 제가 옛날 회사에 장난질이나 칠 이유가 없다는 걸 아실 수 있을 겁니다."

통화 후에 여자가 보내준 자료나 별도로 조사한 재무 상황을 보면 그녀의 말을 의심할 이유가 없었다. 현재 소득은 없으나 몇 년은 버틸 만한 퇴직금과 위로금을 받았고 좋은 조건의 투자도 들어왔다. 다른 퇴사자도 비슷한 상황이었다.

"김 형사, 나도 때려치우고 이쪽 공부나 할까 봐. 요즘 같은 시대에 회사에서 잘려도 바로 스카우트되거나 투자를 받을 수 있다니."

"그러면 이번 사건에 관련된 기술부터 공부하시면 어때요? 저한테만 시키지 말고."

김 형사는 〈증강동물 기술 백서〉라는 제목의 두툼한 책을 최 형사에게 내밀었다. 그녀는 김 형사를 잠자코 노려봤다.

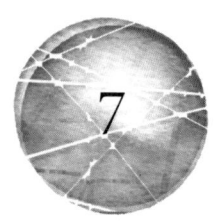

7

훈련센터 지하에 있는 식당에는 이곳에서 훈련 중인 지맥뿐만 아니라 훈련을 마치고 평택 단지에서 근무하는 지맥도 많았다. 모두 질서정연하게 아침 식사를 하고 있었다. 준우도 지맥이 식사하는 모습을 가까이서 본 것은 오랜만이었다. 식사 시간은 원칙적으로는 자유시간이어서, 영장류 위원회와 합의한 지맥의 표준 근무시간에 포함되지 않았다. 하지만 기술적으로는 다른 작업과 마찬가지로 전용 소프트웨어가 통제하는 시간이었다. 그렇지 않으면 위생적으로, 영양적으로 균형 있게, 그리고 개체별로 공평하고 적절한 양을 먹게 하기 어려웠을뿐더러, 무엇보다도 자연 상태의 지맥은 식사를 너무 천천히 했다.

새 헤드유닛과 운영체계를 탑재한 지맥들이 식사하는 모습은 다른 지맥들과는 조금 달랐다. 음식을 받아와 자리를 잡기까지 여러 차례 멈칫거렸고, 일단 자리에 앉은 후에도 주위를 두리번거리고, 옆의 동료와 장난치고, 먹다 말고 자리를 뜨기까지 했다. 넥서스는 그제야 개입해 지맥을 다시 식사 테이블로 돌아오도록 했다. 준우는 각 지맥의 생각을 차례로 스캔했다.

"평소보다 흥분했고 불안해해. 대체로 자유시간 때의 패턴이지만 설명할 수 없는 감정도 종종 나타나."

준우는 느끼는 것을 말로 설명할 수 없었다. 넥서스가 그의 감각피질에 전달하는 지맥의 생각을 언어로 묘사하는 것은 선천적 시각장애인에게 웅장한 계곡의 경이로움, 빠져들 듯이 깊고 푸른 하늘, 물속에 퍼져나가는 잉크의 정교한 패턴을 말로 설명하는 것과 마찬가지였다. 유진이 휴대용 컴퓨터의 화면을 보며 말했다.

"새 헤드유닛은 모두 정상적으로 동작하고 있어. 불안한 건 하루쯤 지나면 나아질 거야. 연구실의 지맥들은 그랬어."

식사를 마친 지맥들은 휴게실에서 서로 기대앉아 털을 골라주며 장난치고 있었다. 준우는 지맥들에게 모이라고 했다. 그가 앞으로 나오자 지맥들은 자세를 바로 하고 그를 쳐다봤다. 대부분은 그가 교육하던 지맥이어서 낯설지 않았다. 준우는 새로 합류한 지맥의 얼굴과 일련번호 뒷자리를 외웠다. 일반인들은 지맥의 얼굴을 쉽게 구분하고 기억하지 못했으나, 조련사들은 사람 얼굴보다 지맥의 얼굴을 더 잘 알아봤다. 조련사 중에는 자신이 교육하는 지맥에게 일일이 이름을 붙여주는 이도 있었지만, 준우는 그냥 일련번호의 끝 두 자리로 부르는 방식을 선호했다.

"너희는 이제 알파 팀이야. 앞으로 나하고 새로운 일을 하는 거야."

그는 소프트웨어를 테스트할 때면 알파 팀, 베타 팀처럼 팀 이름에 버전 명을 사용했다. 아직 버그가 있는 소프트웨어라는 점을 스스로 상기하고 주의를 기울이기 위함이었다. 사실 팀명을 말해 주는 것은 지맥에게는 불필요한 형식적인 행위였다. 그는 관리 시스템에 로그인해 〈알파 팀〉이라는 이름으로 그룹을 생성하고 지맥들을 추가한 후, 자신을 관리자로, 유진을 부관리자로 지정했다. 관리자는 다른 사람에게는 허용되지 않는 명령도 내릴 수 있고 관리자가 조련사라면 지맥의 넥서스에 직접 연결해 사고벡터를 읽거나 지시를 내릴 수 있게 된다. 준우는 자신을 바라보는 지맥의 표정과 생각이 변했다는 것을 느꼈다. 원래 지맥은 사람을 어려워하지만, 알파 팀의 지맥들은 정도가 더했다.

"내가 준 자료 제대로 안 봤구나. 헤드유닛이 관리자를 인식하면 두뇌의 서열 본능을 자극해. 넌 이제 얘네들 우두

머리야.”

“꼭 그래야 해? 어차피 훈련 끝나면 떠나야 할 애들이 날 너무 따르거나 하는 건 부담스러운데.”

“걱정 마. 다른 업무에 배정되면 그쪽 관리자를 우두머리로 따를 테니까. 매 순간의 행동을 헤드유닛이 지시하지 않더라도 관리자가 부여한 일을 열심히 하게 만드는 거야.”

유진은 준우를 주차장으로 데려갔다. 옆면에 회사 로고와 함께 ‘증강동물 연구소 모바일 랩’이라는 글씨가 인쇄된 대형 트레일러 트럭이 주차되어 있었다. 그녀는 견인 트럭의 기밀 문을 열고 내부를 보여줬다. 운전석과 그 뒷자리에는 현장에서 독립적으로 사용할 수 있는 컴퓨터와 각종 전자기기가 설치되어 있었다. 견인 트럭 뒤에 굴절 통로로 연결된 대형 트레일러는 2층으로 이뤄져 있었는데, 1층에는 좌석과 화장실, 주방, 탁자 겸 간이 진료대가 있었고 2층은 지맥들을 위한 침실이었다.

“이걸 타는 거야? 멀티콥터로 갈 줄 알았는데.”

“이 차의 위성 안테나와 이동 기지국이 필요해. 운전은 지맥 시키면 되잖아.”

지맥의 헤드유닛은 독자적으로 동작할 수 있지만, 작업 수행을 모니터링하고 소프트웨어를 디버깅하려면 무선 통신

망을 통해 연구소의 서버와 연결되어야만 했다. 지맥이 처음 적용된 분야가 물류였기에 그들은 모두 기본 교육과정에서 대형트럭 운전을 배웠다. 그들을 훈련시켜야 하는 준우도 조금은 경험이 있었다. 하지만 모두 제대로 관리되는 환경에서였다. 무선 통신도 안 되는 곳이라니, 그제야 문명의 범위를 벗어난다는 것이 실감 났고 지맥이 과연 그런 곳에서 운전을 제대로 할지 걱정도 되었다.

준우는 지맥 둘을 보급품 창고로 데려가 장기보존 음식과 음료를 넉넉히 챙겼다. 나머지 지맥들은 모바일 랩에 식음료를 싣는 모습을 보고는 흥분해서 끽끽거리며 뛰어다녔다. 이들은 멀리 가는 것을 좋아했고, 미래를 예측하고 준비할 줄 아는 유인원이었다.

* * *

지맥 87의 호출에 잠이 깼다. 머릿속의 불빛은 두 번 더 깜빡였다. 알았다고 응답하고 눈을 떠보니 어느새 날이 밝았고, 모바일 랩은 경계 게이트 앞에 정차해 있었다. 여기서부터는 정부가 치안을 책임지지 않는 지역이었다. 차량의 문이 잘 잠겨 있는지 다시 확인했다. 경계 밖에도 이런 큰 차량을 공격하는 강도는 흔치 않을 거라고 경찰이 말했지만, 굳이 운을 시험하고 싶지 않았다. 지맥은 사람이 앞을 가로막으면 차량을 세울 수밖에 없었다. 위험을 감수하고 차량을 밀어붙이는 것은 사람만 할 수 있는 일이었다. 준우는 새벽부터 운전한 지맥 87로부터 운전대를 넘겨받고, 87에게는 뒤로 가서 동료들 옆에서 더 자라고 지시했다. 87은 창밖을 가리키며 남아 있고 싶다고 했다. 87은 호기심이 많은 지맥이었고 처음 와 본 곳을 더 보고 싶어 했다. 그는 고개를 끄덕였다. 87의 부족한 잠은 돌아갈 때 보충할 수 있을 것이다.

헤드유닛의 통신 신호가 약해진 것이 느껴졌다. 굳이 확인하지 않더라도 지맥을 스캔할 때 얼마 만에 응답이 오는지, 데이터가 얼마나 압축되어 생각의 디테일이 뭉개졌는지를 보면 알 수 있다. 경계를 넘어서면 곧 신호가 끊길 것이므로 미리 대비해야 했다. 준우는 자신과 알파 팀의 헤드유닛을 모바일 랩의 이동 기지국에 연결했다.

철조망 사이로 차 한 대가 겨우 지나갈 만한 크기의 게이트는 차량이 다가가자 자동으로 열렸다. 산짐승을 막고 사람들에게 위험을 경고하는 시설이었다. 게이트를 지나자 흙과 낙엽이 도로를 수북이 덮고 있었다. 갈라지고 팬 곳에 바퀴가 빠질 때마다 뒤 칸의 장비들이 삐걱거렸다. 지맥들은 모두 깨어나 창밖을 두리번거렸다. 갈림길에서 잘못 들어서는 바람에 좁은 길에서 모바일 랩을 돌려 나오느라 고생하고, 쓰러져 길을 막은 나무를 지맥들이 치우게 하느라 시간을 허비했다. 결국 20분으로 예상했던 거리를 한 시간 가까이 걸려서야 대유행 전 지도에 〈휴양림〉이라고 표시된 곳에 가까워졌다. 글씨를 겨우 알아볼 수 있는 녹슨 푯말을 따라 좁은 길로 진입했다. 도로로 뻗쳐 나온 나뭇가지가 차체를 긁는 소리에 지맥들이 불안해하며 끽끽거렸다.

마침내 도착한 공터에는 경찰 마크가 선명한 중형 멀티콥터 두 대와 검은색 버스 세 대가 서 있었다. 모바일 랩을 세우고 페이스 실드를 착용한 후 문을 열었다. 이른 오전인데도 페이스 실드의 필터를 거친 공기는 후덥지근했고 낯선 풀 내음과 흙냄새가 풍겼다. 공터는 예전에는 주차장이었던 듯, 녹슬고 풀에 덮여 형체를 알아보기 힘든 차가 몇 대 버려져 있었다. 주위를 한 바퀴 둘러봤다. 나무가 빽빽한 숲을 배경으로 페이스 실드 디스플레이에 〈수색 예정 지역〉 표시가 오버레이 되었다. 숲속으로 몇 갈래 산길이 보였으나 대형 차량을 끌고 갈 만한 길은 아니었다.

준우는 지맥들을 차량에서 나오게 했다. 그들은 낯선 숲의 풍경을 두리번거리고 주변의 새소리에 귀를 기울이다가 곧 장난치고 뛰어다니며 두 시간 넘게 갇혀 있었던 몸을 풀었다. 모바일 랩의 측면 패널을 열고 스크린을 켰다. 연구소에서 새벽에야 전달해 준 소프트웨어를 실행하고 지맥들을 불러 모았다. 스크린에 숲속의 낡은 건물, 창문 너머로 보이는 실험 설비, 나뭇가지에 덮인 비밀 출입구, 사람이 탄 트럭, 증강 쥐 등의 영상이 차례로 나타났다. 지맥들은 스크린 앞에 둘러앉아 영상에 집중했다.

멀티콥터에서 두 사람이 다가왔다. 경찰특공대 표식이 달린 제복을 입고 있었다.

"좀 늦었군요. 하긴 저런 걸 몰고 여기까지 왔으니 오래 걸릴 만했네요. 얘네들은 지금 뭐 하는 거요?"

덩치 큰 경찰이 말했다. 신텔리전스 직원용에 비해 투박한 페이스 실드 때문에 말이 잘 안 들렸으나 기다리느라 짜증 난 티는 가려지지 않았다.

"찾을 대상을 학습하는 중입니다. 수색하다가 저런 걸 발견하면 멈추고 저한테 연락할 겁니다."

"저 이마에 달린 카메라로요? 왜 그냥 학습 모델을 다운로드하지 않고요?"

경찰은 지맥과 영상을 궁금한 듯 쳐다봤다. 지맥들은 경찰의 시선을 개의치 않고 스크린만 뚫어져라 쳐다보고 있었다.

“저 카메라는 주변을 녹화만 하고요, 타깃은 지맥과 헤드 유닛이 함께 인식합니다. 인공지능보다 하이브리드 지능이 적은 데이터로 더 좋은 성능을 낸다던데, 저도 기술적인 건 잘 모릅니다.”

“우리도 증강 비둘기라도 있으면 좋겠군요. 이거 보시죠.”

경찰은 단말기에 지도를 띄웠다. 등고선과 등산로를 나타내는 선들 위에 붉은 얼룩들이 표시되었다. 그가 화면을 조작하자 작은 얼룩들은 사라지고 큰 얼룩 수십 개가 남았다.

“경찰 위성의 원적외선 스캔 결과입니다. 붉은색이 주위보다 온도가 높은, 그러니까 사람이나 기계가 있는 곳입니다. 작은 점들은 센서 노이즈이거나 작은 동물이니까 무시해도 됩니다.”

“드론은 보내봤나요?”

“숲이 빽빽해서 드론이 접근하기 어렵습니다. 그리고 드문드문 인가가 있어서요. 여긴 법이 먼 동네이긴 하지만 원칙적으로는 주거지에 영장 없이 드론을 날릴 수 없기도 하고, 드론 재머에 당할 가능성도 큽니다. 타깃 지점을 전송해 드리겠습니다. 오늘 다 커버해야 하니까 빨리 출발하는 게 좋을 겁니다.”

경찰은 멀티콥터로 돌아갔다. 그새 지맥의 영상 학습은 끝나 있었다. 지맥들이 물통과 휴대 식량을 챙기는 동안 모바일 랩의 콘솔에서 경찰이 보내준 위치 목록을 지도에 띄워 놓고 각 지맥이 이동할 경로를 설정했다. 연구소에서 대기 중인 유진과 음성 채널을 열었다.

"유진, 잘 들려? 여기는 준비 다 됐어."

"잠깐만. 위성 네트워크가 생각보다 느려. 로그 레벨을 조절해서 데이터 전송량을 줄여 볼게."

"그래? 내가 애네들 상태를 스캔해 보니 평소보다 응답이 빠르던데."

"통신상태가 어떨지 몰라서, 회사 서버를 경유하지 않고 이동 기지국에서 너와 지맥이 직접 연결되도록 설정했어. 그런데 응답 속도 차이가 느껴진다고? 기껏해야 수십 밀리초 정도일 텐데."

"사람보다 지맥과 훨씬 더 많이 대화하면 그렇게 돼."

"너 나하고 대화 좀 해야겠다. 음, 이제 됐어."

준우는 알파 팀을 출발시키고 그들이 숲속으로 사라질 때까지 지켜봤다. 모바일 랩으로 들어와 간이 소독한 후 페이스 실드를 벗었다. 콘솔에 앉아 스크린에 지도를 띄우고 위성 사진을 오버레이 했다. 지맥을 나타내는 점들이 숲을 천천히 가로지르고 있었다. 그는 가장 앞선 49의 헤드유닛 카메라가 전송하는 영상을 크게 띄우고 사고벡터를 자신의 넥서스에 연결한 후 의자를 뒤로 눕혔다.

지맥 49는 어렸을 때 살던 숲을 구체적으로 기억하지는 못했지만 이곳은 마음이 편안해졌다. 나무와 흙으로 둘러싸인 이곳의 감촉과 냄새가 좋기 때문일 거라고 49는 생각했다. 49의 헤드유닛은 조금 전 전달받은 경로와 위성 항법 장치, 지자기 센서, 가속도계를 참조해 가야 할 방향을 뇌에 지속적으로 알려줬다. 그 방향을 보니 흙더미와 쓰러진 나무가 길을 막고 있었다. 헤드유닛은 여느 때와 달리 어디로 돌아가라고 알려주지 않았다. 그는 나무를 타고 올라 넘어가야겠다고 생각했다. 평택 단지에서는 함부로 나무를 오르면 조련사가 야단쳤지만, 지금은 주위에 야단칠 사람이 없었다. 어제 아침 식사를 두 번 가져다 먹어도 괜찮았던 것처럼 나무 위에 올라가도 괜찮을 것 같았다. 나뭇가지에 매달리다가 미끄러져 떨어졌으나 어렸을 때 나무를 오르던 감각이 되살아나면서 곧 능숙해졌다. 49의 헤드유닛은 예정보다 빠르게 경로를 가고 있다는 것을 인식하고 임플란트에 신호를 줘서 그의 뇌가 도파민을 분비하도록 자극했다. 49는 나무를 잘 타는 자신을 뿌듯하게 여기고 행복감을 느꼈다.

가야 할 방향 외에 49는 아무 지시도 받지 않았다. 가야 할 방향도 지시로 느껴지지는 않았다. 49는 지금 일하는 건지 노는 건지 헷갈렸다. 이틀 전까지만 해도 일을 할 때는 마치 꿈속에서 자신의 행동을 지켜보는 것처럼 별생각을 하지 않아도 행동이 저절로 이어졌다. 지금은 자유시간과 비슷했다. 스스로 마음먹지 않으면 아무 일도 일어나지 않았다. 같이 놀 동료가 옆에 없다는 점이 아쉬웠으나, 배낭에 들어 있는 음식과 물을 떠올리니 마음이 든든했다. 49가 음식 생각을 하는 것을 헤드유닛이 인식하고 예정된 식사 시간과 비교했다. 갑자기 준우에게 야단맞은 느낌이 든 49는 주위를 둘러보고는 의아해했다. 식사 생각은 일단 접었지만 그래도 기분은 좋았다. 두 손과 두 발로 흙길을 마음껏 뛰고 나무에 기어올라, 가고 싶은-사실은 그렇게 유도된-방향으로 나아갔다.

나뭇가지 사이로 집이 보였다. 헤드유닛은 시각피질 깊숙한 영역에서 읽은 데이터가 아까 타깃 영상을 학습할 때와 유사하다는 것을 인식하고 조심하라는 신호를 발생시켰다. 49는 나무 뒤에 몸을 낮추고 고개를 살며시 내밀었다. 잠시 지켜보고 있으니 안에서 사람이 오가는 것이 보였다.

헤드유닛은 준우의 지시를 기다리라고 지시했다. 며칠 전부터 49는 준우를 달리 느꼈다. 말로 하건 혹은 넥서스로 하건 그의 지시에서는 권위가 느껴졌다. 49는 준우를 믿으면서도 동시에 그에게 혼날까 봐 항상 두려웠다. 49는 꼼짝하지 않고 지시를 기다렸다.

49에게 숨을 죽이고 움직이지 말라고 지시하고 49의 헤드유닛 카메라가 전송하는 영상을 안정화시켰지만 창문을 확대하자 영상은 조금씩 흔들렸다. 준우는 49의 영상을 경찰에 전송하면서 음성 채널을 열었다.

"B5 지점에 사람이 있습니다."

창문 안쪽에서는 남자와 여자가 뭔가 얘기하고 있었다. 경찰은 집 전체를, 다시 지붕을 확대해 보여달라고 했다. 지붕에는 태양광 패널과 위성 안테나, 그리고 준우가 처음 보는, 마치 망원경처럼 생긴 장치가 있었다.

"드론 재머를 갖고 있군요. 체포하겠습니다. 수고하셨습니다. 지맥은 다음 타깃으로 이동시켜 주세요."

"체포한다고요?"

"조금이라도 수상쩍은 자들은 모두 체포해서 압송하라는 지침을 받았습니다. 저런 고출력 재머는 소유하는 것만으로 불법이니 법적으로 문제없습니다."

창문 밖으로 경찰 버스에서 나온 특공대 다섯 명이 B5 지점 방향으로 뛰어가는 모습이 보였다. 그때 단말기에 유진의 메시지가 수신되었다. 뉴스를 보라는 메시지였다. 링크를 클릭했다. 경찰청장이 기자회견 중이었다.

– 그래서 지난 20년간 유지되었던 제한적 관여 정책을 폐기하고 대한민국 전역에서 법질서를 바로 세울 때가 되었습니다. 첫 단계로 평택 단지 테러 사건을 저질렀다고 자인한 가이아 연대를 전면적으로 수사하고 불법을 저지른 자들은 모두 체포할 것이며, 만약 필요하면 군의 협조도 받아…….

영상의 소리가 작아지고 유진의 얼굴이 화면 구석에 나타났다.

"경찰청하고 회사의 합동 기자회견이야. 그냥 수사가 아니라 전면전을 벌일 건가 봐. 거기 분위기는 어때? 너랑 지맥은 위험하지 않아?"

준우는 경찰과의 채널을 닫았다. 어차피 저들은 한동안 정신없을 것이다.

"바로 옆에 중무장한 특공대가 바글바글해. 숲에서 볼일만 봐도 잡아넣을 분위기야. 잠깐, 사장님이 나오시는데?"

영상에 신텔리전스 박정훈 사장이 나타났다. 다시 영상의 오디오를 키웠다. 깔끔하고 세련된 외모에 열정적인 연설로 유명한 그의 평소 모습과는 달리, 초췌한 얼굴에 떨리는 목소리로 말하고 있었다.

– 이런 끔찍한 사태가 다시는 일어나지 않도록, 우리가 가진 모든 수단과 자원을 동원하고 경찰과 협력하여…….

"잠깐만. 지맥 23이 뭔가 찾았나 봐."

23의 카메라 영상을 보니, 건물 바깥에 대형 가스탱크가 여럿 있었고 트럭도 두 대 주차되어 있었다. 경찰이 보내준 지도에서 가장 적외선 레벨이 높았던 곳이었다. 준우는 23의 영상을 경찰에 전송하고 오디오 채널도 다시 열었다. 다시 영상으로 눈을 돌리는 순간 건물의 창문이 열리며 반짝이는 것이 보였다. 숨으라고 지시하려 했지만 한발 늦었다. 탕, 탕, 소리가 들리며 23의 상태 아이콘이 붉은색으로 번쩍였다. 넥서스로 23을 스캔해 보니 오른쪽 팔에 심한 통증을 느끼고 있었다. 23은 나무 뒤로 몸을 숨겼다.

"움직이지 말고 숨어 있으라고 하세요. 우리가 갑니다."

경찰 목소리와 함께 멀티콥터가 최대 출력으로 기동하는 소리가 들렸다. 23의 한층 커진 두려움이 느껴졌다. 준우는 눈을 감고 23에게 집중했다.

나무 | 올라가

준우의 지시를 받기 전, 이미 23은 팔의 통증을 무릅쓰고 나무에 오르기 시작했다. 23이 아래를 내려다본 순간 품종을 알 수 없는 사냥개가 카메라 가까이 뛰어올랐다. 준우는 반사적으로 고개를 돌렸다. 고통의 레벨이 많이 상승하지 않은 것으로 보아 가까스로 사냥개의 이빨은 피한 것 같았다. 다시 23이 건물 쪽으로 고개를 돌렸다. 23을 향해 총을 겨냥하고 다가오던 사람들이 멈춰서서 하늘을 쳐다봤다. 사방의 나뭇가지가 흔들리면서 멀티콥터의 프로펠러 소리가 들렸다.

갑자기 사람들이 총을 떨어뜨리고 몸을 웅크렸다. 23도 심한 고통을 느끼고 몸을 웅크리다가 나무 밑으로 떨어졌다. 사냥개는 몸통이 뒤틀리고 입에서는 침이 흘러내리고 있었다. 멀티콥터에서 늘어뜨린 로프를 타고 내려오는 경찰특공대의 모습이 보였다. 넥서스를 통해 느끼는 감각은 자신의 신체에서 느껴지는 감각과는 별개였지만, 조련사들이 흔히 그렇듯 준우도 관찰 중인 지맥의 고통을 자신의 고통으로 착각할 때가 있었다. 23이 팔에 고개를 파묻으면서 영상이 컴컴해졌다. 고통이 조금 줄어들면서 유진의 목소리가 들렸다.

“준우야, 괜찮아? 거기 무슨 일이야? 내가 23의 신호는 약화시켰는데, 여기선 무슨 일인지 파악이 안 돼.”

이제 이 감각이 자신의 고통이 아니라고 구분할 수 있었다. 23이 고개를 들었다. 총을 쐈던 남자가 수갑을 뒤로 차고 비틀거리며 경찰에 끌려가는 모습이 보였다. 유진에게 말했다.

"23이 팔에 총을 맞았어. 그건 참을 만했는데, 다시 극심한 고통을 느껴서 나무에서 떨어졌어. 경찰이 충격포를 쓴 것 같아."

충격포는 시위가 격해질 때 경찰이 사용하는 장비로서, 강한 극고주파로 근육 경련을 일으키는 비살상 무기였다. 준우는 직접 경험은 없었으나, 지맥 반대 시위 때 붙잡혀 있던 지맥의 감각을 느껴본 적은 있었다.

"우리 지맥한테 경찰이 충격포를 쐈다고? 미친놈들 아냐?"

"23이 위험한 상황이었어. 경찰도 23을 구하려고 그런 거야. 나무에서 떨어질 줄은 몰랐겠지."

"그래도 잘 조준해서 쐈어야지. 이런, 왼쪽 다리에는 아직도 고통이 있는 거로 나타나는데. 떨어질 때 다쳤나 봐."

"나도 느꼈어. 그래서 아까부터 일어서지 못하고 있어. 경찰한테 멀티콥터로 실어 보내 달라고 할게."

경찰은 들것에 실어 온 23을 모바일 랩의 진료대에 내려 놓았다.

"우리가 일부러 그런 건 아니라고 말 좀 잘해 주쇼. 근데 이 차에는 별것 다 있군요. 우리보다 얘네 근무환경이 더 좋네요."

23은 고통 속에서도 준우를 보고는 반갑다는 신호를 보내고 그의 손을 자신의 다리로 잡아당겼다. 준우는 23을 쓰다듬어 안심시킨 후 스트랩으로 침대에 고정했다. 다기능 진단기를 켜고 안내에 따라 핸드헬드 스캐너로 발에서 엉덩이까지 천천히 스캔했다. 진단기 화면에서 23의 오른쪽 다리 뼈와 근육은 모두 녹색으로 표시되었지만, 무릎의 인대에는 붉게 표시되는 부분이 있었다. 그는 넥서스로 23을 진정시켰다. 잠시 후 23의 눈꺼풀이 무거워지고 호흡이 느려진 것을 확인한 후 인대강화 주사를 놓고 압박 붕대를 감아 수면실에 데려다 눕혔다.

23이 깊게 잠든 것을 확인한 후 유진과 음성 채널을 다시 열었다.

"23은 한동안 쉬어야 할 것 같아. 알파 팀에 다른 지맥 배정 신청해 줘."

"알았어. 이걸로 끝이어야 할 텐데."

"어쩌겠어, 이제 시작인걸. 잠깐만. 지맥 35가 호출하고 있어."

35의 넥서스에 연결하자마자 찌르는 듯한 고통이 밀려왔다. 다리에 힘이 빠지는 바람에 침대 가드를 잡고 겨우 몸을 유지했다.

"이번엔 발목이야. 아니, 손도 다친 것 같아. 영상을 봐야겠어."

정신을 가다듬고 콘솔에 35의 영상을 띄웠다. 35가 미친 듯이 고개를 흔들어대서 영상은 알아볼 수 없었고, 고통에 압도된 35의 사고벡터에서 다른 패턴을 인식할 수 없었다. 35의 넥서스 신호를 감쇄시켜 놓고 지도를 봤다. 87이 가장 가까웠다. 87에게 35의 위치로 이동하라는 명령을 내리려는 순간 스크린에서 87은 이미 그 방향으로 움직이기 시작했다. 87이 전송하는 영상과 오디오로 봤을 때, 87은 어느 때보다도 빨리 뛰어가고 있었다. 지도에서 87의 아이콘이 35의 아이콘에 빠르게 다가갔다. 곧 87의 영상에 35가 고통에 몸을 뒤트는 모습이 나타났다. 35의 발목이 뭔가에 붙잡혀 있었고, 잡힌 부위와 두 손이 피로 흥건했다. 준우는 영상을 뒤로 돌려 정지시키고 확대했다. 덫이었다. 다시 현재 시점으로 돌아오자, 87이 손으로 덫을 잡으려 했다.

"안 돼, 멈춰!"

87이 덫을 잡아당겼다. 35의 비명이 더 날카로워졌다. 당황한 87은 35를 껴안고 함께 깍깍거리며 울면서 준우에게 호출 신호를 반복해서 보냈다. 준우는 페이스 실드를 착용하고 응급키트를 꺼내 들었다.

"뭐 하는 거야? 그러다 너까지 위험해!"

유진이 소리쳤다. 준우는 문을 열고 뛰어내렸다. 단말기를 조작해 지도를 페이스 실드 내부 스크린에 띄우고 알파팀의 위치를 표시하도록 했다. 35와 87을 향해 뛰어갔다.

8

From: 유현규/CEO 〈hg.yoo@syntelligence.lab〉
To: 서혜린/CMO 〈hr.seo@syntelligence.lab〉
Date: Fri, 3 Aug 2057 17:35:09 KST
Subject: 평택 건설현장 사고 관련

서 전무, 오전에 일어난 사고에 대한 적극적인 미디어 대응이 필요합니다. 관리 책임이 우리에게 있기는 하지만, 기록적인 호우로 지반이 약해진 것이 근본 원인인데 가장 큰 피해자인 우리 회사가 비난의 대상이 되고 있습니다.

입주 예정자들은 한시라도 빨리 평택 단지를 완공하라고 재촉하고, 일부 기관이라도 입주시키라는 정부의 압력을 조율하느라 서 전무가 애쓰고 있는 것도 잘 압니다. 동시에 나머지 사람들의 시기도 강해지고 있습니다. 사소한 꼬투리라도 잡아서 우리의 노력을 폄하하고 방해하려는 사람들 눈앞에서 사고가 터졌으니, 법적인 책임을 넘어 건설 일정과 회사 이미지에 부정적 영향을 미칠까 우려됩니다. 이미 고민 중이겠지만 일단 제 생각은 이렇습니다.

첫째, 대형 건설 프로젝트에는 사고와 희생이 있게 마련이라는 점을 인식시켜야 합니다. 처음 하는 시도면 더욱더 그렇습니다. 경부고속도로를 건설하느라 77명이 사망했습니다. 세계 최대의 기밀 공간인 평택 단지를 일정을 당겨가며 건설하는 데 그보다 조금 많은 수의, 대부분 사람도 아닌 지맥이 희생된 것은 안타깝지만 있을 수 있는 일입니다. 우리는 하루라도 빨리 사람들을 바이러스로부터 보호하기 위해 위험을 감수했습니다. 또한 자연 생태계의 침팬지들은 오히려 더 위험한 환경에 처해 있다는 점을 부각해야 합니다.

둘째, 정부를 움직여야 합니다. 단지에 입주 못하는 대다수 사람은 감정적으로 우리를 비난할 겁니다. 여론이 악화되면 정부도 공사 중단 명령이나 지맥에 대해 과도한 안전 기준을 요구하는 등 조치를 할 수밖에 없게 됩니다. 그 전에 여론을 관리해야 하며, 이는 온라인 통제 수단을 가진 정부만이 할 수 있는 일입니다. 서 전무가 예전부터 말했던, 정부 고위 인사를 우리 회사 고문으로 모시는 것도 이번에 추진합시다. 지금 입지가 괜찮고 영향력 있는 분이라도 더 좋은 처우와 가족 모두 안전하게 지낼 기회를 뿌리치긴 쉽지 않을 겁니다. 무엇보다 우리가 하는 일이 옳은 일이고 사회에 필요한 일이라는 것을 이해시키세요.

지금 막 떠오른 아이디어인데, 조련사 훈련생들을 홍보에 활용하는 건 어떨까요? 지금 한창 귀여울 나이잖아요. 넥서스를 이용한 재미있는 시연을 준비해 보라고 연구소에 지시하겠습니다. 장차 이들이 지맥을 더 정교하게 훈련할 수 있게 되면 안전사고도 줄어들 거라는 점과, 이것이 인간의 두뇌 능력을 확장하는 역사적인 첫 시도라는 메시지도 넣고요. 어린 훈련생들이 지맥과 감정적으로 상호작용하는 모습을 보여주면 우리가 지맥을 너무 기계처럼 다룬다는 인식도 바꿀 수 있을 겁니다.

요즘 바쁘다 보니 서 전무 따로 본 지도 꽤 되었네요. 애도 많이 컸을 텐데, 이번 주말 어때요?

Hyeon-Gyu Yoo, Ph. D.

CEO/Founder, Syntelligence, Inc.

9

엘리베이터 문이 열렸다. 연구소에는 오랜만이었다. 사무용 가구의 매끈한 흰색과 베이지색 패널들, 수많은 불빛이 점멸하는 컴퓨터, 낮은 파티션으로 구분된 자리에서 화면을 들여다보며 키보드를 두드리거나 고글을 쓰고 손을 휘젓는 연구원들이 넓은 사무실을 채우고 있었다. 한쪽 벽 전체를 차지하는 반투명 유리창의 건너편은 지맥의 행동을 관찰하는 실험실인 것 같았다. 실험실 내에는 각종 기구와 모의 작업 공간, 계측 기기들이 즐비했다.

준우가 두리번거리자 입구 가까운 자리의 남자가 유진의 자리를 알려줬다. 덫을 분해하다 다친 손을 주머니에 넣고 유진에게 다가갔다.

“팔도 다쳤네? 손만 다친 거 아니었어? 손 보여줘 봐.”

팔의 상처는 긁힌 정도여서 밴드를 붙인 것을 잊고 있었다. 그녀는 붕대 감긴 손을 앞뒤로 들여다봤다.

"여기 소독은 제대로 했어? 파상풍 백신은 맞았고?"

"조련사 되려면 응급처치쯤은 할 줄 알아야 해. 그리고 내가 이래 봬도 회사의 귀한 자원이잖아. 회사에서 온갖 백신 다 맞았다고."

유진은 컴퓨터로 뭔가를 조회해 보고는 고개를 끄덕였다.

"그건 다행이야. 그래도 그렇게 막 뛰어가다 너마저 덫에 걸리면 어쩔 뻔했어?"

유진은 그의 손을 잡은 채 걱정스러운 표정으로 얼굴의 상처를 쳐다봤다. 그는 책상 위의 홀로그램 디스플레이로 시선을 돌렸다. 아무것도 보이지 않았다.

"이쪽으로 와. 이 디스플레이는 시야각이 좁아서 그쪽에선 안 보일 거야. 학습 콘텐츠 팀에 요청해서 급하게 만든 건데, 아직 좀 보완해야 해."

유진은 자신의 어깨너머로 보라고 했다. 그녀가 홀로그램 위에서 손가락을 벌리자 숲이 확대되었다. 수북한 낙엽 아래에 덫이 보일 듯 말 듯 숨겨져 있었다. 덫 가장자리가 붉은빛으로 점멸했다.

"네가 가져온 덫은 수제작한 조잡한 거였어. 모양이 다 다를 거라서 학습한다고 알아볼 수 있을지 걱정이야. 요즘 경계 밖에서 어떤 덫을 쓰는지 검색해 봐도 자료가 거의 없어.

잘 숨겨져 있으면 아예 안 보일 수도 있고."

유진은 서로 다른 덫의 모형을 번갈아 디스플레이에 띄웠다. 대부분은 옛날 사진을 이용해 3D 모델을 생성한 듯 품질이 좋지 않았다. 참고할 사진이 더 많았으면 AI가 그럴싸한 변형을 합성해 낼 수도 있었겠지만, 덫에 대해선 그러지 못했다. 이어서 그녀는 덫을 여는 법을 가르치는 시뮬레이션을 보여줬다.

"금방 만들었네. 그래도 덫마다 여는 방법이 다를 수 있으니 일단 나를 기다리도록 해줘. 덫을 인식하고 동시에 통증이 있을 때 움직이지 말라는 규칙을 만들 수 있을까?"

"그게 낫겠다. 네 말처럼 간단한 건 아니지만."

유진은 준우가 처음 보는 소프트웨어를 실행했다. 연구원들만 사용하는 툴인 것 같았다. 새로운 규칙을 생성하고 실행 조건에 덫 인식 조건을 추가했다. 다시 감각 조건을 추가하여 지맥의 3차원 모델에서 발과 발목 부분을 넓게 선택하고, 통증 감각의 역치를 설정했다. 실행 항목에는 〈관리자 호출〉과 〈동작 정지〉를 추가했다. 〈우선순위〉는 〈높음〉으로, 그 외에 여러 가지 그래프의 모양을 조정하고 파라미터를 설정한 후 저장했다. 그녀는 다시 관리 서버에 업로드된 지맥 35의 녹화 영상을 열었다.

"35가 덫에 걸렸을 때가 몇 시쯤이었어? 그때 저장된 데이터로 새로 만든 규칙을 테스트해 볼 거야."

유진에게 시간을 알려주고 화면에서 눈을 돌렸다. 끔찍한 장면이 지나갔을 즈음 다시 화면을 보니 이번에는 87의 데이터가 열려 있었다.

"87은 왜?"

"87도 덫을 목격하고 손을 다쳐서 고통을 느꼈잖아. 사고 벡터 좀 봐. 엄청 흥분했네. 이럴 때 87도 함께 진정시켜야 할까? 뒤로 돌려 볼게. 아, 이때 네가 다쳤구나."

덫을 열어 보려는 준우를 87이 밀치는 장면이었다. 사고 벡터 분석기는 87의 〈두려움〉 레벨이 높고 노이즈가 많다고 표시했다.

"내가 자기처럼 35를 더 다치게 할 줄 알고 그랬을 거야."

"그런가? 일단 덫을 인식하면 무조건 조금 진정시켜야겠어."

그녀는 아까 만든 규칙을 이것저것 수정하고는 〈테스트 시작〉 버튼을 눌렀다. 화면에 테스트 시나리오의 이름과 실행 결과가 출력되기 시작했다.

"더 다양한 케이스를 테스트할 수 있으면 좋을 텐데, 지금은 그럴 시간 없어. 다른 테스트 케이스에도 영향이 없는

지 확인하고, 별문제 없으면 오늘 밤 수면 학습과 소프트웨어 업데이트 스케줄에 등록할게."

"고마워. 늦게 퇴근하겠네."

"넌 온종일 위험한 곳에서 고생했잖아. 그나저나 첫날부터 지맥이 이렇게 많이 다치다니. 위험할 줄은 알고 있었지만, 그래도 이 정도일 줄은 몰랐어."

유진은 한숨을 쉬었다. 준우는 주위를 둘러봤다. 퇴근 시간이 지났는데도 다들 바쁘게 일하고 있었다. 그는 회사의 다른 부서가 어떻게 돌아가는지는 관심도 없고 잘 모르고 있었다. 막연히 연구원들은 조련사보다 편하게 일할 거라고 생각했었는데, 꼭 그렇지만도 않은 모양이었다. 화면을 흘깃 쳐다봤다. 수많은 테스트 케이스들이 계속 실행되고 있었다. 그녀가 말했다.

"한참 걸릴 거야. 참, 너 저녁은 먹었니?"

저녁 식사 후 유진은 연구소로 돌아가고 준우는 훈련센터로 왔다. 알파 팀은 자기들 숙소에서 자유시간을 즐기고 있었다. 지맥들은 평소보다 활발해 보였다. 아마 하루 동안 새로운 경험을 많이 했기 때문일 것이다. 지맥들을 차례로 스캔했다. 두뇌 활동이 보통 때보다 더 활발했고 그가 해석할 수 없는 낯선 패턴이 많았다. 새로운 패턴의 의미를 알아내려면 지맥 하나를 정해 여러 상황에서 행동과 사고벡터를 함께 관찰하고 분석해야 하는데, 지금은 그럴 여유가 없었다.

준우는 알파 팀을 평소보다 일찍 재웠다. 수면 학습 때문에 REM 수면시간을 늘려야 했다. 지맥들은 더 놀고 싶어 했지만, 넥서스의 지시에 따라 각자의 자리에 얌전히 누워 바로 잠들었다. 준우는 지맥의 몸을 하나씩 살피고 미처 못 봤던 상처에는 외상용 젤을 뿌리고 항생제를 주사했다.

자리로 와서 87의 데이터를 열었다. 유진에게는 대충 얼버무렸지만, 다시 확인할 것이 있었다. 87의 영상과 사고벡터를 재생하며 당시의 기억을 되짚어 봤다.

35의 덫을 어찌할 줄 몰랐던 87은 준우를 호출했다. 그는 응급키트를 들고 바로 뛰어나갔지만 그사이 35의 움직임은 점점 약해지고 느려졌다.

지맥35 | 정지 | 위험

지맥은 죽음을 이해한다. 87은 35가 죽는 것 아닌가 생각했다. 계속 재생했다. 87의 감정이 격해지면서 사고벡터 분석기는 두려움 외의 신호를 인식 못 하는 노이즈로 분류했다. 준우도 당시에는 몰랐지만, 사고벡터를 천천히 재생하며 강한 감정 신호를 마스킹해 보니 희미한 패턴을 읽을 수 있었다.

지맥 | 부상 준우 | 없음 지맥 | 위험 준우 | 안전

87은 준우에게 화를 내고 있었다. 우두머리가 안전한 곳에 숨어 지맥들만 위험으로 내몰고 있다고 생각했다. 그곳에 도착했을 때, 손에 피범벅을 하고 자신을 노려보던 87의 모습이 이제야 기억났다. 87의 카메라에 잡힌 자신의 얼굴은 두려움으로 얼어붙어 있었다.

지맥을 두려워할 이유는 없었다. 늑대를 개로 진화시킨 유전자를 이용해 온순해지도록 개조되었고, 넥서스에도 안전장치가 있었다. 그 사실을 되새기며 근거 없는 두려움을 무시하려 했던 것이 기억났다. 35의 발목을 물고 있는 덫을 준우가 잡는 순간 87이 그의 팔을 잡아챘다. 그는 87을 바로 바라볼 용기가 없었지만, 반사적으로 물러서라고 지시했다. 87은 화를 내면서도 지시를 따랐다. 그가 35의 발목에서 덫을 떼어낸 걸 보고서야 87은 비로소 화를 가라앉히고 자기가 잘못했다고 용서를 구했다.

그는 정말 87이 우두머리로서의 준우의 역할에 불만을 품었는지 확신할 수는 없었다. 순식간에 여러 지맥이 중상을 입은 것에 책임감을 느껴 감정적으로 해석했을 수도 있다. 하지만 어린애들도 무서워하지 않는 지맥을 조련사가 무서

워하다니. 유진은 눈치채지 못한 것 같아 다행이었다.

차마 유진이나 다른 조련사들에게 말은 못 했지만, 그는 혹시라도 숲에 가면 침팬지의 난폭한 본능이 되살아나지 않을까 두려웠었다.

"유전자 조작은 소스코드나 설계도를 수정하는 것과는 달라. 생명체는 복잡하게 얽혀 있는 네트워크라서, 뭐 하나라도 바꾸면 어떤 영향이 있을지 알 수 없어."

중학교 때 유일하게 그를 편견 없이 대했던, 그래서 그가 제일 좋아했던 과학 선생님은 지맥이 위험할 수도 있다고 했었다. 실제로 지맥이 사람에게 난폭성을 드러낸 적은 한 번도 없었고, 단지 숲에 간다고 억제되었던 본능이 되살아날 이유도 없었다. 근거 없는 두려움은 야생 침팬지의 잔인한 모습을 생생한 동영상으로 보여준 과학 선생님 탓이었다.

준우는 마지막 셔틀버스를 타기 위해 일어섰다. 내일도 지맥들이 다칠 것이다. 그가 두려워할 일들이 벌어질 것이다. 그래도 어쩔 수 없었다. 그는 내일을 생각하지 않기로 했다.

10

얼핏 보기에 도두 공원은 아직 완공되지 않은 공사 현장 같았다. 불과 일주일 전에 발생한 사고의 흔적은 일부러 찾아보기 전에는 눈에 띄지 않았다. 지면의 잔해는 대부분 치워졌고, 돔의 변형되고 찢어진 부분을 잘라내는 작업이 한창 진행 중이었다. 지금 같은 시대에 인력과 장비를 이만큼 빨리 동원할 수 있는 조직은 신텔리전스밖에 없을 것이다. 시설관리팀장은 최 형사의 표정을 읽은 듯했다.

"단지 확장 공사가 곧 시작될 예정이었습니다. 덕분에 건설 장비와 자재가 준비되어 있었던 것이 불행 중 다행이었죠."

팀장은 피곤한 모습이었고, 사건 직후에 봤을 때보다 훨씬 더 나이 들어 보였다. 지난 일주일 동안 집에 거의 못 들어갔다니 그럴 만했다. 그는 하청업체의 불만을 들어주러 가는 중이라고 했다. 건장한 체격으로 빠르게 걷는 팀장을 따라가려니 키가 작은 최 형사는 거의 뛰다시피 걸어야 했다.

“그래서 또 보자고 하신 이유가 뭐라고 하셨죠? 요청하신 자료는 다 드렸을 텐데요.”

최 형사는 가쁜 숨을 티 내지 않으려 애쓰며 말했다.

“자료는 잘 받았고요, 그 설계 도면으로 저희가 돔이 붕괴하는 걸 시뮬레이션해 봤습니다.”

팀장이 발걸음을 멈추고 두 형사를 돌아봤다. 페이스 실드 안의 눈썹이 찌푸려졌다.

“붕괴 시뮬레이션을 해봤다고요? 부실시공 혐의가 있다는 말씀이신가요?”

“그건 아니고요. 김 형사, 시뮬레이션 결과를 말씀드려.”

“아, 네. 그게 결과가 100% 정확하지는 않을 수도 있는데요. 여기 사용된 자재 중에 표준 라이브러리에는 없는 게 좀 있고 저희가 보유한 컴퓨터의 성능 때문에 너무 디테일한 부분은 생략을…….”

“결과만 간단하게.”

“네. 테러리스트가 돔의 설계도를 갖고 있었던 것 같습니다. 돔을 무너뜨리기에 최적의 포인트들을 정확하게 찾아서 공격했습니다. 녹아서 끊어진 로프를 일부만 다른 위치로 바꿔 봐도 피해 규모가 상당히 줄어드는 것으로 시뮬레이션 됩니다."

최 형사는 이제 됐다고 손짓하고 팀장에게 물었다.

"설계 도면에 접근할 수 있는 사람이 누구인가요?"

"거참, 기껏 그거 물어보려고 여기까지 온 거요? 여기 한 번 쭉 돌아보쇼. 마주치는 하청업체 중 절반은 구조도면을 갖고 있을 거요. 도면이 없더라도 드론 날려서 한 바퀴 빙 돌면서 촬영한 걸 컴퓨터에 입력하면 전체적인 구조는 그냥 나와요. 물론 재질이나 두께 같은 건 입력해 줘야겠지만 대충 눈대중으로 해도 어디가 취약점인지 정도는 나올 거요."

"그건 저희 자문해주는 전문가에게 확인해 보겠습니다."

"팀장님, 혹시 팀원 중에는 회사에 불만 있거나 최근 행동이 이상한 사람은 없었나요?"

김 형사가 또 눈치 없이 끼어들었다. 덩치가 김 형사의 두 배쯤 되는 팀장이 그의 앞에 다가섰다.

"난 이 얘기만 하고 갈 테니 더 궁금한 거 있으면 다른 사람한테 물어보거나, 공문으로 요구해 주시오. 우리 직원들이 이 세계적인 공원에 대해 얼마나 자부심과 애정을 갖고 있는지 알아요? 그날 희생된 사장님 조카 말이요, 붕괴가 시작되었을 때 현장으로 제일 먼저 달려갔어요. 그러곤 주위 사람들에게 공원의 기압이 낮아져 돔이 2차 붕괴할 우려가 있으니 빨리 피하라고 외치고 다녔다는 거요. 자기만 먼저 피할 수도 있었을 텐데. 그 친구가 조용한 스타일이라 난 얼마 전까지 사장님 조카인 줄도 몰랐소. 여기 직원들이 다 그런 사람들이요. 그저 자기 일에 충실하고 불만 없는. 그런 직원이 그날 세 명 죽었어요."

"제가 뭘 잘못 말했나요? 당연한 질문인데 왜 그렇게 흥분을……."

"이제부터 김 형사는 그냥 과학기술에 관한 얘기만 해. 알았어?"

* * *

상황실 조명이 어두워졌다. 특공대를 태운 멀티콥터가 경계를 넘어 산기슭에 다가가는 중이었다. 경찰 위성의 열화상 카메라가 탐지한 붉은 얼룩은 점점 줄어들고 녹색으로 자글거리는 야시경 영상이 스크린을 밝혔다. 오른쪽 작은 스크린에 경찰청장의 얼굴이 나타났다. 그가 입을 열자 멀티콥터에서 들려오던 소음이 작아졌다.

"정보는 확실한 건가? 지금 잡으려는 놈들이 어떤 조직이랬지?”

경찰청장이 테러 사건 대책본부장을 맡고 있었으나 항상 그렇듯이 비중 있는 사람이 직접 나서는 모습을 보여주기 위한 형식적인 연출일 뿐이었다. 그가 실제로 하는 일은 중요한 진전이 있을 때 기자회견을 열어, 보고 받은 내용을 읽는 것이었다. 이런 새벽 시간에 청장이 수색 작전을 직접 참관하는 것은 이례적이었다. 평소 최 형사는 윗사람의 평가 따위는 신경 쓰지 않았지만, 이 작전을 요청한 담당자로서 이번에는 부담을 느낄 수밖에 없었다. 청장의 얼굴에는 피곤함이 역력했다. 후속 테러 이후 언론과 정치인들에게 시달린 탓일 거라고 그녀는 짐작했다.

그동안 자신들은 테러 사건과 관련이 없다며 경찰의 막무가내 수색과 체포를 중단할 것을 요구하던 가이아 연대가 어제 오후 대대적으로 행동을 시작했다. 전날 체포 과정에서 일어난 일이 발단이었다. 총격전 중에 무허가 수소탱크가 폭발하는 바람에 다섯 명의 아이들을 포함한 다수의 사상자가 발생했었다. 오후 2시 13분경, 폭탄을 탑재한 20여 대의 드론이 동시에 김포 단지에 날아들었다. 즉시 드론 방어 시스템이 동작했지만 결국 3대가 방어선을 뚫었다. 폭탄에 의한 돔의 피해는 미미했으나 경보에 놀란 주민들이 급하게 대피하다가 100여 명이 중경상을 입었고 3명이 사망했다. 약 1분 후 김포 단지의 에어록에 돌진한 폭탄 차량은 바깥 문을 부수는 데 그쳤으나, 같은 시각 평택 단지의 에어록에서는 15세 소년이 몸 안에 숨겨 들어온 폭탄이 폭발하여 에어록 근무자와 일용직 근로자 12명이 사망했다. 동시에 평택 단지의 공조 시스템 흡기구를 겨냥한 소형 미사일이 폭발하며 바이러스를 품은 나노 캡슐을 흩뿌리는 바람에 구역 전체의 주민들이 긴급히 대피하고 대대적인 시설 점검과 소독, 교체 작업을 실시해야 했다.

"이런 상황에서 자네 같으면 잠이 오겠나?"

웬일로 경찰청장이 작전을 참관하냐고 묻자, 현장본부장이 반문했었다. 참관해 봐야 작전에 도움이 안 된다고 말할 참이었다.

새벽이 되면서 눈꺼풀이 무겁고 목이 잠겼지만 그런 티를 낼 수는 없었다. 최 형사는 목소리를 가다듬었다.

"이들은 송도 바이오 해커 그룹, 줄여서 SBH 그룹이라고 합니다. 옛날 바이오 특화지구 연구원들의 친목 모임이었는데, 대유행 이후 규제를 피해 개발, 실험을 대행해 주는 불법 조직으로 변질되었습니다. 신텔리전스에서 해고된 사람도 여럿 합류한 것으로 파악됩니다. 기술력으로 보나 동기로 보나 이번 사건과 관련 있을 가능성이 큽니다. 정보원을 통해 입수한 위치를 위성과 무인정찰기로 확인했습니다."

"이놈들 잡아넣으면 이번 사건 끝난다는 거지?"

그동안 보고한 내용은 하나도 안 읽었나? 총장의 답답한 질문에 뭐라 대답할지 뜸을 들이자 옆에서 본부장이 눈치를 줬다. 본부장은 행여나 경찰청장에게 엄한 소리 하지 말라고 신신당부했었다.

"쓸데없이 사람들을 다 잡아넣고 있잖아요. 청장님이 경계 밖의 모든 사람을 우리의 적으로 만드는 바람에 언제 무슨 일이 터질지 모르는데, 간부 회의 때는 다들 아부나 하면서 아무도 문제 제기를 안 하는 거예요?"

최 형사는 어제 본부장과 점심을 하며 전국적, 무차별적 검거 작전에 대한 자신의 생각을 얘기했었다. 평택 단지산 합성 안심을 우물거리며 맛있다던 본부장은 젓가락을 내려놓고 인상을 썼다.

"최 형사, 그게 경찰로서 할 소리야? 자기가 세상 물정 모르는 신참도 아니고 말이야. 시작은 저쪽이 한 거고, 신텔리전스나 정부가 가만있을 상황이 아니잖아. 그동안 방치했던 경계 밖도 한번 정리할 때가 된 거지. 여론도 우리 편이고."

"지맥이 숲을 수색하고, 특공대가 잡범들을 잡아넣는 장면을 계속 보여주니까 사람들이야 좋다고 하겠죠. 하지만 대부분은 곧 풀려날 거잖아요. 우리 경찰력으로 계속 그럴 수 없기도 하고요."

"본때를 보여주는 게 중요한 거지. 그리고 이참에 지맥 수색대를 상시화시키면 못할 거 있겠어?"

"말도 안 돼요. 게다가 지맥도 피해가 막심하다던데……."

"그래 봐야 동물인데 뭐. 제대로 훈련시키면 좀 나아지겠지. 내일 작전이 잘 진행되면 상황실 모습도 편집해서 내보낼 거니까, 카메라 앞에서 표정이나 잘 지으라고. 괜히 청장님한테 허튼소리하지 말고. 승진 안 하고 이대로 정년까지 갈 거야?"

승진해 봐야 경찰 월급으론 어림도 없지만, 신텔리전스 타워 같은 곳에서 지낼 수 있다면 얼마나 좋을까 하는 생각은 했었다, 한 시간 후 가이아 연대의 반격이 시작되기 전까지는. 평택 테러를 일회성 사건으로 여겼던 단지 주민들의 불안감이 치솟았다. 경찰·신텔리전스 연합과 경계 밖 세력과의 충돌이 어디까지 확대될지 아무도 예상할 수 없는 상황이었다. 아직 SBH 그룹과 테러 사건의 관계를 정확히 파악하지 못했지만, 경찰특공대가 멀티콥터에서 공중 강습하여 바이오 해커들을 잡아넣고 불법 생화학 장비를 포획하는 모습은 주민들의 불만을 조금은 누그러뜨릴 수 있을 것이었다.

"이들은 테러리스트가 아니라 전문용역 집단입니다. 테러를 주도한 세력은 아닐 겁니다. 어제 사건은 또 다른 집단이 우리 공세에 대해 반사적으로 대응한 것일 수도 있고요."

슬쩍 하고 싶은 말을 했지만, 다행히 경찰청장은 말단 형사와 논쟁을 벌여 스스로의 격을 떨어뜨릴 생각은 없는 것 같았다.

"그럼 차라리 조용히 정보를 얻어야 했던 것 아닌가? 새벽에 기습하는 대신."

"고객 비밀유지를 중시하는 집단입니다. 기습 압수수색밖에 방법이 없습니다."

영상이 확대되고 나무 사이로 건물이 보였다. 건물에 타깃 지점 표식이 오버레이 되었다. 그런데 뭔가 이상했다. 새벽임을 고려해도 너무 어두웠다. 열화상에도 건물 전체적으로 붉은 기가 약간 있을 뿐 감시 카메라용 적외선 조명 같은 건 보이지 않았다. 하루 전 위성과 무인정찰기의 스캔 결과는 그렇지 않았다. 건물 앞에 세워져 있는 몇 대의 트럭 역시 차갑게 식어 있었다. 프로펠러 소음이 제거된 멀티콥터 특유의 먹먹한 소리로 특공대장의 목소리가 들렸다.

"이곳이 확실한가요? 인적이 없습니다."

"정보 확실하고 어제 새벽까지도 많은 활동이 있었습니다. 가까이 접근해서 확인해 주세요."

건물에 가까워질수록 최 형사는 초조해졌다. 특공대장의 말대로 아무도 없어 보였다. 열원도 보이지 않을뿐더러, 시끄러운 멀티콥터가 이 정도까지 접근하도록 아무 움직임이 없을 리가 없었다. 멀티콥터 한 대가 건물 옆 공터 상공에 정지해 요란하게 흙먼지를 날리며 대원들을 내려놓기 시작했다. 다른 한 대는 서치라이트를 비추며 주위를 선회했다. 여전히 아무런 반응이 없었다. 화면은 건물에 접근 중인 특공대원의 헤드캠 영상으로 바뀌었다.

"차량은 최근까지 사용되던 것으로 보입니다. 먼지가 거의 안 쌓여 있습니다."

"출입문이 개방되어 있습니다. 진입합니다."

"연료전지가 있습니다. 가동하겠습니다."

조명이 켜지면서 일순간 하얗게 밝아졌던 화면이 곧 선명한 컬러 영상으로 바뀌었다. 휑한 건물 입구에는 낡은 가구

사이로 쓰레기가 뒹굴 뿐이었다. 어제의 테러 사건 때문에 경찰의 모든 원격 감시 자원이 김포와 평택 단지 부근에 집중된 동안 건물을 비운 것 같았다. 그게 과연 우연이었을까? 관여된 사람이 많았으니 정보가 새어 나갔을 가능성도 많았다. 옆에서 김 형사가 하품하며 말했다.

"허탕이네요."

"쓸 만한 정보를 건질 수도 있어. 끝까지 주의 집중해."

특공대는 입구에 가까운 방부터 하나씩 훑었다. 텅 빈 사무실, 철로 된 침대 하나만 덩그러니 놓인 침실, 아마도 창고로 쓴 것 같은 빈방에 이어 뒤편의 큰 공간에는 동물을 사육하던 곳으로 보이는 철장과 사료 부스러기들이 보였다. 청장이 말했다.

"본부장은 과학수사대에 현장 감식 요청하고 보고서 올리게. 난 이만하면 충분히 본 것 같군."

청장의 굳은 표정을 보여주던 영상이 잠시 멈췄다가 사라졌다. 작전 실패에 대해 한 소리 들을 것을 예상했던 최 형사는 숨을 돌렸다. 본부장은 그녀에게 언짢은 눈길을 한 번 주고는 상황실을 나갔다.

비록 SBH 그룹이 달아나기는 했지만, 이곳에서 테러에 사용된 증강 쥐가 만들어졌다는 증거만 찾을 수 있다면 완전히 실패한 작전은 아니다. 이 정도 규모의 시설에 아무 흔적을 남기지 않고 사라질 수는 없는 법이다. 최 형사는 조금 전 무의식중에 신경 쓰였던 것이 기억났다. 영상을 뒤로 돌려 건물 입구로 들어서는 장면에서 멈췄다. 에어록의 잠금장치 부분을 확대했다. 영상 해상도가 낮고 움직임 때문에 흐려져 잘 보이지 않았다. 〈3D 모델 재구성〉 버튼을 누르고 모든 특공대원의 비디오 피드를 선택했다. 여러 각도에서 촬영한 수천 장의 이미지가 겹쳐지면서 잠금장치의 부서진 모습이 선명해졌다.

"최 형사님도 이런 거 할 줄 아세요?"

김 형사에게 입 다물라고 손짓하며 화면에 집중했다. 얼핏 지나칠 때 뭔가 이상하다고 느꼈던 대로였다. 밖에서 부수고 들어온 흔적이 있었다. 급하게 철수한다고 저런 형태로 파손되지 않는다. SBH 그룹이 달아난 후 경찰보다 앞서 누군가가 이곳을 침입했다. 감식 결과를 봐야겠지만 이 사건은 처음 생각했던 것보다 복잡했다. 증강 쥐를 주문한 테러범들이 단서를 없애기 위해 돌아왔을까?

최 형사는 간이침대가 있는 휴게실로 향했다. 아침부터 심문해야 할 용의자들이 수십 명이었고 그 전에 잠시라도 눈을 붙여야 했다.

11

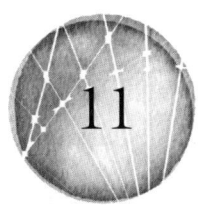

출발 지점에서 세 갈래로 나뉜 지 얼마 안 돼서였다. 이번 숲도 지난번처럼 나무가 빽빽했으나 잎의 모양과 바람이 스치는 소리는 달랐다. 지맥 87은 비 온 뒤의 짙은 풀 내음에 가려진 희미한 냄새를 느꼈다. 어디선가 맡아본 적 있는 냄새였는데 잘 기억나지 않았다. 전방의 어둑한 수풀이 살짝 흔들렸다. 수풀 전체가 바람에 흔들리는 것과는 다른 움직임이었다. 87은 멈춰서서 감각을 곤두세웠다. 어둠 속에서 순간적으로 반짝인 것은 분명 두 눈동자였다. 87의 몸은 본능적으로 반응했다. 온몸의 근육은 언제라도 튀어 나갈 준비를 마쳤고, 잠재적인 적에게 덩치가 커 보이도록 몸을 일으켜 세웠으며, 확장된 동공으로 어둠 속을 천천히 돌아봤다.

뒤따라오던 지맥 49가 나뭇가지를 밟았다. 49는 긴장해 멈춰 있는 87을 지나쳐 앞으로 나섰다. 87은 위험하다는 것을 49에게 어떻게 알려줘야 할지 몰랐다. 그 순간 어둠 속에서 지저분한 회색 털로 덮인 개가 쏜살같이 튀어나왔다. 개가 뛰어올라 당황한 49의 팔을 물자 49는 비명을 지르며 뒤로 넘어졌다. 87은 꺅꺅거려 동료들을 부르면서 49에게 달려갔다. 동시에 수풀 속에서 제각각 다르게 생긴 개 세 마리가 더 튀어나왔다.

87은 어릴 적 다른 새끼들과 장난치며 뒹굴어 본 것 말고는 싸워 본 경험이 없었다. 하지만 그의 유전자에는 아프리카의 조상들이 물려준 행동 양식이 새겨져 있었다. 그는 49를 물고 있는 개의 목을 잡아채 바위로 힘껏 집어 던졌다. 87은 자신의 강한 손아귀 힘에 스스로 놀랐다. 개가 깨갱 소리를 내며 나가떨어지는 동안 다른 개들이 49와 87에게 덤벼들었다. 87은 팔꿈치를 찌르는 날카로운 통증을 무시하면서 있는 힘을 다해 개의 목을 물었다. 따뜻하고 짠맛이 입안에 퍼졌다. 개가 발버둥 치며 발톱으로 87의 얼굴을 할퀴었다. 팔과 얼굴에서 축축한 액체가 느껴졌지만, 고통은 참을 만했다. 심장이 맹렬히 쿵쾅거리며 몸에서 힘이 솟구치고 있었다. 소리를 듣고 달려온 동료들이 가세했다. 87은 자신을 공격한 개에 대한 복수를 동료에게 넘기고 싶지 않았다. 개를 물고 있는 턱에 힘을 더 주자 개는 곧 발버둥을 멈추고 축 처졌다.

잠시 후 87과 동료들은 절뚝거리며 달아나는 개들을 더이상 쫓지 않았다. 그들은 붉은 피로 범벅이 되어 움직이지 않는 두 구의 사체 앞에서 자신들의 승리를 자랑하며 울부짖었다. 49는 건드려 봐도 움직이지 않았다. 87은 49가 하루가 지나도 움직이지 않을 거라는 생각에 아련한 아쉬움을 느꼈다. 주위를 다시 둘러보고 안전을 확인하니 이제야 고통이 몰려왔다. 87은 준우를 불렀다. 우두머리는 그의 승리를 칭찬하고 피가 흐르는 상처를 치료해 줄 것이다.

* * *

회의실에는 최근 연구소를 자주 드나든 준우에게도 낯선 얼굴이 많았다. 능동 모드의 지맥이 실제 상황에서 어떻게 행동하는지 궁금해하는 연구원들이었다. 준우는 지맥 87의 헤드유닛이 녹화한 영상을 재생했다. 영상과 함께 저장된 지맥 87의 사고벡터를 사고벡터 분석기가 시각화하여 스크린의 한쪽 변을 다채로운 색상의 동적인 그래프로 채웠고, 매순간 인식한 감정과 대상의 확률값들이 함께 표시되었다. 그는 자신이 인식하는 긴장감과 두려움, 공격의 예측과 계획, 흥분과 승리의 쾌감을 최대한 말로 표현하려 했다. 연구원들은 자신들의 알고리즘이 그래프와 부호로 표시한 결과를 준우의 설명과 비교하기에 바빴다.

"87이 5초가량 먼저 위험을 눈치챘습니다. 49가 앞서 나갈 때 그에게 알려주려 했습니다."

준우는 영상을 느리게 재생했다. 사고벡터 분석기는 87의 사고벡터에서 〈위험〉, 〈지맥 49〉의 패턴을 찾아 표시했다. 하지만 사고벡터에 포함된 정보 중에서 분석기가 의미를 부여할 수 있었던 부분은 전체의 10%에도 미치지 못했다. 준우는 그의 감각에 한층 더 집중했다.

"하지만 방법을 몰랐습니다. 그다음부터 본격적으로 싸우는 동안은 원시적인 공격 본능 이상의 생각은 없는 것 같습니다. 싸움이 다 끝난 다음에야 〈작업 완료〉, 〈안전〉과 같이 훈련된 생각이 나타났습니다."

"87이 그런 생각을 했다는 게 확실한가요? 49에게 알려주려 했지만 방법을 몰랐다는 것이?"

데이터를 이리저리 살펴보던 연구원이 마침내 포기한 듯 한숨을 내쉬며 의자에 뒤로 기대 팔짱을 끼며 물었다.

"저도 사고벡터의 어느 부분이라고 말씀은 못 드리겠습니다. 제가 느낀 대로 말씀드렸을 뿐입니다."

"이번이 팀별 리뷰 마지막 차례인데, 다른 팀들도 야생 동물의 공격을 받았지만 이만큼 자세하게 설명한 조련사가 없었기 때문에 묻는 겁니다."

경찰 수색을 지원하는 5개 팀 중에서 알파 팀은 피해가 상대적으로 적은 편이어서 리뷰 순서가 계속 늦춰졌다. 결국 알파 팀 역시 가이아 연대의 함정 공격과 들개떼의 습격을 연달아 받은 후 수색에 참여할 수 있는 지맥이 절반만 남게 되었다. 부상당한 지맥이 회복할 때까지, 그리고 장기 치료를 받거나 사망한 지맥을 대신할 지맥이 준비될 동안 알파 팀에게도 그간의 활동을 연구소에 보고할 순서가 왔다.

"준우가 특히 넥서스 감각이 예민해요. 제가 말씀드렸잖아요."

유진이 말했다. 질문했던 연구원은 여전히 못 믿겠다는 표정이었다.

"그냥 상황에 맞춰 상상한 것일 수도……."

"물론 상황에 맞춰 해석했겠지."

말없이 단말을 들여다보던 연구소장이 고개를 들었다.

"그게 조련사의 장점이잖아."

연구원들은 흔히 조련사의 해석을 의심했다. 조련사는 단지 사고벡터를 더 민감하게 느끼는 것만이 아니었다. 사고벡터 역시 뇌의 극히 일부 뉴런의 신호일 뿐이다. 부분적인 정보로부터 지맥의 생각을 추정하기 위해, 연구원들은 지맥이 어떤 상황에서 어떻게 반응하는지를 분석기의 사전확률 모델에 반영하려 했다. 하지만 같은 유인원의 감정 반응과 고도로 발달된 거울 신경을 가진 조련사는 부정확한 신호로부터 지맥의 생각을 추정하는 능력이 어떤 분석기보다도 뛰어났다. 그래도 연구원 중에는 조련사가 너무 주관적이고 의인화된 해석을 한다고 생각하는 사람이 많았다.

"조회해 보니 준우는 조련사 평균보다 사고벡터를 관찰한 누적 시간이 43% 많고, 특히 자유시간 중의 관찰은 65%가 많군. 그게 도움이 됐을 거야."

그런 데이터까지 회사가 관리하는 줄은 몰랐다. 사람보다 지맥과 훨씬 더 많이 대화했다고 유진에게 말했던 것이 기억났다. 유진도 자신의 데이터를 볼 수 있을까? 그녀와 시선이 마주쳤다.

앞쪽에 앉아 있던 다른 연구원이 말했다.

"야생에서 집단 사냥하는 법을 배웠으면 동료에게 신호를 보낼 수 있었을 텐데, 지맥에겐 그런 기회가 없었죠."

"그래, 우리가 그들의 제한된 언어 능력을 다른 걸로 채웠어. 야생에서 필요한 어휘 대신 우리가 일 시키는 데 필요한 것으로, 입과 귀 대신 넥서스로 메시지를 주고받도록 가르쳤으니까."

"지맥의 지능에 더 많이 의존하는 능동 모드의 한계인 것 같습니다. 헤드유닛이 서로 통신하며 모든 걸 제어할 때는 그룹 작업도 문제없었잖아요. 지금부터라도 교육과정에 단체 활동을 더 넣어야겠습니다. 자기네끼리의 의사소통 능력을 향상시킬 수 있도록."

준우가 말했다. 그는 발표를 마무리하고 유진의 옆자리로 돌아왔다. 뭔가 골똘히 생각하던 연구소장이 회의실을 둘러보며 말했다.

"자, 리뷰는 이걸로 끝내지. 프로젝트H 관련자들만 남고 다른 사람들은 자리를 좀 비워주게. 준우, 유진, 자네들도 남고."

사람들이 자리를 뜨느라 어수선한 동안, 유진에게 조용히 물었다.

"프로젝트H가 뭐야? 난 처음 들어보는데."

유진이 그의 팔을 잡으며 들뜬 목소리로 말했다.

"나도 대충만 알아. 설명해 주실 거야. 너, 무조건 하겠다고 해. 알았어?"

"뭘 말이야?"

유진이 미처 대답하기 전에 사람들이 나가는 모습을 지켜보던 연구소장이 그들에게 다가왔다.

"유진의 말대로 알파 팀이 제일 적임인 것 같군. 먼저 내가 보낸 메시지를 확인해 보게."

두 사람의 단말기에는 〈프로젝트H 비밀유지서약〉이라는 제목의 양식이 수신되어 있었다.

"회사 내에서도 소수만 아는 비밀 프로젝트라네. 시간 갖고 읽어 보라고 하고 싶지만, 다른 사람들이 기다리는군."

유진을 쳐다봤다. 그녀가 고개를 끄덕이며 말했다.

"괜찮아. 그냥 서명해."

그는 그녀를 따라 단말기에 나타난 문구를 읽었다.

"……만약 이를 위반할 시, 모든 민형사상의 책임을 지게 될 것임을 이해하고 동의합니다."

단말기가 삐삑 소리를 내고 즉시 프로젝트H에 대한 접근이 허용되었다고 표시했다.

"그럼 이제 프로젝트H를 간단히 설명해 주지. 자세한 건 나중에 자료를 읽어 보게."

프로젝트H의 목표는 한 팀의 지맥이 자율적이면서도 긴밀하게 협업할 수 있도록 하는 것이었다. 지맥의 두뇌에는 복잡한 어휘나 문법을 처리할 만큼 발달된 언어중추가 없다. 어떤 일을 예측하고 계획하더라도 그 생각을 동료와 공유할 수 없는 것이다. 인간은 언어를 발명해 지식을 전하고 협업과 분업이 가능해짐에 따라 문명이 급속히 발전했다. 인간 유전자를 이용해 지맥의 언어 능력을 개선해 보자는 아이디어도 있었지만, 기술적으로 어려울 뿐만 아니라 회사의 원칙에 위배되는 것이었다.

연구소장은 물을 한 모금 마시고 말을 이었다.

“자네들은 넥서스 임플란트에 왜 그토록 많은 돌기가 있는지 궁금한 적 없었나? 헤드유닛이 해석할 수 있는 것보다 훨씬 많은 데이터를 읽고, 그걸 저장하느라 수많은 백업 큐브를 쌓아두는 이유가 뭔지.”

준우가 대답했다.

“조련사는 그걸 해석할 수 있으니까요.”

“그것도 맞지만, 뇌의 활동 데이터를 최대한 많이 모으기 위해서였지. 이제까지 우리 회사 밖의 어떤 과학자도 뇌가 동작하는 모습을 이렇게 높은 시공간 해상도로 관찰할 수 없었네. 사고의 단편들이 무의식 수준에서 평가, 조합되고 선택되어 의식을 형성하는 과정을 말이야. 그 덕분에 언어를 거치지 않고 낮은 수준의 사고를 지맥 간에 공유하는 방법을 찾아냈지.”

“제가 지맥의 생각을 읽듯이 서로의 생각을 읽는 건가

요?"

"그건 사고를 관찰하는 거지, 공유하는 게 아니야."

"언어도 아니고, 생각을 읽는 것도 아니고, 여러 뇌가 사고를 공유한다고요? 뇌에 원래 그런 기능이 없는데 어떻게 가능하죠?"

유진이 의자를 앞으로 당겨 앉으며 질문했다.

"뇌는 원래 다른 뇌와 연결될 수 있네. 좌우 뇌를 연결하는 뇌량을 수술로 끊으면 각각 독립적으로 사고하는 게 관찰되고, 뇌 일부가 붙어 있는 샴쌍둥이가 서로의 감각과 생각을 공유하는 사례도 있었어. 서로 연결만 해주면 나머지는 뇌가 스스로 적응하는 거야."

소장은 잠시 말을 멈추고 회의실을 둘러봤다.

"이렇게 말하니 프로젝트H 멤버들의 표정이 일그러지는군. 물론 뇌를 새로 만들기보다 쉬웠다는 거지, 결코 쉽지는 않았네. 초고차원 벡터의 비선형 동역학을 다루는 새로운 수학을 만들고, 집단 사고 모델과 테스트 케이스들을 수없이 만들어 시뮬레이션하고, 사고벡터를 중개하는 하드웨어와 알고리즘을 개발하고……."

유진이 다시 물었다.

"하지만 연결된 채로 성장한 두뇌와는 다르잖아요. 개체마다 사고의 내부표현 맵도 다르고, 기억이나 감각도 다르고, 사고벡터에서 공유할 것과 그렇지 않은 것을 구분해야 하고……, 하다못해 헤드유닛의 무선 통신 속도도 부족할 것 같은데요."

"역시 핵심을 빨리 이해하는군. 나도 세세한 것까지는 잘 모르네. 이건 유 박사님 시절에 시작한 프로젝트야. 그때는 돈 안 되고, 불법적이고, 성공 가능성 낮은 과제도 겁 없이 시작했지. 박 사장이 오고 나서 대부분 중단되었지만 프로젝트H는 살아남았네. 장기 기초 과제도 하나쯤은 있어야 우수한 연구원들을 붙잡아 놓을 수 있다고 설득했네. 자네는 유 박사님의 애제자잖아. 이 프로젝트를 처음 들어본 건 아니지?"

유 박사라면 유현규 박사를 말하는 것 같았다. 회사를 창업할 때 교수직을 그만뒀기 때문에 유진이 그 밑에서 공부했을 리 없는데 애제자라는 것은 무슨 뜻일까? 그녀는 조금 전 받은 기술 문서를 들여다보느라 정신이 없었다. 그녀가 몰입해 있는 모습을 바라보던 연구소장이 준우를 쳐다보며 말했다.

"프로젝트H를 알파 팀에 적용하면 아까 같은 상황에 도움될 거야. 아직 미완성 기술이라 현장에서 대응할 일이 많을 텐데, 유진이라면 코드를 수정하거나 데이터를 보는 법은 금방 배울 수 있을 거야. 더 힘든 쪽은 조련사야. 이제는 팀 전체의 사고를 관찰해야 하니까. 유진의 말대로 자네가 최적인 것 같군. 자, 나는 다른 회의가 있어서 이만 실례해야겠어."

프로젝트H의 연구원들과 다음 일정을 잡고 회의실을 나섰다. 복도에는 경찰 제복을 입은 사람들이 서 있었다. 아직도 증강 쥐의 분석에 회사가 도움 줄 일이 남은 것일까? 지난번 만났던 형사보다 높은 직위의 사람들인 듯했다.

"이거 원래 알고 있었어? 어, 조심해!"

단말기 화면만 바라보며 걷던 유진이 계단에서 발을 헛디뎠다. 준우는 겨우 그녀를 붙들었다.

"휴, 고마워. 집단 사고 프로젝트가 있다는 정도는 알고 있었어. 원래 내 직급에선 알 수 없는 거지만……. 그걸 이번에 적용해 볼 거라는 얘기를 듣고, 바로 소장님한테 요청했어. 내가 너랑 함께 참여하고 싶다고. 이런 기회를 놓칠 수 없잖아."

"나한테도 미리 얘기 좀 해주지."

"미안. 소장님이 오늘 리뷰 미팅에서 바로 결정할 줄 몰랐어. 우리 한잔하러 가자. 사과, 아니 축하할 겸 내가 한턱낼게."

"괜찮아. 지금 그 자료 밤새도록 읽고 싶다고 네 얼굴에 쓰여 있는걸. 나도 다친 지맥들 보러 가야 해."

"그래, 그럼 내일이라도."

그녀는 흥분이 가시지 않은 얼굴로 빙긋 웃어 보이고는 빠른 걸음으로 멀어졌다. 그는 엘리베이터로 향했다.

엘리베이터 문이 열렸다. 영장류 관리 위원회의에서 봤던 서혜린 부사장과 수행 직원들이 내리느라 옆으로 비켜서야 했다. 아까 연구소에서 본 경찰 간부들 때문이라면, 실무적인 회의가 아닌 모양이었다. 문이 닫힐 때까지 서 부사장과 일행의 뒷모습을 보고 있었다. "로비로 갈까요?" 엘리베이터가 물었을 때, 비로소 아직 목적지를 말하지 않았다는 것을 깨달았다.

12

From: 유현규/CEO 〈hg.yoo@syntelligence.lab〉

To: 전직원 〈all@syntelligence.lab〉

Date: Mon, 3 Jan 2061 08:25:11 KST

Subject: 2061년 연구개발 방향에 대해

임직원 여러분, 올해도 모두 건강하고 행복한 한 해가 되길 바랍니다.

이런 인사말이 의례적이지 않게 된 지도 12년째입니다. 기존의 방식으로는 H5N1-2049 바이러스의 변이에 대응할 수 없었지만, 저는 과학기술의 힘을 믿습니다. 앞으로 다시 12년이 지나기 전에는 새로운 해결책이 나올 겁니다. 그때까지는 어쩔 수 없이 인구와 경제 규모가 계속 줄어들겠지만, 우리 회사만큼은 혁신과 성장을 계속해야 합니다. 이는 단지 경영 목표가 아니라 전세계에 대한 우리의 의무입니다.

대유행은 규모의 경제에 의존하는 인류의 기술과 산업이 얼마나 위기에 취약한지를 드러냈습니다. 증강동물과 합성생물 기술이야말로 환경변화에 적응할 수 있는 미래 기술입니다. 하지만 비록 고비용의 생산설비는 필요 없어도, 원천 기술의 R&D에는 많은 시간이 소요됩니다. 성장 가속 기술로도 유인원을 키우고 훈련하는 데 최소한 몇 년은 걸립니다. 따라서 우리는 더욱 긴 호흡으로 멀리 내다보고 미리 준비해야 합니다. 현재 진행 중인 R&D 프로젝트 외에도 저는 증강동물의 능력을 확장할 아이디어를 가지고 있으며, 이번 주부터 소수 그룹과 논의를 시작하겠습니다.

우리 모두 고대해 온 평택 단지 건설도 많이 진전되었습니다. 원래 계획대로라면 곧 우리 직원들부터 입주가 시작되었겠지만, 아쉽게도 일정이 조금 늦어졌습니다. 주된 이유는 평택 단지의 자급률을 높이기 위한 변경 때문입니다. 아무리 세계 최고의 청정 공간이라고 해도 외부 의존도가 높으면 감염 위험을 낮추는 데 한계가 있고, 외부 공급망의 집단 발병에 따른 리스크도 관리하기 어렵습니다. 높은 자급률이 주는 다른 가치도 있습니다만, 그건 다음에 얘기하기로 하죠.

이러한 일들을 성취하려면 회사의 장기적 투자뿐만 아니라, 여러분의 헌신과 희생, 용기와 유연한 사고가 필요합니다. 간혹 우리가 규제를 완벽하게 준수하지 않는다거나 지나치게 위험을 무릅쓴다는 얘기를 듣습니다. 틀린 얘기는 아닙니다. 하지만 혁신과 발전을 위해, 그리고 전례 없는 재난을 극복하기 위해 불가피한 일들이 있습니다. 역사상 어떤 위대한 혁신도 위험을 회피하고 구태의연한 규제를 전부 지켜가며 이뤄지지 않았습니다. 이것은 제 개인의 생각이 아니라 우리 회사의 정체성이며, 이를 받아들이지 못하는 분은 우리 회사에서 일할 수 없다는 점을 명심해 주시기 바랍니다.

감사합니다.

Hyeon-Gyu Yoo, Ph. D.

CEO/Founder, Syntelligence, Inc.

From: 유현규/CEO 〈hg.yoo@syntelligence.lab〉
To: 박지영/이사장 〈jypark@nps.or.kr〉
CC: 서혜린/CMO 〈hr.han@syntelligence.lab〉,
최충혁/CFO 〈ch.choi@syntelligence.lab〉
Date: Mon, 3 Oct 2061 22:01:35 KST
Subject: **신텔리전스 출자에 대한 감사 및 의견**

박 이사장님, 신텔리전스에 추가 출자하기로 결정해 주신 것에 대해 감사드립니다.

다시 말씀드리지만 회사의 장기 전망은 탄탄합니다. 지맥 사업은 지속해서 수익을 창출하고 있고, 지맥의 활용 범위를 넓혀 줄 차세대 뇌 확장 기술 '넥서스'도 상용화에 가까워졌습니다. 평택 단지의 에너지 자립을 위한 핵융합로에 비용이 많이 들었고, 일부 공간을 분양 대신 정부 기관에 장기 임대하게 되어 일시적으로 현금 흐름에 문제가 생겼을 뿐, 장기적으로 국민연금은 상당한 투자 이익을 거둘 것이라고 확신합니다.

다만 한 가지 우려되는 점이 있습니다. 이번에 추가 출자를 결정하면서 국민연금과 다른 기관 투자자들이 전문 경영인을 영입하려 한다는 얘기를 들었습니다. 투자자들 결정에 따라야겠지만, 저는 이 회사를 전문 경영인에게 맡기는 것이 과연 바람직할지 의구심이 있습니다. 결코 제가 이 자리에 연연해서가 아닙니다. 우리 회사는 대학 연구실에서 시작했고, 장기적 관점에서 연구개발에 투자한 결과 지금에 이르렀습니다. 전문 경영인이 저보다 재무나 조직관리는 낫겠죠. 그런 쪽에서 제 능력에 대해 의구심이 있다는 것을 저도 알고 있습니다. 하지만 과연 과학기술에 대한 깊은 이해와 비전이 없는 사람이 장기적인 투자 결정을 할 수 있을까요? 회사의 핵심인 연구원들의 신뢰를 얻을 수 있을까요?

게다가 영입 대상으로 거론되는 분에 대해 좀 알아보니, 비용 절감과 매출 증대 외에는 관심 없는 재무 출신일뿐더러 본인의 실적 달성을 위해서라면 수단 방법을 가리지 않는 사람이라고 합니다. 저도 모든 법규를 보수적으로 준수하지는 않지만, 그건 어디까지나 혁신을 위한 것이지 사적인 이익을 위한 것이 아님은 이사장님도 잘 아시리라 믿습니다.

국민연금의 장기적 투자 수익을 극대화하기 위해서라도 이 회사를 어떤 사람이 운영해야 할지 다시 한번 고민하여 주실 것을 간절히 부탁드립니다.

P.S. 제가 그동안 회사의 재무 상황에 대해 신경을 덜 쓴 것을 인

정합니다. 이번 기회에 점검해 보니 급속하게 성장하는 과정에서 인력 운영에 있어 다소 비효율적인 부분이 있었습니다. 비용을 줄이고 효율적인 조직을 만들기 위해, 전체 인원의 하위 25%에 해당하는 저성과자를 내보낼 계획이니 참고하시기 바랍니다.

Hyeon-Gyu Yoo, Ph. D.

CEO/Founder, Syntelligence, Inc.

13

모바일 랩은 외곽 순환로에 오른 지 몇 분 만에 목적지에 도착했다. 미군의 시가전 훈련장이었던 이곳은 평택 단지의 확장 예정지역이어서 테러 사건이 없었더라면 곧 철거될 곳이었다. 반쯤 허물어진 모의 건물은 덩굴에 덮여 있었고, 검붉게 녹슨 도로 표지판은 글씨를 알아볼 수 없었다. 곳곳이 팬 도로의 거미줄 모양으로 갈라진 틈새에는 잡풀이 무성했고, 도로변에는 건설자재와 빈 임시사무소가 확장 공사가 시작되기만을 기다리고 있었다.

준우가 모바일 랩에서 내리자 사람 어깨 높이의 덤불을 끌고 가던 지맥이 그를 알아보고 반갑다는 메시지를 보냈다. 평택 단지에는 준우가 훈련시킨 지맥이 많이 근무하고 있었다. 안전한 곳에서 컴퓨터로부터 쉴 새 없이 지시를 받아 거의 무의식적으로 일하는 지맥과, 실험적인 기술을 탑재하고 위험한 수색 작전에서 스스로 판단해 행동하는 지맥 중 누가 더 행복할까? 결국은 시킨 일을 하더라도 그 과정에서 주어지는 소소한 자유에 목숨을 걸 가치가 있을까?

알파 팀을 차량에서 내려 줄 세웠다. 이들의 이마에 부착된 회색 프로토타입 헤드유닛이 눈에 띄었다. 알파 팀은 지난 며칠간 뇌 가소성을 증진시키는 약물을 투여받고 사고벡터 매핑을 보정하느라 연구소에서 지냈다. 몇 가지 지시도 해보고 그때마다 생각을 스캔해 보았지만 얼핏 봐선 달라진 점이 없었다.

"그대로인데? 뭐가 바뀐 거야?"

"평소엔 그대로야. 애네들이 하루종일 스타트렉의 보그처럼 사는 줄 알았어?"

그는 유진이 페이스 실드를 착용한 모습을 처음 봤다. 투명 강화플라스틱 안에서 고전 SF를 인용하며 미소 짓는 그녀에게 맞장구치고 싶었지만, 이름만 들어본 작품이어서 어색하게 웃고 말았다.

유진에 따르면, 프로젝트H에서 개발한 소위 '하이브 기술'은 SF의 하이브 마인드 개념에서 아이디어와 명칭을 가져오긴 했어도 실제 동작하는 방식은 많이 달랐다. 평소에는 각 지맥이 독립적으로 활동하면서 매초마다 압축된 사고벡터와 센서 데이터를 하이브 컨트롤러로 전송한다. 하이브 컨트롤러가 수집한 정보를 종합해 집단 지능이 필요한 상황이라고 판단하면, 초당 수십 번씩 압축 안 된 사고벡터를 전송받아 필터링하고 조합하여 다시 배포함으로써 이들의 뇌 활동을 동기화한다.

하이브 컨트롤러는 오퍼레이션 콘솔과 포터블 전원을 내장하여 외부에서 지맥 하이브를 운용할 수 있는 장비였다. 유진은 컨트롤러를 등에 메고 몇 발자국 걸으며 무게를 가늠했다.

“고차원 벡터 연산과 확률적 코드 실행에 최적화된 커스텀 컴퓨터야. 나도 아직 공부하는 중이지만, 이거 만든 사람들도 내가 물어본 걸 다 설명하진 못하더라. 맥주 몇 잔 마신 다음이라서 그랬을 수도 있지만.”

유진은 어제 저녁 첫 필드 테스트를 축하하는 프로젝트H 팀의 회식 자리에 갔었다. 준우는 왜 자신은 거기 초대받지 않았는지 물어보려다 말았다. 그들도 같은 연구원들끼리 편히 얘기하고 싶었을 것이다. 연구원에게 조련사는 피험자 아니면 베타 테스터일 뿐이어서, 함께 일을 할 때도 항상 눈에 보이지 않는 경계가 느껴졌었다.

“그건 왜 메어 보는데? 차에 실어 둘 거 아냐?”

“이건 헤드유닛과 초광대역 통신으로 연결돼. 지맥들과

물리적으로 가까이 있어야 해서 휴대용으로 만들어졌어.”

“차량에 이동 기지국도 있잖아. 몇 킬로미터는 커버하던데.”

“일반 이동통신은 하이브를 동기화하기에 너무 느려. 기존 헤드유닛을 개조하면서 두 개의 모뎀을 넣을 수는 없어서, 하이브에 꼭 필요한 것만 넣었대.”

이어서 유진은 로봇 세 대를 차량에서 내려놓고 스위치를 켰다. 네모난 상자 위에 개 모양의 인형을 얹어 놓은 로봇은 보기에는 볼품없었지만 네 개의 전방향(全方向) 바퀴 덕분에 방향 전환 없이 아무 쪽으로나 즉각 움직일 수 있고, 개의 속도와 동작 패턴을 흉내 낸 추적·회피 알고리즘을 탑재했다. 지맥에게는 로봇의 머리에 부착된 전기충격 장치를 피하면서 로봇을 그물로 씌워 잡는 목표가 주어졌다. 준우는 알파 팀을 네 조로 나누고, 로봇 개를 잡는 조가 이기는 것이라고 알려줬다. 유진은 조별로 하이브가 구성되도록 컨트롤러를 설정했다. 로봇 개들은 길거리를 누비며 지형을 사전 스캔했다. 대기 선에서 기다리던 지맥들은 이들이 시야에 나타날 때마다 흥분해서 끽끽, 꺄악꺄 하고 소리를 질러댔다.

먼저 능동 모드로 훈련을 시작했다. 지맥들은 다 함께 로봇 개를 쫓아갔다. 그물을 씌우려다 전기충격을 당하고, 자기네끼리 부딪혀 넘어지고, 한 로봇을 쫓는 동안 뒤에서 다가오는 다른 로봇에 당하기도 했다. 그래도 이들은 놀이라고 생각하고 장난치며 재미있어 했다. 놀이도 효과적인 훈련일 수 있으나, 그건 어디까지나 지나치게 흥분해서 훈련의 원래 목표를 잊어버리기 전까지였다. 그가 전기충격 장치의 전압을 올리니 그제야 지맥들은 긴장하고 진지한 태도로 로봇을 잡으려 했다. 하지만 팀워크 없이 각자 쫓아가기는 마찬가지였다. 유진이 말했다.

"이제 하이브 기능을 켤게. 얘네들이 놀라지 않게, 천천히 동기화율을 올릴 거야."

준우는 지맥들에게 가만히 있으라고 지시했다. 유진이 하이브 컨트롤러를 조작하자, 콘솔 디스플레이의 각 지맥을 나타내는 원들 사이에 굵은 선이 연결되었고 원 안에 표시된 동기화 수치가 상승하기 시작했다. 25…, 50…, 75…. 지맥마다 숫자는 조금씩 달랐지만, 곧 모두 100에 수렴했다. 잠시 후 모든 원이 동시에 점멸하기 시작했다.

지맥들은 혼란스러워했다. 연구소에서 이미 받았던 기초 사고 동기화 훈련은 아직 효과가 없었다. 처음에는 제대로 몸을 가누지도 못했다. 움직이면 넘어지고 일어서면 두리번거렸다. 다른 지맥의 움직임에 깜짝 놀라기도 했다. 혼란스

럽기는 준우도 마찬가지였다. 각각의 지맥들 생각이 쉴 새 없이 바뀌고 있었다. 그는 하이브 컨트롤러가 필터링하고 조합해 지맥들에게 재전송하는 사고벡터에 접속해 보았다. 처음 경험해 보는 낯선 사고벡터였다. 마치 무향실에서 정제된 목소리들이 끊임없이 뒤섞이는 것 같았다. 유진은 그건 나중에 로그를 보며 함께 검토하고, 일단 개별 지맥의 생각이 수렴하는 과정에 집중해 보라고 했다.

몇 시간의 혼돈 끝에 알파 팀은 하이브에 조금씩 익숙해져 갔다. 자기네끼리 연습하게 놔두고 두 사람은 모바일 랩으로 들어왔다. 컴퓨터와 통신 콘솔이 있는 모듈은 둘이 있기엔 좁았다. 그래도 여기서는 방호복을 벗을 수 있었고, 냉방도 되었다. 준우는 유진이 방호복을 벗는 것을 도왔다. 단지 내에서만 살아온 유진은 방호복을 입고 벗는 데 서툴렀고 후덥지근한 9월의 바깥 날씨에 익숙하지 않았다. 준우는 자신이 땀에 젖은 실내복이 드러낸 그녀의 몸을 빤히 쳐다보고 있었다는 것을, 그녀와 시선이 마주치고서야 깨달았다. 귓불이 달아올랐다.

유진은 지맥 25의 아이콘을 선택했다. 25의 녹화 영상과 사고벡터가 확대되어 함께 표시되었다. 그녀는 시간축 슬라

이더를 밀었다. 25와 다른 두 지맥이 갑자기 나타난 로봇 개를 상대하는 장면에서 영상을 멈췄다.

"25의 생각에 집중해 봐. 하이브 컨트롤러의 분석기도 꽤 좋지만 그래도 네 분석이 더 나아."

그녀가 다시 영상을 재생했다. 준우는 영상을 보면서 동시에 뇌로 전해지는 감각에 집중했다.

"25는 로봇 개를 알아본 직후 자기가 나서서 개를 잡겠다고 생각했어. 하지만 곧 전기충격의 기억을 떠올렸어. 아까 좀 세게 당했었잖아. 그러곤 두려움이 나서겠다는 생각을 압도했어."

그녀는 〈하이브〉 아이콘을 선택했다.

"이건?"

"25가 개를 잡아야 한다는 생각이야."

유진은 지맥 17과 39의 사고벡터를 번갈아 선택했다. 이들은 모두 선두의 25가 로봇 개를 상대해야 한다고 생각했다. 동시에 17은 다른 로봇 개가 나타나지 않는지 경계해야 한다고 생각했고, 39는 뒤로 돌아가 로봇 개에게 그물을 던지겠다고 생각했다. 지맥 25의 사고벡터를 다시 살펴봤다. 이번에는 시각화된 표시에 주의를 기울였다.

"다들 선두의 25가 로봇 개를 상대해야 한다고 생각하니까 25의 생각이 바뀌었어. 자신이 로봇 개를 먼저 상대하고, 39가 뒤로 돌아가 자길 돕는 거로. 25가 다른 지맥들의 의견을 받아들인 건가?"

"의견을 받아들였다기보다는…… 다수가 '25가 로봇 개를 상대해야 한다'고 생각했기 때문에 하이브 컨트롤러가 그걸 선택해 공유했어. 그걸 25의 헤드유닛이 '내가 로봇 개를 상대한다'로 바꿔 뇌에 주입한 거야."

25의 사고벡터를 앞뒤로 천천히 이동시켜 봤다. 유진이 맞는 것 같았다. 동료와 타협하는 단계가 없이 생각이 단번에 바뀌었다. 눈을 감았다. 다른 감각을 배제하고 사고벡터만을 정확히 느껴보려 했다. 하지만 집중하기 어려웠다. 바로 옆 유진을 의식하지 않을 수 없었다. 그녀의 체온과 숨결이 느껴졌다. 살며시 눈을 떠보니 유진은 하이브 컨트롤러에 그가 처음 보는, 숫자와 그래프가 가득한 화면을 띄워 놓고 있었다.

"그건 뭐야?"

그녀는 당황한 표정을 지으며 화면을 전환했다.

"별거 아냐. 넥서스를 저수준으로 디버깅할 때 보는 화면이야. 그건 그렇고 준우야, 넌 누가 위험한 일을 맡을지 다수결로 정해도 괜찮다고 생각해?"

갑작스러운 질문이었다. 생각해 보니 그게 하이브의 핵심이었다. 컨트롤러가 상황을 다 이해해서 스스로 옳은 결정을 내리는 것이 아니었다. 그런 AI는 아직도 존재하지 않았다. 다수가 지지하는 생각으로 전체를 동기화시키고, 다시 각자 그다음 할 일을 생각하는 과정을 반복해 전체의 행동 계획이 완성되는 것이다. 민주주의 사회와 마찬가지 아닌가?

"사람도 다수결로 정한 규칙에 따라 의무가 지워지잖아. 하이브 컨트롤러가 공정하게 결정하면 따라야지."

"싫어도 의무를 이해하고 받아들이는 것과 생각이 주입되는 건 다르잖아."

"정말 그럴까? 회사나 국가에 충성하도록 교육받는 것도 생각을 주입 받는 거 아냐? 자기 복제를 많이 퍼뜨리려는 유전자가 우리 감정을 조종하는 건?"

컴퓨터가 지맥의 생각을 조종하는 모습을 어려서부터 봐와서일까? 그런 것이 거슬리지 않냐는 기자의 질문에 매번 배운 대로 답하다 보니 스스로 믿게 되었을까? 자유의지란 뇌가 동작하는 과정에서 일어나는 착각일 뿐이다. 어차피 유전자와 환경에 의해 형성된 뇌가 기계적으로 결정하는 것이고, 그나마도 자신에게 선택권이 없을 때는 아무 의미 없는 것이었다.

그는 아무것도 모르는 채 엄마의 결정에 따라 다른 선택권도 없이 위험한 시술을 받고 인생이 정해졌다. 사춘기 때는 죽은 엄마를 원망했었지만, 이제는 받아들였다. 세상에는 누군가는 해야 하는 일이 있고, 그걸 자발성에 의존하거나 설득할 수 없을 때도 있는 거다. 자신의 선택이 아니었다고 따져봐야 기분만 나빠질 뿐이다. 유진 같은 사람은 그런 현실을 잘 모르겠지만.

그녀가 말했다.

"난 지맥이 임플란트의 신호를 받아 일하는 거나 사람이 컨베이어 벨트 앞에 매여서 일하는 거나 본질적으로 다를 바 없다고, 그나마 사람보다는 동물에게 그런 일을 시키는 게 낫다고 믿었어. 능동 모드 개발에 참여한 후로는 나나 회사뿐만 아니라 지맥에게도 좋은 일이라고 생각해서 정말 열심히 일했고. 그런데 하이브 기술은…… 잘 모르겠어."

지맥들이 로봇 개를 모두 잡았다고 신호를 보내왔다. 이번에는 25분 걸렸다. 수행 시간이 점점 짧아지고 있었다. 다시 로봇 개의 추적·회피 알고리즘을 수정할 때였다. 오후 내내 두 사람은 알파 팀을 관찰하고 하이브 컨트롤러의 동작 파라미터를 조정했다. 나중에는 한 조에 지맥을 여섯씩 할당했는데도 금세 적응했다. 한 지맥이 로봇 개를 몰거나 유인하면 벽 뒤에 숨어 있던 지맥이 로봇의 뒤로 다가가 그물을 씌웠다. 로봇 개를 찾으러 다닐 때 한 조를 잠시 둘로 나누거나, 후방을 감시할 지맥을 따로 둘 줄도 알게 되었다. 해가 질 무렵에는 다들 지쳤지만 하나가 되어 생각하고 행동하는 데 많이 익숙해져 있었다.

훈련센터로 돌아왔다. 준우는 알파 팀을 건물 앞에 모았다. 하이브 모드가 해제된 상태인데도 함께 하이브로 구성되었던 지맥끼리 모여 앉아 있었다.

"알파 팀, 오늘 고생들 많았어. 오늘은 자유시간과 식사량을 늘려줄 거야."

지맥들은 신나서 소리 지르며 구내식당으로 뛰어갔다. 실험 데이터를 정리하던 유진이 차량에서 나왔다. 준우가 말했다.

"재네 식당으로 뛰어가는 거 보니까 나도 배고파. 지난번에 한잔 사주기로 했던 거 아직 유효해?"

"물론이지."

그녀의 피곤한 얼굴이 환해졌다.

"난 이제 일어나야 해. 곧 셔틀버스 끊겨."

정말 오랜만이었다. 유진과 단둘이서 식사하고 술도 몇

잔 마시고 그녀의 일 얘기를 들으면서 준우는 잠시나마 언제 이렇게 행복할 때가 있었던가 생각했다. 그녀는 선배 연구원들 틈에서 인정받기 위해 얼마나 열심히 일하는지, 능동 모드 실험하다가 어떤 재미있는 일들이 있었는지 늘어놨다. 기술적인 부분은 이해하기 어려웠지만, 연구소 일을 자세히 듣는 건 처음이어서 흥미롭기도 했다. 이 시간이 끝나지 않기를 바랐지만 집에 걸어서 돌아갈 수 있는 그녀와 달리 그는 갈 길이 멀었다.

“벌써? 조금 더 있다 택시 타고 가면 안 돼? 지금까지 나만 떠들었는데, 이제 네 얘기도 들어야지.”

“난 할 얘기 별로 없어. 지맥 훈련하는 건 맨날 똑같고. 다 알잖아.”

“그래도 할 얘기 있을 거 아냐. 좋아하는 사람이라던가.”

유진은 미소 띤 표정을 지으며 의자를 당겨 앉았다. 그러곤 양손에 턱을 괴고 그를 빤히 쳐다봤다. 그녀도 살짝 취한 것 같았다. 그는 그녀가 무슨 생각으로 이런 질문을 하는지 알고 싶었다.

“그런 사람 없어. 그거 몰라? 우리 조련사들은 뇌의 일부를 넥서스 감각에 사용하는데다, 어려서부터 지맥의 생각을 읽는 훈련만 받았기 때문에 다른 사람의 감정을 이해하고 관계 맺는 게 힘들단 말이야."

'지금처럼.' 조금만 더 취기가 올랐으면 이 생각까지 입에서 나올 뻔했다.

그녀는 갑자기 몸을 일으키더니 그의 손을 잡고 진지한 목소리로 말했다.

"너 그 얘기 정말로 믿어? 넥서스의 부작용에 관한 내부 문서를 읽은 적 있어. 네가 말한 그런 영향은 거의 없었어. 아니면 외국어를 몇 개씩 하는 사람은 그만큼 다른 지능이 떨어지게? 뇌는 얼마든지 적응할 수 있어."

"그럼 내가 원래 사회성이 부족한가 봐. 아무튼 그런 문서가 있다니 뭔가 부작용이 있기는 한가 보네. 나 몇 살까지 살 수 있대?"

그녀는 다시 장난기 어린 표정이 되었다.

"부작용 별거 없어. 있잖아, 내가 너한테 다른 능력 만들어 줄까? 주가 데이터를 넥서스에 연결하면 숨어 있는 패턴을 찾을 수 있지 않을까? 음, 다른 사람의 감정을 알고 싶다고 했지? 그럼 네 넥서스 카메라에 미세 표정 신호를 증폭하는 소프트웨어를 설치해서……."

유진의 단말기에서 통화 신호가 울렸다. 그녀는 단말기를 흘낏 봤다.

"소장님이 이 시간에 웬일이지? 받아 볼게."

유진은 단말기 화면을 함께 볼 수 있도록 준우의 옆으로 왔다.

"오늘 훈련 성과가 좋았다고? 메일 읽었네. 첨부 영상도 잘 봤고. 아, 준우하고 함께 있군. 음, 좋아. 젊을 땐 그래야지. 난 서 부사장하고 경찰청장하고 있네."

저쪽도 식당인 듯했으나 어두워서 잘 보이지는 않았다. 주위에서 간간이 남녀의 목소리가 들렸다. 연구소장은 단말기에 얼굴을 가까이했다. 뺨이 불그스레했다. 그는 들뜬 모습이었다.

"조금 전에 구두로 합의했네. 그 얘기해 주려고 연락한 거야."

"뭘 합의해요?"

유진이 물었다.

"아, 자네들은 모르지, 참. 지맥이 작전 중에 계속 다치니까, 경찰들 쓰는 충격총을 지맥에게 지급해 달라고 요청했거든."

충격총이라면 충격포를 휴대용으로 만든 것으로서, 성능이 좋지만 값이 비싸서 최근에야 테이저 건을 조금씩 대체해 가는 장비였다. 극고주파가 털이 수북한 짐승에게도 효과가 있을까? 지맥이 그런 걸 잘 사용할 수 있을까? 지맥은 손의 형상이 사람과 다르고, 힘은 세지만 사람만큼 손을 정교하게 사용하지 못한다. 지맥용 공구가 따로 있는 이유였다.

"지금 막 합의했네. 방탄복과 수갑까지 지급해서 테러 용의자를 지맥이 체포할 수도 있도록. 청장님이 좀 전에 자네들이 보내준 훈련 영상을 보시고는 수색견이나 드론보다 훨씬 낫다고 하시더군."

수갑이라니. 산짐승만 충격총의 표적이 아니었다. 준우는 유진을 돌아봤다. 그녀도 놀란 표정으로 아무 말도 하지 못하고 있었다. 연구소장은 개의치 않았다.

"한 지맥이 충격총을 겨누고 있는 동안 다른 지맥이 수갑을 채우도록 훈련할 수 있을 거야. 로봇 개와 노는 건 그만하면 됐고, 내일부터 바로 충격총 사용을 훈련시키게. 장비는 바로 제공해 주기로 했어. 자, 그럼 좋은 시간 보내고, 거기 비용은 다 회사에 청구하게."

화면이 꺼졌다. 준우가 먼저 입을 열었다.

"지맥은 사람한테 대항하지 못하잖아. 용의자가 큰소리만 쳐도 똑바로 쳐다보지도 못할 텐데, 어떻게 충격총을 겨누고 수갑을 채워?"

"넥서스로 감정을 제어하면 어떻게든 사람한테 맞서게 할 수는 있을 거야. 하지만…….”

유진은 말을 잇지 못했다. 준우는 어지러움을 느꼈다. 그녀에게 뒤지지 않으려다 너무 많이 마신 모양이었다. 눈을 감았다. 방탄복을 입은 지맥 87이 그에게 충격총을 겨누는 모습이 눈앞에 떠올랐다. 뭉툭한 총구 뒤에서 그를 노려보는 화난 두 눈동자는 녹색으로 타오르는 지옥의 불꽃이었다. 어느새 87의 피 묻은 손에는 충격총이 아닌 진짜 총이 들려 있었다. 피하려 했지만 몸을 움직일 수 없었다.

“준우야, 왜 그래? 괜찮아?”

마지막으로 기억한 것은 유진의 부축을 받아 그녀의 집으로 간 것이었다.

14

지맥 87은 충격총이 마음에 들었다. 들개나 멧돼지와 마주쳤을 때 맨손으로 싸우는 것보다 훨씬 효과적이었다. 돌을 던지는 것보다 정확했고, 몽둥이보다 멀리서 쓸 수 있었다. 여러 번 쏴도 짐승이 죽지는 않았지만, 온몸을 뒤틀고 바둥거리는 짐승을 처리하기는 쉬웠다.

총을 쥐었을 때의 단단하면서 미끈거리지 않는 느낌도 좋았다. 처음에는 인간의 손에 맞춰진 손잡이를 잡고 방아쇠를 당기는 것이 힘들었다. 87의 길고 두툼한 집게손가락이 고리에 겨우 들어가긴 했으나 방아쇠를 당기려다 보면 총구가 흔들려 빗나가기 일쑤였다. 준우가 총을 가져갔다가 다시 돌려줬을 때는 방아쇠 자리에 조그만 장치가 달려 있었다. 개조된 충격총을 사용하기 위해 87은 컴퓨터 화면에 보이는 막대기를 생각으로 움직이는 훈련을 받았다. 어려서부터 즐겼던 게임이나 공구 사용법과 매한가지였다. 막대기를 끝까지 밀면 총이 발사되고 화면 속의 짐승이 쓰러졌다. 조금 연습하고 나니 화면을 안 보고도 원하는 순간 총을 발사할 수 있었고 몇 번이나 더 발사할 에너지가 남아 있는지도 감각으로 느낄 수 있었다.

충격총을 잘 다룰 수 있게 된 후에는 들고만 있어도 스스로 더 강해졌다는 느낌이 들어 마음이 든든했다. 장난으로 동료에게 발사했다가 호되게 야단맞은 뒤로는 조심했다. 수색 나갈 때 총을 지급 받으면 훈련받은 대로 일단 허리 벨트에 꽂았다가 준우가 안 볼 때면 빼 들었다. 수색을 마치고 총을 걷어 갈 때면 아쉬워서 놓지 않으려고 고집을 부려 보기도 했다.

동료들과 하나가 되는 것도 이제는 좋아하게 되었다. 짐승이나 나쁜 사람들이 나타나면 어느새 주변의 동료들과 하나가 되어 있었다. 동료들이 생각대로 척척 움직이면 신기하고 만족스러웠다. 시간이 지남에 따라 각자 잘하는 역할이 생겼는데, 충격총을 다루는 것은 대개 87의 몫이었다. 87은 항상 손에 총을 들고 있었기에 누구보다 더 빨리 조준할 수 있었고, 더 많이 연습한 덕에 더 정확하게 발사했다. 그가 짐승을 맞춰 쓰러뜨리면 동료들이 몰려가 때려잡았고, 나쁜 사람을 겨냥하고 있으면 동료들이 수갑을 채웠다. 녹슨 문을 함께 당겨 열 때 어느 순간에 힘을 줘야 할지, 좁은 입구에 누가 먼저 들어갈지, 담을 넘을 때 누가 누굴 받쳐 줄지, 도시락을 먹을 때 누가 배고픔을 참으며 망을 봐야 할지 모든 일이 깍깍거리거나 밀치고 다툴 필요 없이 생각하는 대로 역할이 정해졌다. 어떨 때는 동료들의 몸이 자신의 것처럼 느껴졌고, 자신의 위치에서 안 보이는 곳에 무엇이 숨어 있는지 어느새 알고 있었다. 차를 타고 숙소로 돌아갈 때나 취침 전 자유시간에는 다시 각자로 돌아갔지만, 예전보다 서로를 훨씬 잘 이해하고, 양보하고, 나눠 먹게 되었다.

어떻게 나쁜 사람들과 싸울 수 있게 되었는지는 아직도 몰랐다. 원래 87은 다른 지맥과 마찬가지로 사람을 어려워했다. 다들 순한 성격으로 태어난 데다, 어려서부터 사람에게는 그저 복종해야 하는 것으로 배웠기 때문이었다. 처음으로 하나가 되는 경험을 하고 며칠 후, 사람 모양을 한 로봇에게 충격총을 쏘고 수갑을 채우는 훈련을 받았다. 진짜 사람이 아니라 움직이는 인형인 줄은 알았지만 그래도 처음에는 차마 시키는 대로 할 수 없었다. 하지만 준우가 인형을 '나쁜 놈'이라고 부르는 순간 부담감은 사라지고 적대감이 머리에 가득 찼다. 87과 동료들은 금세 훈련을 마칠 수 있었고, 그 이후로는 숲속에서 나쁜 놈을 찾고 감시만 하는 것이 아니라 쫓아가 총을 겨누고 수갑을 채워 제복 입은 사람들이 올 때까지 지키는 일을 해냈다. 나쁜 놈들이 당황하고 겁먹은 모습을 보면 승리의 쾌감이 느껴졌고, 거기에 준우의 칭찬이 더해졌을 때의 행복감은 찢어지고 부러지고 총에 맞는 두려움을 압도했다.

87은 준우가 똑똑한 우두머리이고 그의 지시를 따를 때 자신이 용감해진다는 것을 알았다. 한 번은 수색하다가 수상쩍은 사람을 마주쳤는데, 마침 준우가 근처에 없었고 머릿속으로도 연락할 수 없었다. 87은 스스로 용기를 내어 수상쩍은 사람에게 충격총을 들이대 보려 했지만, 그자의 눈빛을 보는 순간 도저히 그럴 수 없어 그냥 달아나 버렸다. 준우가 옆에서, 혹은 머릿속에서 '저 사람은 나쁜 놈'이라고 확인해 줬더라면 그런 일은 없었을 것이다. 87은 준우가 자신들과 항상 함께 있지 않은 것이 불만이었다.

87은 머릿속에서 가리키는 방향을 따라 언덕을 넘었다. 요즘 익숙해진 일이었다. 낙엽이 눌린 자국을 따라가 먼지가 덜 쌓인 트럭을 찾았다. 트럭 뒤에는 출입문을 제외한 모든 벽이 나무 덩굴로 덮인 집이 있었다. 출발하기 전에 준우가 보여줬던 사진과 똑같았다. 준우는 이곳에 오지도 않았는데 어떻게 사진을 가지고 있을까? 사람들은 그가 이해 못 하는 재주를 많이 부렸다.

87은 집에서 수십 미터 떨어진 큰 나무 뒤에 숨어 조심스레 고개를 내밀었다. 창문에서 새어 나오는 불빛은 안에 나쁜 놈들이 있다는 걸 의미했다. 87은 아까부터 동료들과 하나가 되어 있었다. 하지만 그가 나쁜 놈들을 발견했을 때, 그걸 동료들이 함께 알기까지는 한참 걸렸다. 그러고 보니 언덕을 넘을 때부터 하나 된 느낌이 약해졌다. 누가 어디에 숨어야 할지, 누가 나무 위로 올라가 주변을 살펴야 할지 생각이 정리되기까지 시간이 걸렸다. 동료들과 거리가 멀어지면 그랬다. 입으로 내는 소리와 마찬가지로 하나가 되는 생각도 멀어지면 약해지는 모양이었다. 그는 준우의 지시를 기다릴지 집 안으로 들어갈지 잠시 고민하다가, 매번 하던 대로 하기로 결심했다. 87은 손에 든 충격총의 묵직한 무게와 그 안에 가득 차 있는 에너지를 느끼며 가슴을 폈다. 10미터쯤 떨어진 구덩이에 숨어 있는 19를 쳐다봤다. 19 역시 자신감 넘치는 표정이었다.

87은 몸을 낮춰 네 발로 출입문을 향해 달렸다. 19와 다른 동료들도 뒤에서 그를 따라왔다. 출입문에는 숙소의 문에 달린 것과 비슷한 카메라가 있었는데 다가가도 열리지 않았다. 이런 나무문쯤이야 문제 될 것 없었다. 그는 문 쪽으로 충격총을 겨눈 채 한 걸음 뒤로 물러섰다. 19는 전동공구로 문을 부수기 시작했다. 87은 이런 집에 들어가는 훈련을 기억해 냈다. 그의 생각을 인식한 헤드밴드의 스피커에서 합성된 음성이 흘러나왔다. 무슨 뜻인지는 몰라도 나쁜 사람에게 미리 들려줘야 한다는 것은 알고 있었다.

"지맥 수색대입니다. 우리는 경찰과 함께 테러범을 수색하고 있습니다. 달아나거나 우리를 공격하면 즉시 체포됩니다. 협조 부탁드립니다. 지맥 수색대입니다. 우리는……."

* * *

준우는 하이브 컨트롤러의 상태 화면을 보며 초조해했다. 새 헤드유닛은 하이브가 필요로 하는 높은 전송 속도 때문에 초광대역 통신으로 하이브 컨트롤러와 직접 연결되었고, 언덕 같은 장애물이 있거나 거리가 멀어지면 통신 속도가 급격히 낮아졌다. 이 때문에 하이브의 동기화 레벨이 낮아졌을 뿐만 아니라, 그들이 전송하는 영상조차도 프레임 수가 낮아지거나 아예 멈춰 버렸다. 알파 팀은 그런 상태로 경찰이 알려준 집을 포위하는 중이었다.

"첫 번째 프로토타입 헤드유닛이라서 그래. 다음 버전에는 듀얼 모뎀이 들어가고, 하이브 중계기를 지맥 중 하나가 지니고 다니게 될 거래."

유진이 하이브 컨트롤러를 등에 메면서 말했다.

"지금 뭐 하는 거야?"

"뭐 하긴. 언덕 위로 올라가야지. 이 차로는 갈 수 없잖아."

"미쳤어? 여기가 얼마나 위험한 곳인지는 알아? 이리 내놔. 내가 갈게."

"넌 이거 다룰 줄도 모르잖아. 너는 괜찮은데 나는 안 된다는 거야? 체력도 내가 더 좋을걸?"

알파 팀이 하이브 상태가 되면 유진은 컨트롤러의 콘솔에 나타나는 복잡한 기호와 그래프를 보면서 이것저것 조정해야 했다. 그녀는 피트니스 센터에서 정기적으로 운동했고, 지맥을 따라다니는 것 외에 운동이라곤 안 하는 준우에 비해 더 탄탄한 근육질 몸매를 갖고 있었다. 그는 반박할 수 없었다.

"알았어. 그러면 함께 가."

아직 개조되지 않은 충격총을 챙겨 들고 유진과 함께 언덕을 올랐다. 힘들지 않은 척하고 싶었지만 묵직한 하이브 컨트롤러를 메고도 가뿐하게 올라가는 그녀를 따라가기에 숨이 벅찼다. 습기를 배출하는 투습성 필터와 마이크로 팬에도 불구하고 페이스 실드의 스크린에 김이 서려 앞이 잘 안 보였다. 마지막 가파른 경사를 오를 때는 그녀의 도움을 받아야만 했다. 언덕에 올라선 순간 알파 팀이 그의 지시 없이 건물로 진입했다는 것을 느꼈다.

"얘네들이 지금…… 막 문을 부수고 들어갔어……. 특공대를 불러야겠어."

그는 가쁜 숨을 몰아쉬며 겨우 말했다. 가보면 빈집인 경우도 많아 용의자 또는 증거물을 확보한 후에 특공대를 부르는 것이 원칙이었으나 이번에는 알파 팀의 확신과 긴장감이 느껴졌다. 지금은 이름도 잊혀진 대기업 소유의 수련원이었다는 건물은 언덕에서 300미터쯤 떨어진 곳에 있었는데, 꼭대기의 바위 위에서는 가리는 지형 없이 잘 보였다. 유진은 하이브 컨트롤러를 바위 위에 내려놓고 디스플레이를 펼쳤다. 알파 팀과 연결 상태가 다시 좋아졌고, 하이브 동기화 레벨도 올라갔다. 그녀는 모든 지맥이 전송하는 영상과 사고벡터를 격자 형태로 한꺼번에 보이도록 했다. 조금 전까지 각자 방을 수색하던 지맥들은 하이브 레벨이 올라가자 생각을 동기화하느라 잠시 멈칫거렸다.

"저거 봤어? 87 앞에 누가 막 지나갔어."

그녀가 말했다. 87이 사람을 뒤쫓기 시작하면서 영상이 많이 흔들렸다. 다른 지맥들도 87을 뒤쫓았다. 시커먼 형체가 문을 열고 방 안으로 사라졌다. 87과 뒤따르던 지맥들이 방으로 들어갔다. 87의 화면이 정지했다. 다른 지맥의 영상도 방에 들어가면서 멈췄다. 87의 영상은 시커먼 사람에게 충격총을 겨누는 모습으로 바뀌고 다시 멈췄다. 그는 아직 연결되는 다른 지맥의 생각을 스캔했다. 그들은 동료들을 구해야 한다는 생각으로 방으로 뛰어들고 있었다. 모든 지맥의 영상이 멈췄다. 마지막으로 전송된 영상에는 긴 막대기를 들고 검은 옷을 입은 사람들, 그물로 덮인 벽이 보였다. 준우가 말했다.

"접속이 끊기진 않았지만 사고벡터가 안 읽혀."

유진은 각 지맥의 상세 정보 화면을 열었다. 연결 상태가 최저 레벨을 의미하는 붉은 색이었다. 그녀가 말했다.

"벽에 덮인 철망 보여? 패러데이 케이지인가 봐."

"패러데이…… 그게 뭔데?"

그녀는 벽을 덮은 그물과 검은 옷을 차례로 확대했다.

"전파를 차단하는 거야. 검은 옷은 도전성 섬유일 거야. 충격총을 막는."

"저놈들이 지맥을 잡아서 뭐 하려고 저런 준비를……."

웡 하는 바람 소리가 빠르게 다가왔다. 특공대 멀티콥터가 두 사람의 머리 위를 낮게 스쳐 지나갔다. 주변의 나뭇가지들이 요동쳤다. 특공대에게 연락했다.

"함정입니다. 숨어 있던 놈들에게 지맥이 붙잡혔습니다."

"알겠습니다. 우리가 진입해서……."

뭔가가 멀티콥터를 향해 빠르게 날아왔다. 쾅 소리가 나며 음성이 끊기고, 멀티콥터는 옆으로 기울어지면서 고도가 낮아졌다. 멀티콥터는 다시 자세를 바로잡으려 했으나 너무 낮게 날고 있었다. 우측 로터가 나무를 피하지 못하고 충돌했다. 멀티콥터의 동체가 회전하면서 숲으로 떨어졌다. 펑 하는 소리와 함께 하얀 연기가 피어올랐다. 비상착륙 에어백이 전개되었더라도 큰 충격을 받았을 만한 속도였다.

"거기 괜찮아요? 들리세요?"

단말기에서는 아무 소리도 들리지 않았다. 몇 초 후 다시 쾅 하는 큰 폭발음과 함께 오렌지색 화염이 숲에서 솟아올랐다. 둘은 아무 말도 못 하고 불길을 쳐다봤다.

* * *

지맥 87은 가까스로 두려움을 억누르고 충격총을 발사했다. 하지만 남자는 몸을 조금 움찔거릴 뿐이었다. 지맥들은 방구석으로 몰렸다. 검은 옷을 입고 얼굴을 촘촘한 금속 그물로 가린 남자들이 천천히 다가왔다. 그들의 손에는 둥근 고리와 뾰족한 침이 달린 긴 막대기가 들려 있었다. 87은 조금 전까지 동료들과 하나였는데, 지금은 아니었다. 남자가 막대기를 들이밀었다. 막대기를 잡아채려 했으나, 온몸을 관통하는 고통에 손을 뗄 수밖에 없었다. 로봇 개가 주는 고통과 비슷한 종류였으나 훨씬 강했다. 옆의 지맥 19도 똑같이 당하고 있었다. 87은 자신이 막대기의 끝을 잡고 19가 막대기의 중간 부분을 부러뜨리면 되겠다고 생각했으나, 19는 87의 그런 생각을 알아채지 못했다. 준우가 저 검은 옷 입은 사람들이 '나쁜 놈'이라고 확인해 주지 않았기 때문에 87과 동료들은 모두 맞서 싸울 용기가 없었다. 게다가 상대는 충격총에도 끄떡없는 자들이었다. 굉장히 강한 사람들임이 분명했다. 남자가 막대기로 87을 다시 찔렀다. 살짝 닿았을 때는 뾰족한 것에 찔리는 느낌이었지만, 남자가 막대기를 세게 갖다 대자 턱이 덜덜거리고 머리를 얻어맞은 듯한 충격에 비틀거리며 뒤로 밀려났다.

87은 겁이 났고, 뭘 해야 할지 몰랐다. 바닥에 주저앉아 몸을 웅크렸다. 동료들도 87을 따라 했다. 막대기들이 다가와 그들을 계속 찔렀다. 알파 팀은 다 같이 울부짖었다. 누군지 모르겠지만 소변 냄새도 났다. 87은 애타게 준우를 찾았다.

* * *

"87이 나를 찾고 있어. 죽진 않았나 봐. 가봐야겠어."

지맥과의 연결은 겨우 끊기지 않는 정도로, 짧은 호출 신호만 간신히 전달되고 있었다.

"안 돼! 지원 인력이 올 때까지 기다려."

유진은 바로 회사와 경찰에 상황을 보고했다. 하지만 전국적으로 수색대에 대한 동시다발 공격이 이뤄져, 경찰도 정신을 차리지 못하고 있었다. 지원 인력이 언제 올지 알 수 없었다.

"그때까지 저대로 둘 순 없어."

준우가 충격총을 들어 보이며 말했다.

"그 총은 소용도 없잖아. 어차피 내가 가야 해. 설마 나만 가라고 할 건 아니지?"

유진에게 차마 같이 가자고는 못 했지만, 그녀의 말이 맞았다. 하이브 컨트롤러를 가져가야 했다.

가파른 언덕을 내려가느라 시간이 오래 걸렸다. 지맥들은 이런 곳을 나뭇가지에 매달리며 뛰다시피 내려가지만, 두 사람은 그럴 수 없었다.

건물에 접근할수록 신호 강도는 급속히 올라갔다. 유진은 도달거리가 짧은 극초단파만 엉성한 그물을 통과할 수 있기 때문일 거라고 했다. 그는 그녀가 어떻게 그런 것까지 아는지 신기했다. 그들은 건물에서 50미터쯤 떨어진 곳에 숨어 하이브 컨트롤러의 콘솔을 열었다. 지맥의 영상이 수신되기 시작했다. 방 안에는 겁먹은 지맥들이 한구석에 모여 있었고, 맞은편에는 전기 충격봉과 총을 든 남자 세 명이 얘기하고 있었다. 유진은 그들과 가까운 지맥 07의 화면을 확대하고 소리를 끈 후 음성인식 기능을 켰다. 대화가 화면에 나타났다.

– 자, 그럼 촬영 시작한다.

한 남자가 전기 충격봉 끝에 달린 고리를 지맥 07의 머리에 씌워 07을 일으켜 세웠다. 다른 남자는 07에게 총을 겨눴고, 세 번째 남자가 이들을 촬영하고 있었다. 총 겨눈 남자가 카메라를 쳐다보고 말하기 시작했다.

– 우리 가이아 연대는 아무 죄가 없는데도 경찰은 우리를 불법적

으로 탄압하고 있다. 이에 우리도 자위권을 발동할 수밖에 없다. 여기 인간의 탐욕에 의해 만들어진, 괴상한 동물이 있다. 수십억 년의 진화로 균형이 이뤄진 가이아의 생태계에는 이들의 자리가 없다. 애초에 태어나지 말았어야 할 죄 없는 동물이지만, 기계처럼 부려지고 무고한 시민을 공격하도록 조종되는 것보다는 차라리 불행한 생을 마치는 것이 나을 것이다.

"지금 하이브 기능을 켤 수 있어? 이대로 두면……."

그가 유진에게 속삭이는 순간 그녀는 이미 하이브 컨트롤러를 조작하고 있었다.

– 당장 탄압을 중단하고 우리 회원들을 모두 석방하지 않으면 지맥을 하나씩 처단할 것이며…….

동기화 레벨이 빠르게 올라갔다. 총을 든 남자도 뭔가 달라진 것을 느낀 듯 말을 멈추고 지맥들을 쳐다봤다. 동기화 레벨이 충분히 올라간 순간 준우가 지시했다.

검은색 | 사람 | 나쁜놈

공격 | 탈의 | 나쁜놈

'탈의'는 샤워할 때 옷을 벗으라는 명령이었지만 지맥 19가 그 뜻을 제대로 해석했고, 500밀리초가 되기 전에 그 해석은 하이브의 공유된 공격 계획이 되었다. 헤드유닛은 눈앞에 보이는 검은색 사람을 '나쁜 놈'으로 인식하도록 뇌에 개입함과 동시에 호전성을 자극했다. 아드레날린이 분비되고 심장이 빠르게 뛰었다. 알파 팀은 용수철처럼 튀어 올라 조금 전까지 자신들을 괴롭히던 나쁜 놈들에게 달려들었다. 탕, 소리가 울리면서 07의 영상이 기울어졌다. 동시에 33이 총 든 사람을 덮쳐 총을 뺏고 검은 옷을 찢었다. 87은 뺏긴 충격총과 수갑이 어느 상자에 담겨 어느 선반 꼭대기에 올려졌는지 기억하고 있었다. 다른 지맥들이 검은 옷이 너덜너덜해진 나쁜 놈들에게서 전기 충격봉을 뺏는 동안 87은 19를 선반 위로 올려줬고 19는 상자를 바닥에 집어 던졌다. 87이 제일 먼저 열린 상자에서 충격총을 집어 들었다. 87의 생각을 공유받은 지맥들은 남자들에게서 물러섰고 87은 바로 충격총을 발사했다. 충격총의 에너지가 바닥날 때까지 계속했다.

나쁜 놈들은 고통에 온몸을 뒤틀며 바닥을 뒹굴었다.

"재네 당장 멈추라고 해."

화면과 넥서스 감각에 집중하느라 뒤에서 누가 다가오는 것을 몰랐다. 돌아보니 3미터쯤 떨어진 곳에서 여자가 총을 겨누고 있었다. 여자는 준우의 이마를 손가락으로 가리키며 총구를 유진에게 조준했다.

멈춰

알파 팀은 으르렁거리면서도 명령을 따랐다. 영상 속의 남자들은 엉금엉금 기어서 방을 나갔다. 방문이 잠기는 소리가 났고, 잠시 후 유진과 준우가 있는 쪽으로 그 남자들이 비틀거리며 걸어왔다. 머리가 온통 땀에 젖고 헝클어진 남자가 총 든 여자에게 말했다.

"이놈들이 관리자야?"

여자가 하이브 컨트롤러를 쳐다보며 말했다.

"그런가 봐. 이 장비는 나도 처음 보는 거지만."

남자는 젖은 바지를 엉거주춤 추켜올리며 말했다.

"사람을 공격하도록 지맥을 개조한 모양이지? 이놈들을 맨몸으로 화난 지맥들 사이에 던져 넣으면 어떻게 될지 궁금한데. 이마에 붙은 저것도 떼고 말이야."

하이브 컨트롤러는 아직 흥분을 가라앉히지 못한 지맥들을 보여주고 있었다. 07의 영상은 옆으로 기울어진 채 조금씩 흔들거리고 있었고, 그 위에 몸의 상태를 나타내는 붉은 아이콘이 깜빡였다. 저놈들이 컨트롤러로 지맥에게 그와 유진을 공격하라고 지시할 수 있을까? 총 든 여자는 넥서스 기술을 아는 듯했다. 넥서스 없이도 알파 팀은 그를 대장으로 인정할까? 아니면 알파 수컷의 자리를 뺏기 위해 도전할까? 그는 갑자기 정신이 흐릿해지고 온몸에 힘이 빠져

비틀거렸다.

"준우야, 왜 그래?"

유진이 그를 붙잡았다.

"움직이지 마!"

여자가 소리치며 그들 바로 옆에 총을 쐈다. 유진은 준우를 부축하며 총 든 여자를 노려봤다. 이들을 지켜보던 남자가 갑자기 고개를 돌리며 놀란 표정으로 주춤거렸다.

"다들 꼼짝 마. 경찰이다. 무기 버려."

뒤에서 소리가 났다. 동시에 여자가 준우를 잡아채 머리에 총구를 갖다 댔다.

"물러나! 안 그러면 이 녀석 머리에 기생충 대신 총알이 박힐 거야!"

다른 남자도 어느새 총을 꺼내 유진에게 겨누고 있었다. 다가오던 경찰특공대가 멈춰 섰다.

준우는 하얗게 질린 유진의 얼굴을 쳐다봤다. 그리고 알파 팀에게 마지막이 될지도 모르는 메시지를 보냈다.

안녕 | 미안

15

약속한 시각으로부터 40분이 지났다. 버려진 지 10년은 더 됨직한 건물의 주위에는 아무런 인기척이 없었다. 최 형사는 주변을 다시 둘러봤다. 빽빽한 수풀 속에 누가 숨어 있을지도 모르지만, 그 속으로 들어가 볼 생각은 없었다. 김 형사는 가까이서 새소리가 들릴 때마다 움찔했다.

"그냥 영상으로 보자고 하지 그러셨어요."

"김 형사, 가끔 이런 데 와서 맑은 공기도 마시면 좋잖아. 영상으로는 얘기할 수 없다는데 어떡해."

"신텔리전스 타워의 공기가 더 좋아요. 아, 평생 거기 사는 사람들은 얼마나 좋을까."

"그래. 충분히 기다렸으니, 그곳으로 돌아가자고."

멀티콥터의 문이 닫히고 환기 장치가 가동되면서 내부 기압이 높아지기 시작했다. 페이스 실드가 불투명해지고 UV-C 자외선램프의 웅 하는 작동음과 동시에 소독이 끝날 때까지 페이스 실드를 벗지 말라는 경고가 들렸다. 프로펠러가 하나씩 돌기 시작하면서 각 모터와 드라이버, 수소탱크, 연료전지가 정상임을 확인하는 메시지가 이어졌다. 최 형사는 안전벨트를 매고 눈을 감았다. 지금부터 목적지까지는 할 일도 없었다.

"전 이때가 제일 싫어요. 30초 동안 밖을 전혀 볼 수 없잖아요. 자외선만 차단하면 되는데 왜 쓸데없이……."

갑자기 자외선램프의 작동음도, 내부를 가압시키는 바람소리도, 점검 메시지도 모두 멈췄다. 페이스 실드를 수동으로 투명하게 조작했다. 남자 둘과 여자 하나가 다가오고 있었다. 남자 중 한 명은 만나기로 했던 정보원이었고 맨얼굴의 다른 남자는 권총을 들고 있었다. 역시 아무것도 쓰지 않은 여자는 등에 멘 배낭과 전선으로 연결된, 총이라기보다는 원통에 손잡이가 달린 듯한 장치를 멀티콥터 쪽으로 조준하고 있었다. 김 형사가 말했다.

"사제 EMP로 경찰 멀티콥터를 마비시키다니! 출력이 엄청 센가 봐요."

김 형사는 이 상황에서 어떻게 저런 생각부터 들까? 총 든 남자가 어느새 문 앞에 서 있었다.

"형사님들, 내리시죠."

"결국 나타났네. 만나 보자고."

최 형사가 말했다. 통신이 끊긴 걸 알면 본부에서 확인하겠지만 한참 후의 일이었다. 숲에서 나타난 세 사람은 두 경찰을 몇백 미터 떨어진 자신들의 멀티콥터로 데려갔다.

"단말기는 이리 주시고, 페이스 실드는 불투명 상태를 유지하시오. 만약 비행 중에 투명해진 게 보이면 밖으로 밀어버릴 거요."

남자가 금속 가방을 내밀며 말했다. 정보원은 불안한 표정으로 쳐다보고만 있었다. 남자는 두 형사의 단말기를 뺏어 금속 가방에 넣고 탐지기로 몸을 스캔한 후 제대로 뜰 것 같지도 않은 멀티콥터에 태웠다.

밖이 안 보이는 상태에서 멀티콥터가 거칠게 방향을 바꾸니 속이 메스껍고 연신 몸이 쏠렸다. 레이다를 피해 지면에 바싹 붙어 비행하는 듯했다. 낡은 기체의 틈으로 들어오는 바람에 방호복이 펄럭였다. 최 형사는 제발 페이스 실드 안에 토하는 일이 없길 바라며 심호흡을 했다. 김 형사가 괴로운 목소리로 말했다.

"제발 잠시 좀 착륙하면 안 될까요? 토할 것 같아요."

멀티콥터는 착륙하는 대신 속도를 낮췄다. 김 형사가 숨을 몰아쉬는 소리가 들렸다. 최 형사도 울렁거림이 한결 나아졌다. 20여 분쯤 되었을까, 멀티콥터가 착륙했다. 남자는 두 형사의 시야를 계속 가린 채 건물 안으로 데리고 들어갔다.

"이제 벗어도 됩니다."

여자 목소리였다. 페이스 실드를 투명하게 했다. 창문이 없는 방의 한쪽 벽에는 뽀얗게 먼지 쌓인 잡동사니가 가득한 선반이 있었고 다른 쪽에는 구식 화상 통신 설비가 눈에 띄었다. 방 가운데 테이블에는 EMP 건을 들고 있던 여자와 처음 보는 남자가 앉아 있었고 그 옆에는 총을 든 남자가 서 있었다.

"건물로 들어올 때 에어록을 지나지 않았던 것 같은데."

최 형사가 말하자 페이스 실드를 벗으려던 김 형사가 멈췄다. 나머지 사람들은 모두 아무런 보호 장구를 쓰지 않고 있었다. 남자가 말했다.

"좋을 대로."

남자는 물을 마셨다. 최 형사도 목이 말랐지만, 설령 페이스 실드를 벗더라도 저들이 주는 물을 마실 생각은 없었다. 남자에게 말했다.

"우리가 누군지는 알 테고, 그쪽은 누군지 안 밝힐 거요?"

"가이아 연대의 영향력 있는 사람이라고만 해두지. 우리가 진짜 가이아 연대야. 지난번에 돔 테러한 놈이 아니라.”

“어느 돔 테러? 두 번 다 아니라는 건가?”

“드론으로 경고한 건 빼야지. 애꿎은 쥐 갖고 장난친 거 말이야. 그건 우리랑 상관없어.”

“그걸 어떻게 믿지? 당신들도 조직을 다 통제하지 못하잖아.”

“진짜 범인을 잡으면 알게 되겠지. 설령 그놈들이 자기네가 가이아 연대라고 주장하더라도 그런 놈들은 자격이 없는 놈들이야. 우리는 이유 없이 사람을 해치지 않아.”

“첫 번째 돔 테러 이후에도 사람이 얼마나 죽었는지 알고 하는 소리야?”

남자가 갑자기 책상을 쾅 내리치고 언성을 높였다.

“경찰이나 침팬지가 죽은 건 당신들 작전 때문이야. 살짝 경고만 보냈는데 달아나다 넘어져 죽은 사람이 우리 책임이라는 거야?”

“자폭한 아이도?”

남자는 말없이 한숨을 내쉬었다. 다시 입을 열었을 때 그의 목소리는 차분해져 있었다.

“그건 정말 끔찍한 일이었어. 그 녀석은…… 그 나이 애들은 말을 안 들어. 그러니까 오늘 얘기 좀 하자고 당신들 데려온 거야. 당신하고는 대화가 좀 될 거라고 하더군."

이 남자는 자살 테러를 저질렀던 아이와 개인적인 관계가 있는 것이 분명했다. 저런 표정은 쉽게 연기할 수 없다. 이 남자는 더 이상 사태가 확대되지 않기를 바라고 있었다.

"그럼 평택 단지에서 사람이 100명 가까이 죽었는데, 우리더러 지금 손 떼고 없던 일로 하라는 거야? 내가 그런 결정을 할 위치도 아니지만 말이야."

"당신 직위는 알아. 돌아가서 말을 전하라는 거지. 우리가 진짜 테러범에 대한 정보를 줄 수 있다고."

"뭐라고?"

"놈들이 어디 숨어 있는지 알려줄 수 있어. 대신……."

그래, 당연히 이건 거래였다. 왜 그녀 같은 말단 형사를 잡아다 놓고 이 중요한 거래를 제안하는 걸까? 대규모 수색 작전이 보여주기 위한 거라고 정보원에게 한마디 했던 것 때문에? 대화가 안 통하면 멀티콥터에서 밀어버려도 큰 탈이 없을 것 같아서? 일단 얘기를 더 들어봐야 했다.

"……지금 잡혀 있는 사람들 다 석방해 주고 평택 테러 이후의 사소한 사고들은 서로 다 잊어 주는 거야."

"아니, 그걸 사소한 사고라고……!"

김 형사가 소리치며 일어서려는 순간 총을 든 사람이 김 형사의 어깨를 내리눌렀다. 김 형사는 얼굴을 붉히며 씩씩거렸다. 최 형사가 말했다.

"난 그런 결정을 할 권한이 없어. 진짜 범인을 잡는 걸 도와준다면 감형 정도는 고려해 볼 수 있겠지. 하지만 확실치도 않은 정보 하나에 너무 많은 걸 기대하진 마. 어차피 테러범 찾는 건 시간 문제니까, 시간 끌수록 정보의 가치는 떨어질 거야."

"우리가 카드를 하나만 들고 있을 것 같아?"

남자는 비웃는 표정을 지으며 스크린을 가리켰다. 망원렌즈로 촬영한 듯 화질이 거칠고 흔들리는 영상이 재생되었다. 지맥 하나가 사람들에게 충격총을 겨누고, 다른 지맥이 수갑을 채우는 모습이었다. 당황하고 겁먹은 표정을 한 사람 중 하나가 수갑을 밀치며 반항했다. 그러자 지맥이 충격총을 발사한 듯, 그 사람은 자리에 쓰러져 꿈틀거렸다. 잠시 후 경찰기동대가 나타났다.

"어때? 외국의 인권 단체들과 함께 기자회견 열어 전세계에 공개할까 하는데."

김 형사가 말했다.

"페이크 아닌지 확인해 볼 테니 복사해 주쇼."

"나도 그러고 싶어. 재미있는 건 함께 봐야지. 하지만 표정을 보아하니 당신들도 처음 보는 것 같은데, 경찰들끼리 돌려보다가 유출되면 가치가 떨어지잖아. 한 번 더 보여줄 테니 머리에 담아가서 상관들한테 잘 얘기해 주라고."

소문은 들었다. 충격총으로 용의자를 제압하고 체포하는 지맥 팀이 있다고. 경찰 내부에서도 관련자 외에는 모르는 비밀작전이었으나, 그런 비밀이 유지될 리 없었다. 소문을 들은 경찰들은 반신반의하면서도 어떻게 그럴 수 있냐는 분노, 경찰견과 다를 게 뭐냐는 논리와 마침내 경찰도 일자리를 잃게 생겼다는 푸념이 엇갈렸다.

"어차피 때가 되면 우리가 공개할 건데 동영상 하나에 너무 기대가 큰 거 아냐?"

최 형사는 짐짓 태연한 척했지만, 상대에게도 그렇게 보일지 자신 없었다. 면밀하게 준비해 발표하는 것과 갑자기 자극적인 문구와 함께 폭로되는 것은 파급효과가 천지차이다. 어쩌면 지금 당장이라도 선제적으로 공개해야 할지도 모른다. 다행히 이 골치 아픈 일은 그녀가 결정할 문제는 아니었다. 그녀는 테러범을 잡는 게 우선이었다.

"내가 돌아가서 윗분들하고 얘기해 보려면 당신들이 진짜 정보를 갖고 있다는 증거를 뭐라도 내놔야 하지 않겠어?"

"정보가 가짜면 당신네는 언제건 작전을 재개할 수 있잖

아. 이제 할 애기는 다 한 것 같군. 다시 눈 가려. 다른 경찰 잡아다 같은 애기 또 하기 싫으니까, 딴생각하지 말고.”

“아무것도 안 쓰고 돌아다니는 미친놈들이던데, 믿을 수 있어요?”

멀티콥터가 순항고도에 이르자 그때까지 숨죽이고 있던 김 형사가 입을 열었다. 다행히 전자기펄스에 동력계통이 완전히 망가지지는 않았으나 통신과 자동항법 장치는 켜지지 않아서 수동 조종을 할 줄 아는 최 형사가 조종간을 잡았다. 그녀는 단말기의 지도와 창문 너머의 지형을 비교해 가며 평택 단지로 돌아가는 방향을 가늠했다.

“한 번 감염되었다가 운 좋게 살아남아서 이젠 괜찮다고 생각하는 놈들이야. 어차피 저 동네 사람들 기대수명이 얼마나 되겠어? 오래 살 생각 없으면 용감해지는 법이지.”

“혹시 비밀 백신을 맞은 거 아닐까요? 요즘 그런 게 있대요. 우주에서 제조했다던가.”

최 형사는 어처구니없다는 표정으로 김 형사를 쳐다봤다.

“그런 애기 한두 번 속아 봤어? 과학기술 담당 맞아?”

“언젠가 백신이 나오기야 하겠죠. 그나저나 지맥 수색대 소문이 사실이었네요. 사람들이 그 영상을 보면 뭐라고 할까요?"

"그런 골치 아픈 문제는 높은 양반들이 고민하겠지. 그나저나 이 회사는 그새 지맥한테 충격총 사용법도 가르쳤는데, 우린 기껏 쥐 한 마리도 아직 분석 못 했어? 이렇게 굼뜨니까 우리 자리까지 동물한테 뺏기게 생겼잖아. 중국에서 소식 없어?"

"안 그래도 말씀드리려 했는데, 어제 막 내부 메모리에 접근했다고 연락받았어요. 운영체계는 표준적인 거라고 하고요, 코드를 리버스 엔지니어링 하는 중인데 며칠 더 걸릴 것 같아요."

"실력 없는 애들 아냐?"

"코드 중 일부가 이중으로 암호화되어 있다더라고요. 풀 수는 있을 것 같대요."

"그럼 쥐들이 접속한 서버는?"

"그건 경유 서버였고 이미 이미지 파일은 삭제됐지만 백업이 남아 있어 NSA의 협조를 받아 추적했어요. 경유 서버 네 대를 더 거쳐서 근원지 서버를 확인했고요, 비용 지불에 사용한 크립토 코인도 몇 번 세탁했지만 결국 국내 교환소까지 추적했습니다. 이놈들 아마추어 같습니다."

이 사건도 슬슬 실마리가 풀려가는 중이었다. 사건 수사는 이렇게 차근차근 하는 건데, 경찰청에선 일을 너무 키웠다. 멀리 신텔리전스 타워가 보이기 시작했다. 최 형사는 멀티콥터의 속도를 조금씩 낮췄다. 연이은 테러로 경계 태세가 최고 레벨로 격상된 평택 단지에 통신장비가 고장 난 멀티콥터로 접근하려면 조심해야 했다. 단지에 가까이 다가가니 지상에는 시위대가 보였다. 멀리서 봤을 때 핵융합로 냉각타워의 증기인 줄 알았던 것은 최루탄 연기였다. 테러에 의한 주변 집값 하락을 보상해 달라는 시위일 것이다. 이 정도로 최루탄을 많이 사용하는 건 오랜만에 봤다. 단지 내 주민들이야 완벽하게 정화된 공기만 마시니까 상관없겠지만 주변 사람들은 요즘 이래저래 힘들 것이다. 단지 주변의 월세가 너무 올라 멀리 이사 가야 했던 것이 오히려 다행이었다.

타워가 가까워졌다. 개인 단말기로 타워의 항공 관제실을 호출했다.

16

"모두 총 내려놔. 안 그러면 이 녀석 머리를 날려버릴 거야!"

특공대는 머뭇거리면서도 총구는 여전히 조준하고 있었다. 그중에는 오전에 봤던 얼굴이 있었다. 추락 때 탑승자가 모두 죽지는 않은 모양이었다. 갑자기 특공대원들의 페이스 실드의 일부분이 어두워졌다. 밝은 야외에서 긴급한 메시지가 표시되는 방식이었다. 거의 동시에 유진에게 총을 겨눈 남자에게 전화가 걸려 왔다. 남자는 총을 겨눈 채 전화를 받았다.

"네, 네……, 꼭 그래야 합니까? 알겠습니다."

통화를 끊은 남자가 특공대를 잠시 노려보다가 입을 열었다.

"같은 지시를 받은 것 같은데."

"그런 것 같군."

정부와 가이아 연대는 전격적으로 휴전에 합의했다. 경찰은 경계 밖 작전을 중지하며, 가이아 연대는 테러범에 관한 정보를 제공하고, 범인이 잡히면 이제까지 체포된 사람들은 모두 석방한다는 것이 주된 내용이었다.

– 두 분은 괜찮으신가요? 지맥들은 알아서 차량으로 돌아가더군요. 하나는 죽었는데, 다른 지맥들이 업고 갔습니다. 특공대 멀티콥터가 이리 오는 중입니다. 현재 위치를 알려주시면 그쪽 먼저 들러 픽업하겠습니다.

"저희는 괜찮습니다. 저희 차량으로 돌아가겠습니다. 걸어갈 만한 거리입니다."

가이아 연대가 특공대에게서 멀리 떨어진 곳까지 가서야 준우와 유진을 놓아줬기 때문에 그들은 돌아가는 중이었다. 작전 중에 사망한 동료를 몇 차례 처리해 본 알파 팀은 이제 지시하지 않아도 알아서들 뒤처리를 했다.

준우는 지맥들의 감정 상태가 걱정됐다. 지맥 1세대도 아직 자연사할 나이가 안 되었지만, 인간 대신 험한 일을 떠맡는 이들에게 사고사는 흔했다. 동료의 죽음을 지맥이 어떻게 느끼냐는 질문에 대한 회사의 공식적인 답변은 '지맥은 죽음을 인식하지만, 사람처럼 슬퍼하지는 않는다.'라는 것이었다. 준우는 동료의 죽음을 접한 지맥이 며칠간 달라지는 걸 봤었다. 그걸 조의(弔意)라고 할 수 있을지는 모르겠지만, 감정이 동요하고 자유시간의 활동량과 식사량이 줄었다. 게다가 하이브로서 활동하기 시작한 이후 이들은 더욱 친밀해졌다. 한동안 하나였던 마음의 일부가 사라지는 건 어떤 느낌일까?

"넌 괜찮아? 아까 쓰러질 뻔했잖아."

유진이 물었다. 준우는 걸음을 멈췄다. 특공대와의 오디오 채널이 닫힌 것을 확인하고 페이스 실드의 음성명령 상시인식 기능을 껐다. 그가 철들고는 다른 누구에게도, 가장 친했던 민호에게조차 말하지 않았던 것을 그녀에게는 털어놓고 싶었다.

"나, 지맥 공포증 있어."

유진이 피식 웃었다.

"지맥 공포증? 그런 것도 있어? 조련사한테?"

준우가 대답을 망설이자 유진이 정색했다.

"……미안. 정말이야? 지맥과 항상 잘 지내잖아."

"자주 그러진 않아. 그랬으면 조련사가 될 수 없었겠지. 가끔 지맥이 날 공격할지도 모른다는 생각이 들면서 정신이 나가는 것 같아. 바보 같지? 조련사가……. 다른 사람에

겐 비밀로 해줘. 회사에서 알면 승진을 못 하게 될지도 몰라. 그러면…….”

그녀는 이해 못할 것이다. 매일 저녁 퇴근하면 대유행 이전에 지어진 아파트의 비좁은 에어록을 통과해 빈집에 들어가, 밀린 집안일과 넥서스 임플란트의 노출 부위를 소독하고, 창문 대신 달려 있는 디스플레이에 가짜 경치를 띄워놓고, 싸구려 술이나 마시다 잠드는 삶을. 그녀에게 털어놓으면 속 시원할 줄 알았는데 갑자기 서러워졌다. 페이스 실드를 쓴 채로는 눈물을 훔칠 수도 없다. 그는 입을 다물고 다른 일을 생각하려 했다. 하지만 쓰러진 지맥 07의 얼굴과 사고벡터가 생각날 뿐이었다. 기초교육 마치고 바로 알파 팀에 배치되어 그를 잘 따르던 착한 녀석이었다. 똑바로 서 있기 힘들었다. 길가의 바위에 기댔다.

“그랬구나. 괜찮아, 지금까지 잘해 왔잖아. 나도 도울게.”

유진은 옆에 앉아 그의 어깨를 토닥였다. 괜찮다고 말하려는 순간, 특공대가 호출했다.

– 언제쯤 차량에 도착합니까?

“금방 갑니다.”

– 지금 막 테러범 비밀 아지트의 좌표를 입수했는데, 그쪽 팀이 가장 가깝습니다. 우리가 정보를 입수했다는 걸 저쪽에서도 알 가

능성이 있어서 지금 즉시 출동해야 합니다. 가능하시겠습니까?

"네. 좌표 보내주세요. 곧 출발하겠습니다."

정신이 번쩍 들었다. 테러범만 잡으면 모든 것이 해결된다. 단지 확장 공사가 재개되면 곧 직원 아파트도 확보되고, 그는 승진에 필요한 가산점을 받을 것이다. 지맥도 다시 안전한 곳으로 돌아간다. 그는 알파 팀이 대기 중인 모바일 랩으로 걸음을 재촉했다.

"대략 이 부근입니다. 좌표가 아주 정확하지는 않아서 입수한 영상을 참고해야 합니다."

특공대원이 영상을 재생했다. 평범한 숲속의 길이었다. 트럭이 다가와 정차하고 두 남자가 내렸다. 남자들은 짐칸에서 포대를 몇 개 내리더니 등에 지고 숲속으로 사라졌다.

"페이스 실드를 어둡게 해놔서 얼굴은 확인되지 않습니다."

특공대원은 포대에 인쇄된 글자를 확대했다.

"소이제 원료입니다. 현장에서 검출된 잔류물과 미세 성분의 비율이 일치하고 흔한 브랜드가 아니어서 가능성이 높다고 합니다. 이 부근 어딘가에서 다음 테러를 준비하는 것 같습니다. 아지트를 찾아 증강 쥐와 관련된 증거물만 발견하면 확실하고요, 다른 경로로 입수한 정보와도 일치합니다."

숲길은 모바일 랩이 들어가기엔 너무 좁아서 입구에 세워 둬야 했다. 준우는 수색할 지역의 좌표를 지맥들에게 나눠 전송했다. 합성 주스로 기력을 회복한 지맥들은 기운차게 숲속으로 들어갔다. 준우도 유진과 함께 하이브 컨트롤러를 메고 나섰다. 선두의 특공대원들 뒤로 유진, 준우, 그리고 다시 특공대원 순으로 알파 팀의 뒤를 따랐다. 특공대원들과 보조를 맞추려니 숨이 가빴다. 김 서린 페이스 실드의 스크린에는 지맥을 나타내는 점들이 지도와 함께 표시되었다. 선두의 점들은 이미 각자 목표 지점에 도착해서 부근을 돌아다니고 있었다. 낮은 통신 속도 때문에 영상은 멈추고 압축된 사고벡터만 느리게 수신되었고 몇몇은 통신 범위 밖이었다. 지맥들을 하나씩 스캔했다. 수색에 전념하는 이들의 머릿속에서는 조금 전까지 험한 일을 당하고 동료의 죽음을 목격한 흔적을 찾아볼 수 없었다. 도파민과 사회적 본능을 이용하는 능동 모드가 잘 동작하고 있었다.

통신 범위를 벗어나 있던 87이 지도 상단에 다시 나타나면서 동시에 준우를 호출했다. 압축된 사고벡터에서는 긴장감만 느껴졌다. 계속 집중하자 87의 생각이 조금씩 선명해져 갔다.

땅 | 문 | 수상한 사람

"잠깐, 87이 뭔가 찾았어요."

유진과 특공대원들이 멈춰 섰다. 87의 영상을 실시간으로 볼 수는 없었기 때문에, 가장 최근의 영상 중 대표적 장면을 몇 개 전송시켰다. 87은 나무 위에 숨어 뭔가를 지켜보고 있었는데, 영상에는 나무가 우거진 숲길과 언덕이 보일 뿐이었다.

"여기 이게 뭐죠?"

특공대원이 이미지의 가운데 부분을 가리켰다. 가파르게 경사진 둔덕을 덮은 나뭇잎 사이로 녹슨 철문이 보였다. 준우가 말했다.

"지맥 87이 땅과 문, 수상한 사람을 생각했습니다. 저 문으로 누가 드나든 것 같습니다."

"이 지역에는 옛날에 전쟁에 대비한 지하 벙커가 많았던 걸로 압니다. 그중 하나일 겁니다."

특공대장이 말했다. 준우는 다른 지맥들도 87이 있는 곳으로 모이도록 지시했다. 1킬로미터 좀 넘게 떨어진 곳이었다. 그와 일행도 발걸음을 서둘렀다.

지맥 87은 여전히 나무 위에서 지하로 통하는 철문을 지켜보고 있었다. 특공대는 수십 미터 밖에 정지했다. 한 특공대원이 관측 장비를 들여다보며 말했다.

"문 앞의 발자국은 모서리가 선명합니다. 철문의 표면 온도가 주위보다 높고, 미약하지만 전자파도 검출됩니다. 잠깐만요, 후각 센서에 폭발물 성분이 감지됩니다. 미량이라서 정확한 종류는 분간하기 어렵습니다."

특공대장이 말했다.

"위험할지 모르니 지맥들을 먼저 진입시키죠."

준우는 지맥 23, 19, 35, 97, 64를 하이브로 구성해 철문으로 진입시키고, 나머지는 다른 출구가 있을 가능성에 대비해 주위에 흩어져 감시하도록 했다. 19가 충격총을 겨누는 동안 23이 조심스레 문을 열었다. 지맥들이 긴장한 가운데 문이 삐걱거리며 열렸다. 지맥들은 길고 어두운 계단을 내려갔다. 유진은 선두에 선 19의 영상을 특공대와 공유했다. 계단이 끝나고 수평 통로로 들어서자, 통신 속도가 떨어지고 영상이 느려졌다. 하이브 동기화가 중단된 채 지맥들은 계속 나아갔다. 준우는 최소 용량으로 압축된 19의 사고 벡터를 해석하는 데 집중했다. 19는 긴장하고 있었다. 통로 끝 내부 문에 다다랐을 때 마침내 영상은 멈췄고, 특공대원들은 초조한 기색으로 입구를 쳐다봤다.

준우는 19가 문을 여는 것을 느꼈다. 19가 긴장을 풀었다. 19가 넥서스 메시지를 보내왔다. 산짐승을 모두 물리쳤을 때의 메시지였다.

임무 완료 | 안전

"정확한 건 알 수 없지만, 일단 안전하다고, 임무 완료라고 합니다."

"오케이. 우리도 진입합니다."

특공대원 두 명이 총을 들고 철문으로 향했다. 준우도 일어나 그들을 따라가며, 컨트롤러를 들고 일어서는 유진에게 기다리라고 손짓했다.

"다 끝났어. 내가 데리고 나올게."

그녀는 탐탁지 않은 표정을 지으며 멈춰 섰다. 준우는 철문 앞에 섰다. 아직 어둠에 익숙해지지 않아 계단 아래쪽은 보이지 않았다. 19의 생각을 다시 읽었다. 여전히 긴장을 풀고 있었다. 특공대원을 따라 계단에 발을 내디뎠다.

갑자기 펑 하는 소리와 함께 뜨거운 공기가 내부로부터 뿜어나왔다. 특공대원이 뒤로 밀리며 준우와 부딪혔다. 뒤이어 붉은 화염이 그들을 문밖으로 내동댕이쳤다. 준우는 지면에 비스듬히 떨어지면서 몇 바퀴를 굴렀다. 메케한 검은 연기에 눈과 기도가 따가워 반사적으로 기침했다. 그럴

리가 없다고 생각하며 손을 얼굴에 갖다 댔다. 페이스 실드가 없었다.

지맥은? 지맥을 스캔하려 해도 아무것도 느껴지지 않았다. 아니, 기억났다. 매일 밤 임플란트의 돌출된 부위를 소독할 때, 익숙한 그래핀 컨택트 대신 공기에 노출된 합성생물이 움츠릴 때의 느낌이었다. 이마에 손을 조심스레 가져갔다. 헤드유닛이 이마에서 떨어지고 없었다. 다시 발작적으로 기침이 나고 숨을 쉬기 힘들었다. 정신이 흐릿해졌다.

* * *

"괜찮아?"

유진이 내려다보고 있었다. 뒤통수가 아팠다. 고개를 들어 주위를 둘러봤다. 페이스 실드와 헤드유닛이 땅에 떨어져 있었다. 헤드유닛을 집어 이마에 다시 부착하려 했다. 유진이 팔목을 잡았다.

"제정신이야? 컨택트가 오염되었으면 어떡하려고."

"지맥들이 어떻게 됐는지……."

연기를 많이 들이마신 탓인지 쉰 소리가 나다가 다시 기침했다. 유진이 침울한 표정으로 말했다.

"안에 들어갔던 지맥은 다 죽었어. 아직 특공대도 못 들어가고 있지만 확인해 볼 것도 없어. 다 어린 애들이었는데. 나머지는 내가 불러들였어."

유진은 그를 부축해 세우고 스프레이와 자외선으로 페이스 실드를 소독해 씌워 줬다. 특공대장이 다가왔다.

"좀 어떠신가요? 안타깝겠지만 현장 검시가 끝날 때까지 지맥 사체는 그대로 둬야 합니다. 지금은 더 하실 일이 없어요. 응급 헬기가 오는 중이니 돌아가서 검사받고 쉬십시오."

유진이 부른 회사의 멀티콥터가 먼저 도착했다. 지맥 87에게 다른 지맥들을 모바일 랩에 태워 숙소로 돌아가라고 지시하고 유진과 함께 멀티콥터에 올라탔다.

소독실에서 샤워하며 살펴보니 온몸에 멍들고 긁힌 곳이 한두 군데가 아니었지만 특별히 치료가 필요한 곳은 없어 보였다. 유진은 그래도 검사를 받아봐야 한다며 그를 연구소 부설 의료실로 데려갔다. 의료실장은 가벼운 뇌진탕과 타박상을 입었고 기관지가 좀 부어 있다고 말했다.

"욱신거리는 건 며칠 지나면 괜찮아질 겁니다. 하지만 페이스 실드가 벗겨졌으니 이 장치를 일주일간 들고 다니셔야 합니다."

의료실장은 작은 장치를 건네주며 중앙의 작은 구멍에 입을 가까이하고 숨을 쉬어보라고 했다. 잠시 후 녹색 불빛이 반짝였다.

"매시간 장치가 삑삑거릴 텐데, 그때마다 검사하셔야 합니다. 잠복기의 극소량의 바이러스도 검출됩니다. 워낙 비싸고 아직은 수작업으로 만들어져서 VIP에게만 제공되는 건데 사장님이 특별히……."

"자네가 바로 그 주인공이군."

건장한 체구의 남자가 다가오며 준우에게 손을 내밀었다. 악수를 하는 동안 낯익은 얼굴이 누구인지 기억해 냈다. 박정훈 사장이었다.

"안녕하세요, 사장님."

"고생했네. 자네와 지맥들 덕분에 이제 마음 편히 잘 수 있겠어. 신기술을 검증하고 개선했다는 얘기도 들었네. 인사팀에 승진시키고 포상도 하라고 얘기해 둘 테니, 한 일주일 푹 쉬게나."

"그냥 제 일을 한 건데요. 다들 많이 도와주셨고, 유진도 함께 고생했습니다."

주위에서는 어느새 나타난 연구소장과 직원들이 박수치며 축하했고, 홍보팀 직원이 그 모습을 촬영했다. 유진이 다가왔다.

"경찰에서 연락 왔었어. 그곳이 테러범들의 아지트가 맞고, 경찰에 포위되니 자폭한 것 같대. 사체는 거의 다 타버렸지만 증강 쥐 부품을 발견했대. 이제 우리 일은 끝났어."

연구소장이 두 사람을 초대한 곳은 평소 준우가 가기에는 너무 비싼 식당이었다. 소장은 자주 와 본 듯 준우가 선택을 망설이자 무난한 요리를 추천해 줬고, 식사 후에는 리스트도 보지 않은 채 와인을 연이어 주문했다.

"그때는 다들 정말 고생 많았지."

와인을 여러 잔 마신 연구소장의 발음이 부정확해지기 시작했다.

"물론 지금처럼 바깥세상이 위험하지는 않았지. 그런 시절이 정말 있기는 했었는지 까마득하군. 나는 막 입사했을 때였는데 유 박사님 따라 침팬지 사육장과 자율주행차 시험장을 밤낮없이 오갔고, 다른 사람들도 투자 유치하랴 규제 문제 해결하랴 정신들 없었어. 유진 어머님도 고생 많았지. 자율주행차가 인명 사고 몇 번 내고 지맥의 진가가 알려지고부터는 투자도 들어오고 사정이 좋아졌지만."

"유진 어머님이요?"

준우는 유진을 쳐다봤다.

“서혜린 부사장님이 창업 초기 멤버시잖아. 아, 자네는 몰랐나?”

“전 주위에 얘기 안 해요. 다들 알긴 하지만.”

유진이 불편한 표정으로 말했다. 준우는 들어본 적 없는 얘기였다.

“어이쿠, 내가 술을 너무 마셨나? 자네들 요새 친해 보이기에 아는 줄 알았지. 미안하네. 그런데 이번 성과는 기대 이상이야. 수색을 잘 수행하기도 했고, 그 짧은 기간 동안 개선도 많이 했어. 사장님도 아까 그래서 오셨던 거야. 이제 수집한 데이터 분석하고 조금만 더 완성도를 높이면 영장류 위원회 놈들한테 자신 있게 내놓을 수 있겠어.”

연구소장이 와인잔을 내려놓으며 말했다. 준우가 와인을 더 따르려 하자 그만 됐다며 손을 저었다.

“준우 아니었으면 못 했을 거예요. 워낙 지맥을 잘 이해하는 데다, 몸 사리지 않고 나섰거든요.”

유진이 그의 어깨를 다독이며 말했다. 연구소장이 미소 지었다.

“나도 준우의 기록을 확인했네. 어릴 때부터 넥서스 임플란트와 정합성도 좋고 근무 실적도 우수하더군. 사장님 지시가 아니더라도 승진 자격이 충분하지."

"감사합니다. 대신 지맥의 희생이 컸습니다."

"그래, 안타까운 일이야. 하지만 희생 없이는 진보도 없는 걸 어떡하겠나. 전쟁 때 과학기술이 급속히 발전하는 거 알지? 이런 특수 상황이 없었더라면 여기까지 오는 데 훨씬 오래 걸렸을 거야. 아무튼 나는 더 실수하기 전에 이만 일어나야겠네."

연구소장이 비틀거리며 먼저 들어갔다. 준우와 유진도 식당에서 나와 함께 걸었다. 바깥은 며칠째 열대야가 계속되고 있었지만 단지 내부는 언제나처럼 걷기에 적당한 기온을 유지했다. 두 사람도 슬슬 취기가 오르며 걸음걸이가 느려졌다. 유진이 그의 팔짱을 끼었다. 돔을 통과하며 산란된 달빛이 그녀의 뺨을 불그스레하게 비췄다. 둘은 말없이 걸었다. 어느새 그녀의 아파트 앞이었다.

"엄마 얘기는 잊어줘."

"왜?"

"엄마 덕분에 회사 다니는 걸로 보이고 싶지 않아."

"네가 실력 있는 건 다들 알잖아."

"그렇게 생각 안 하는 사람도 많아. 그건 그렇고 이제 승진하면 매일 귀찮게 에어록 통과할 필요 없겠네."

"응, 평생 기다렸는데. 그래도 오늘은 갔다 와야지."

그녀가 걸음을 멈추고 그를 쳐다봤다.

"오늘, 안 가면 안 돼?"

17

잠이 오지 않았다. 낯선 침대인데다 유진이 옆에 누워 있기 때문만은 아니었다. 폭발 때 정신을 잃었다가 깨어난 이후로 그의 머릿속을 맴도는 의문이 있었다.

살며시 일어나 옷을 입기 시작했다. 유진이 눈을 떴다.

"미안. 나는 지맥들한테 가봐야겠어. 잠도 안 오고 확인해 보고 싶은 것이 있어."

"나도 잠 안 와. 뭔데 그래? 같이 가 볼까?"

그녀도 몸을 일으켰다.

"벙커에서 폭발이 있기 직전에도 지맥 19는 일이 다 끝났고 안전하다고 느끼고 있었거든. 다른 지맥들도 그랬고. 그때 영상은 안 보였지만, 나는 테러범들이 순순히 항복했다고 생각했었어."

"자폭했다고 했잖아. 지맥을 굳이 공격하려 들지 않았겠지. 폭탄을 조작하는 걸 봤더라도 그게 위험한 건지 지맥은 몰랐을 거야.”

“표정이나 분위기는 심각하지 않았을까? 지맥이 사람 표정을 꽤 알아보는데.”

훈련센터는 유진의 아파트에서 걸어서 15분 정도 떨어져 있었다. 건물 옆 주차장에는 모바일 랩이 반듯하게 주차되어 있었다. 준우는 지맥 침실 문을 살며시 열었다. 침상에는 아직 짐을 치우지 않은 빈자리들이 여럿 보였다. 한꺼번에 동료를 여럿 잃은 지맥들을 한동안 자세히 관찰할 필요가 있었다. 이전 헤드유닛을 다시 착용하고 무의식적으로 일하는 것도 허전함을 잊는 데 효과적일 수 있겠지만, 알파 팀은 아직 기존 업무에 투입될 수 없었다. 신기술 적용에 따른 변화를 평가할 동안 알파 팀은 유지되어야 하고 준우도 연구소 일을 도와야 했다.

“난 하이브 컨트롤러에서 그 시각의 로그를 확인해 볼게. 이상한 점이 있는지.”

유진이 말했다. 시간이 꽤 걸리는 작업이었다. 그녀는 폭발 시점으로부터 로그 파일을 쭉 거슬러 올라가며 살펴보기 시작했다. 지하에 들어갔던 지맥의 영상이 남아 있으면 무슨 일이 있었는지 확인할 수 있었겠지만, 영상 전송이 안 되는 상태에서 헤드유닛은 다 타버렸다. 그는 치료해야 할 상처는 없는지 지맥들을 살펴봤다. 여느 때보다도 몸의 이쪽저쪽에 찰과상이 많았다. 바이오 젤을 뿌리자 몇몇 지맥이 잠에서 깨어나 그를 보고 반가워했다.

"87이 입구를 발견했잖아. 넥서스 메시지로 네게 알렸고. 그런데 그 직전까지 한동안 통신이 끊겨 있었어. 통신 범위 밖이었다가, 다시 연결되었을 때 자기가 발견한 걸 알린 거야."

화면을 들여다보며 유진이 말했다.

"그래서 처음 발견한 순간의 상황은 하이브 컨트롤러에는 안 남아 있어."

"그때 무슨 일이 있었는지 한번 볼까."

87은 다행히 지하 벙커에 들어가지 않았었다. 그는 87을 깨워 침실에서 데리고 나왔다. 단말기를 87의 헤드유닛에 연결해 저장된 영상을 재생하며 사고벡터를 읽었다.

87은 나무를 타고 동료들보다 앞서 나갔다. 적당히 굵은 나뭇가지에 체중을 실어 탄력을 이용해 이동하는 것이 재미있었다. 87은 자신이 가장 빠른 지맥이라고 생각했다. 동료들과의 거리가 멀어질수록 하나 된 느낌이 옅어졌다. 목표 지점에 도착했으나 별다른 것이 없었다. 동료들에게 되돌아갈까 잠시 망설이다가, 주변을 더 살펴보기로 했다. 좀 더 앞으로 나아갔다.

이제 동료들은 전혀 느껴지지 않았다. 낯선 숲에서 혼자가 되어 불안했다. 이제는 되돌아가야겠다고 생각하는데 저 멀리 나무 사이에서 움직이는 것이 보였다. 87은 나무 위에 몸을 숨기고 숨을 죽였다. 나뭇잎으로 덮인 비탈면에서 낡은 철문이 삐걱거리며 열렸다. 한 남자가 고개를 내밀고 주위를 둘러봤다. 보통의 집과는 모양이 다른 문에서 주변을 경계하는 모습이 수상해 보였다. 남자는 천천히 밖으로 나와 87과 반대 방향으로 걸어갔다. 87은 남자가 더 이상 보이지 않고 발걸음 소리도 들리지 않을 때까지 기다렸다. 본 것을 알리기 위해 준우를 호출했다. 응답이 없었다. 너무 멀다. 동료들과 준우가 있는 쪽으로 돌아갈까 생각도 해봤으나 철문을 계속 지켜보기로 했다. 다시 준우를 불렀다.

"이상한데……."

유진이 영상을 멈추고 말했다. 철문에서 남자가 나오는 장면이었다.

"뭐가?"

"저 사람 어디서 본 것 같아."

유진은 녹화 영상에서 남자의 얼굴을 선택해 트래킹하고 화질 향상 필터를 적용했다. 컴퓨터가 앞뒤 수백 개의 프레임에서 추출한 얼굴 이미지로 3D 모델을 재구성하고 해상도를 향상시켰다. 뚜렷해진 이미지로 검색해 보니 여러 사진이 나오기는 했으나 조금씩 다르게 생겼고 그녀가 봤을 만한 사람들이 아니었다. 그녀는 다시 사내 네트워크에서 이미지를 검색했다.

"저 사람이야! 맞아, 회사에서 몇 번 본 것 같았어."

그녀가 직원의 사진을 가리켰다.

"회사 직원이라고? 부서가…… 경호실? 경호실이 경비실하고 다른 데야?"

"사장님하고 고위 임원 경호하는 부서야. 거기 테러범이 있었다니! 어쩌면 넥서스 기술을 빼돌린 것도 저 사람이었을지 몰라. 내가 경호실에 신고할게."

그녀가 단말기를 집어 들었다.

"잠깐. 경호실에 테러에 가담한 사람이 하나가 아닐 수도 있잖아. 저런 조직은 주위 사람들까지 포섭한다고."

"설마 그 정도로 정신 나간 사람이 한 팀에 여럿이라고? 알았어. 내가 엄마한테 물어볼게. 회사에 조용히 경호실 직원을 내사할 만한 조직이 있는지."

그녀는 복도로 나갔다. 통화는 생각보다 길어졌다. 준우는 중요한 증거인 녹화 영상이 회사 서버에 제대로 백업되어 있는지 확인했다. 여전히 지맥 19가 지하 벙커에서 위험하지 않다고 생각한 이유는 알 수 없었지만, 저 사람을 잡아 심문하면 이유가 밝혀질지도 모른다.

"곧 사람을 이쪽으로 보내겠대. 그리고 네가 혼자 여기 와서 알아냈고 나한테 연락한 걸로 말해줘. 이 시간에 너랑 함께 있었다고는 안 했어."

"알았어. 그럼 누가 오기 전에 자리를 떠야 하는 것 아냐?"

"뭐 더 나오는 거 없는지 옆방에서 기록이나 살펴보고 있을게. 혹시 누가 보면 궁금해서 와봤다고 하지 뭐."

그녀는 하이브 컨트롤러를 들고 옆의 비품실로 갔다.

약 20분쯤 지나 세 명의 남자가 도착했다. 준우는 처음 보는 얼굴들이었는데, 사내 네트워크에서 본 경호실의 복장을 하고 있었다. 결국 경호실이 자체적으로 조사하게 된 모양이었다.

"경호실에서 연락받고 나왔습니다. 그 장면을 목격한 지맥이 어느 녀석이죠?"

제일 앞의 짧은 머리 남자가 물었다. 준우는 지맥 87을 가리켰다. 뒤따라온 키 작은 남자가 휴대용 단말기를 87의 헤드유닛에 연결했다. 87은 얌전히 의자에 앉아 있었다. 준우는 대략의 시간을 알려줬다.

짧은 머리 남자가 87의 녹화 영상을 살펴보다가 말했다.

"여기 있군요. 화질이 썩 좋지는 않은데, 이 장면을 촬영한 다른 지맥은 없나요?"

"지맥 87이 제일 앞서가다가 봤거든요."

"알겠습니다. 잠시만요."

시끄러운 소리에 깨어난 지맥들이 침실에서 나와 두리번거렸다. 짧은 머리 남자는 지맥들을 흘깃 보더니, 주머니에서 작은 장치를 꺼내 버튼을 눌렀다. 그 순간 87과 다른 지맥들의 헤드유닛에서 깜빡이던 불빛이 꺼졌다. 지맥의 카메라를 비활성화시키는 프라이버시 신호 발생기인 것 같은데, 화장실에나 있어야 할 장치가 휴대용으로 만들어진 것은 처음 봤다. 남자가 어딘가로 전화를 걸었다.

"영상 확인했습니다. 어떻게 할까요? 네, 알겠습니다."

남자는 단말기를 옆에 있던 디스플레이에 연결했다. 박정훈 사장이 나타났다.

"준우, 요즘 자주 보게 되는군."

"네, 안녕하세요."

"지맥의 사고벡터에서 이상한 점을 느껴 확인해 봤다고? 역시 훌륭한 조련사야."

"다른 조련사였어도 이상하다고 느꼈을 겁니다."

"그래도 그걸 지나치지 않고 원인을 찾아본 것이 남다른 거지. 그런데 말이야, 그건 안 본 걸로 해줘야겠는데."

"네? 무슨 말씀이신지……."

"속 시원히 얘기해 줄 수 있으면 좋겠지만, 자네가 조금이라도 모르는 편이 나을 거야."

뭐라고 말해야 할지 생각나지 않았다. 박 사장이 말을 이었다.

"법규와 규제를 다 지켰으면 지맥 사업은 시작할 수도 없었어. 자네와 유진이 이번에 신기술을 현장에서 테스트할 수 있었던 기회도 저절로 주어진 건 아니야."

신기술을 테스트할 기회는 영장류 관리 위원회가 허가해 준 것이었다. 테러라는 급박한 상황 때문에. 박 사장은 회사가 테러에 관여했다는 얘기를 하고 있었다. 민호를 비롯한 수많은 사람이 희생된 테러에. 분노가 치밀어 올랐다. 옳은 일인 줄 알고 위험을 감수했고, 수많은 지맥까지 희생되었는데, 모두 회사에 이용된 것이었다.

"정확히 무슨 말씀인지 모르겠습니다만, 제가 거짓말을

못 하겠다면 어떻게 되죠?"

박 사장은 굳은 얼굴로 한동안 말이 없더니 화면이 꺼졌다. 남자들은 서로 흘깃 쳐다보고는 준우에게 다가왔다. 뒤로 물러섰다.

"가서 얘기합시다."

짧은 머리 남자가 그의 팔을 움켜잡으며 말했다. 타박상을 입은 부위였기 때문에 준우는 신음을 냈다. 지맥들이 준우를 쳐다봤다. 키 작은 남자는 지맥 87과 연결된 단말기를 조작했다.

"녹화 영상은 삭제했습니다. 서버에서도 바로 삭제하겠습니다."

이들에게서 달아날 수 있을까? 그가 세 남자와 싸워 이길 가능성은 없었다. 알파 팀이 도와줄 수는 없을까? 이들을 '나쁜 놈'이라고 인식시키려면 하이브 컨트롤러에서 해야만 하는데, 그건 지금 옆 방에 있다. 유일한 증거가 없어졌으니 그의 입만 막으면 아무도 모르게 된다. 아니, 유진이 연락했다는 걸 이들도 알 것이다. 그녀의 집으로도 누가 찾아갔을까? 그녀라도 안전해지려면 어떻게 해야 할까? 이들에게 덤비다가 자신이 다치는 걸 보면 알파 팀이 도와줄지도 모른다. 그 틈에 유진은 달아날 수 있을 것이다.

준우는 기회를 살폈다. 알파 팀이 아직 가까이 있을 때 실행해야 했다. 훈련받은 경호원들에게 어떻게 하면 조금이라도 타격을…….

"으악!"

세 번째 남자가 비명을 지르며 쓰러졌다. 그 뒤에는 유진이 충격총을 들고 있었다. 아직 경찰에 반납하지 못했던 것이었다. 그녀가 말했다.

"알파 팀, 나쁜 놈들이야. 쓰러뜨려."

지맥들은 주저하지 않고 목표를 나눠 달려들었다. 그의 팔을 잡고 있던 손이 풀렸다.

탕, 하는 총성에 귀가 멍해졌다. 어깨가 떨어져 나갈 것 같은 통증에 비틀거리며 주저앉았다.

"이놈들 왜 이래? 죽을래?"

짧은 머리 남자가 총을 휘두르고 있었다. 지맥 42가 남자에게 달려들었다. 탕, 탕. 남자가 42에게 총을 쐈으나 42의 덩치 큰 몸은 이미 남자를 향해 날아가는 중이었다. 둘은 함께 넘어졌다.

"준우야!"

유진이 소리치며 뛰어왔다. 그새 지맥 87이 자신에게 연결되어 있던 단말기로 키 작은 남자를 후려치자 남자는 나가떨어졌다.

"알파 팀, 나쁜 놈들을 포박해."

그녀가 다시 명령했다. 지맥들은 쓰러진 남자들에게 충격총을 발사하고 엎드려 눕힌 후 수갑을 채웠다.

"죽지는 않을 것 같아. 42는? 저 남자들은?"

준우가 가쁜 숨을 내쉬며 말했다. 어깨를 움켜잡았으나 출혈이 멈추지 않았다. 옆에 쓰러져 있는 지맥 42의 가슴이 들썩일 때마다 피가 뿜어져 나왔다. 남자들도 얼굴과 손에 피가 흥건한 채 고통에 몸을 뒤틀었다.

"빨리 달아나야 해. 사람들이 더 올 거야."

유진은 그를 부축해 일으켰다.

"으윽, 난 혼자 걸을 수 있어. 어떻게 알고 왔어?"

준우는 고통을 참으며 말했다.

"지맥의 카메라가 꺼졌길래 이상해서 몰래 와봤어. 사장님 얘기도 들었어."

"누굴 믿어야 하지? 연구소장님은 믿을 수 있을까?"

"지금은 아무도 못 믿겠어. 엄마도. 여기 있으면 안 돼."

"지난주에 23이 들어갔던 빈 건물 기억나? 거기라면 우리 말고는 모를 거야. 하이브 컨트롤러 챙기고, 지맥들도 데리고 가자. 저놈들이 87의 영상은 지웠지만 다른 증거가 있을지도 몰라.”

모두 탑승한 것을 확인한 후 유진은 차량의 무선 모뎀을 강제로 정지시켰다. 차량의 운행 장치가 최신 정보를 받아오지 못한다고 삑삑거리는 것을 무시하고 목적지를 설정한 후 지맥 87에게 운전대를 넘겼다.

“모든 장비의 통신 기능을 다 꺼야 해. 하이브 컨트롤러와 연구소 서버의 연결도 끊었어. 알파 팀은 하이브 컨트롤러로 연결되니까 괜찮아.”

“그런데 어쩌려고 그런 거야?”

준우가 고통에 이마를 찡그리며 말했다.

“일단 상처 치료 먼저하고.”

다행히 모바일 랩에는 응급처치 키트와 약간의 음식, 물이 실려 있었다. 유진은 그의 셔츠를 벗긴 후 키트에서 휴대용 스캐너를 꺼냈다.

“너 이거 쓸 줄 알지? 지맥 응급처치 훈련 받았잖아.”

준우는 어깨에 스캐너를 갖다 댔다. 스캐너의 화면을 보기 위해 고개를 돌리기만 했는데도 통증 때문에 신음을 참을 수 없었다. 스캐너는 장기들을 종류와 상태에 따라 다른 색으로 보여줬다. 근육이 붉게 표시된 걸 제외하면 뼈나 주요 혈관은 괜찮아 보였다.

"소독과 지혈만 하면 당장은 괜찮을 것 같아. 되게 아프네. 이럴 때 지맥은 넥서스로 진정시키는데, 내 걸로는 안 될까? 잠깐, 42는 어떻게 됐어?"

"부상이 심해서 두고 올 수밖에 없었어."

그녀는 잠시 머뭇거린 후 말했다.

"회사가 우리보다 더 잘 치료해 줄 수 있을 거야."

훈련센터 직원보다 박 사장의 다른 하수인이 먼저 나타날 가능성이 컸다. 과연 자기네 사람을 공격한 지맥을 가만둘까? 어쩔 수 없는 일은 생각하지 않기로 했다.

"근데 정말 무슨 생각으로 그런 거야? 그자들은 네가 옆방에 있는 줄 몰랐잖아. 가만 있었어야지."

유진이 붕대를 감아주는 모습을 바라보며 그가 말했다. 차가 덜컹거리는 바람에 그녀가 상처를 건드렸고, 그는 다시 한번 신음을 냈다.

"그놈들이 널 데려가면 어떻게 했을 것 같아? 못 볼 걸 봤는데, 협조 안 하면?"

"내가 협조할지 안 할지 어떻게 알아?"

"싸울 생각이었잖아."

"그걸 어떻게 알아?"

유진은 잠시 머뭇거렸다.

“하이브 컨트롤러로 네 감정을 읽었어.”

“뭐라고? 조련사의 헤드유닛에는 그런 기능이 없는데 어떻게…….”

뇌를 스캔해 전송하는 기능은 지맥의 헤드유닛에나 있는 거였다. 조련사의 헤드유닛은 그걸 받아 자신의 뇌에 전달하는 거지, 스캔하는 것이 아니다.

“네 헤드유닛도 지맥의 것과 기본적으론 같은 거야. 하이브 컨트롤러는 헤드유닛에 저수준 인터페이스로 연결할 수 있어. 그래도 감정 인식은 안 되는 걸로 알고 있었는데, 네 경우엔 읽히더라.”

“그 순간에 그걸 다 해봤다는 거야?”

유진의 뺨이 붉어졌다. 그녀는 시선을 떨궜다.

“그러면 안 되지만…… 함께 있을 때 네가 날 어떻게 느끼는지 알고 싶었어. 처음에는 지맥 대신 네 헤드유닛에 실수로 접속했었는데…… 그냥 감정만 살짝 봤어. 사람의 복잡한 생각을 해석할 수는 없잖아. 그건 너도 알지? 그래도 미안해.”

“그냥 물어보지, 왜 그랬어?”

그가 얼굴을 찡그리며 말했다. 어깨의 상처 때문이었다. 사람이 서로 마음을 읽을 수 있다면 안 외로울까? 그녀의 말대로 복잡한 생각을 읽지는 못하더라도, 감정만이라도 서로 속이거나 숨기지 못한다면 어떤 세상이 될까? 유진은 그의 감정을 들여다본 후 그에게 마음을 열었다. 그 또한 그녀의 감정을 읽고 싶었다.

유진은 말없이 차량의 장비들을 조작했다. 통신 기능이 켜진 것이 있는지 살피는 모양이었다. 그녀는 똑똑하고 의지할 수 있는 사람이었다. 엄마를 믿고 모든 것을 의존했던 어린 시절이 생각났다. 그녀를 바라보는 그의 눈꺼풀이 무거워졌다.

* * *

"잘 잤어? 어깨는 좀 어때?"

그녀가 내려다보고 있었다. 어깨를 움직여 보고 신음으로 대답을 대신했다. 그는 낡은 방 한구석에서 지맥용 담요 위에 누워 있었다. 방바닥의 낙엽과 먼지를 한쪽으로 치운 모습은 지맥의 청소 솜씨였다. 창문에 씌운 방호 비닐이 바람에 흔들릴 때마다 아침 햇살이 방바닥에 어른거렸다.

"엄마하고 통화했어."

그가 놀라서 쳐다보자 유진이 말했다.

"걱정 마. 추적 안 되도록 했어."

"이게 다 무슨 일이래? 회사가 테러와 무슨 관련인 거야? 그깟 필드 테스트 허가받으려고 그런 큰 사고를 저지른 거야?"

"그런 건 엄마도 모르고, 사장님한테 우리 얘기를 전하기만 했는데 이렇게 됐대. 지금 돌아가서 비밀유지 서약만 하면 다 없었던 일로 하기로 사장님하고 얘기됐대."

"그거 믿을 수 있어?"

"아니. 엄마만 아는 걸 슬쩍 물었는데 딴 얘기하더라. 엄마도 함부로 말을 못 하는 상황이었거나 회선을 가로채 가짜가 대답한 걸 거야."

"그럼 어떻게 하지? 증거도 삭제됐는데, 경찰에 신고하면 믿어줄까?"

"쉽지 않을 거야. 테러에 대해 여러 가지 음모론이 있었잖아. 확실한 증거 없이는 우리 주장도 그중 하나일 뿐이고, 설령 경찰에 우리 말을 믿어주는 사람이 있더라도 검찰이 회사를 기소하지는 않을 거야. 이걸 봐."

유진은 뉴스 속보를 보여줬다. 신텔리전스 직원 두 사람이 현장 시험 중이던 신기술을 경쟁사로 빼돌리기 위해 한밤중에 자료를 복사하던 중 이를 발견한 회사 경호 직원들과 싸움이 벌어졌고, 해당 기술이 적용된 지맥까지 데리고 달아났다는 내용이었다. 경호 직원 중 한 명은 생명이 위태롭고 다른 두 명도 중상을 입었다는 내용도 있었다. 그녀가 말했다.

"혹시 집에 회사 자료 가져다 둔 것 없어?"

"나더러 읽어 보라고 자료 줬었잖아. 그거 집에 뒀는데."

"곧 검찰이 압수수색해서 그걸 찾아내고 산업 스파이 증거라고 발표할걸? 내기해도 좋아."

"설계도나 소스 코드도 아니고 대략적인 것만 설명하는 자료였는데?"

"상관없어. 회사와 검찰이 말 맞추면 얼마든지 핵심 자료로 포장될 수 있어. 회사가 담당 검사에게 압력을 넣을 수도 있지만, 지맥 기술유출 건 정도 되면 검사도 욕심낼 만한 실적이니까 그럴 필요도 없어. 상부상조하는 거지."

"연구원이 그런 건 어떻게 알아?"

"어렸을 때부터 엄마가 전화하는 거 많이 들었어. 경쟁사로 가려는 직원이나 협력 업체도 그런 식으로 처리해. 엄마나 사장님이나 다 그런 사람들이야."

신텔리전스에 대해선 이런저런 말들이 많았다. 성공한 회사는 그만큼 시기하는 사람도 많기 마련이다. 누구나 행하는 약간의 편법과 부정을 혼자만 안 하면 치열한 경쟁에서 살아남을 수 없다. 그는 그렇게 생각했었고, 그런 회사에서 열심히 일해 인정받고 혜택받고 싶었다. 유진에게 어울리는 사람이 되고 싶었다. 그런데 지금은 두 사람 모두 그 부정의 희생양이 되었다.

그때였다. 개 짖는 소리가 들렸다. 지맥들이 벌떡 일어나 창문을 내다보며 싸울 태세를 취했다. 준우는 성한 팔로 바닥을 짚고 일어났다. 창밖에는 헝클어진 털에 흙과 낙엽이 들러붙은 개가 창문을 바라보고 서 있었다. 머리에는 털과 비슷한 색깔의 천으로 덮인, 얼핏 봐선 눈에 띄지 않는 헤드유닛이 붙어 있었다. 개가 창 앞으로 다가왔다.

“여기는 위험해. 날 따라와.”

개의 헤드유닛이 말했다.

“누군데 어디로 따라오라는 거예요?”

유진이 말했다. 개는 한동안 말이 없었다. 그는 지맥들을 진정시켰다. 잠시 후 다시 소리가 났을 때는 다른 목소리였다.

“안녕, 애시드 번. 오랜만이야.”

18

최 형사는 스티커에 자신의 이름을 써서 책상과 의자에 붙였다. 참을성 있게 기다리던 지맥이 책상다리를 분해해 의자와 함께 카트에 올리고 잡동사니를 넣은 박스를 의자 옆에 고정했다. 지맥의 헤드유닛이 젊은 남자의 목소리로 말했다.

"약 세 시간 후 배달될 예정입니다. 감사합니다."

최 형사는 고개를 끄덕여 고맙다는 표시를 했다. 지맥은 이삿짐이 가득한 카트를 밀면서 문으로 향했다. 그녀는 책상이 있었던 자리에 서서 신텔리전스 타워의 경치를 마지막으로 감상했다. 한 달 전에 이곳에 왔을 때는 좋기는 하지만 돈 가치는 못 하는 곳이라고 믿었다. 지금은 그게 단지 자신을 위로하기 위한 가식은 아니었는지 확신할 수 없었다. 그동안 이 호사를 더 만끽하지 않았던 것이 아쉬웠다.

지맥이 갑자기 카트를 멈췄다. 김 형사가 카트를 가까스로 피해 뛰어왔다.

“최 형사님, 근원지 서버의 로그 분석 결과가 나왔어요.”

최 형사는 문 쪽으로 걷기 시작했다.

“기자회견 가야 해. 이제 와서 조태환이 한 짓이 아니라는 건 아니지?”

김 형사가 그녀를 따라오며 말했다.

“그건 확인했어요. 조태환이 서버에 로그인해서 쥐들에게 돔의 좌표를 전송한 기록이 있어요.”

“그럼 됐네. 서버를 임대한 사실만 갖고 범인으로 지목하려니 찜찜했는데.”

“그런데 좀 이상하기는 해요. 조태환이 이런 기술의 전문가가 아니라고 했잖아요.”

“몇 년 전까진 그랬지.”

“로그를 보면 실수도 안 하고 복잡한 명령어들을 빠르게 입력했어요.”

“그새 열심히 공부했을 수도 있고, 자기 이름으로 로그인했지만 다른 사람이 입력했는지도 모르지.”

“그럴 거면 서버 임대부터 다른 사람을 시키지 않았을까요?”

“그건 모를 일이잖아. 김 형사가 웬일로 그렇게 꼼꼼히

봤어? 하지만 작은 단서를 너무 확대 해석하는 것도 조심해야 해."

기자회견 장소에 도착했다. 신텔리전스 타워에서 철수하기 전 마지막 일정이었다. 그녀는 카메라에 안 잡히는 줄 알면서도 조심스레 문을 열고 들어갔다. 이미 경찰청장이 원격 참석한 기자들을 상대로 수사 경과를 설명하고 있었다. 기자들의 홀로그램이 맞은편을 빽빽이 채우고 있었고 그들의 시선은 모두 청장을 향하고 있었다. 옆에는 먼발치에서만 봤던 박정훈 사장과 서혜린 부사장이 심각한 표정으로 뭔가 얘기하고 있었다. 웬일로 청장이 평택까지 왔을까 궁금했는데 이제 이해가 됐다. 경찰의 수사 결과 발표에 사기업 대표가 함께하는 모습이 낯설기는 했지만, 평택 단지에 대한 테러 사건이었음을 고려하면 그럴 수 있었고 이런 두 유명인과 함께 단상에 서는 것은 경찰청장에게도 흔치 않은 기회였다.

"전례 없는 대규모로 과감한 수색 작전을 펼친 결과, 테러범들의 아지트를 발견할 수 있었습니다. 그 과정에서 우리 경찰특공대뿐만 아니라 지맥들이 많은 활약을 했으며, 일부는 사람을 대신해 희생되기도 했습니다. 박정훈 사장님께 감사드리며, 희생된 지맥들의 명복을 빕니다. 이어서 자폭한 자들이 평택 단지 테러범이라는 근거를 최경혜 형사가 설명드리겠습니다."

최 형사가 설명을 시작했다. 첫째, 자폭에 사용된 폭발물의 불순물과 동위원소 비율이 테러에 사용된 것과 완전히 일치했다. 둘째, 지하 벙커에서 발견된 타다 남은 헤드유닛은 도두 공원에서 발견된 것과 같은 제품이었다. 셋째, 증강 쥐에게 공격 지시를 전송한 서버를 국제공조 수사로 추적하여 서버 관리자의 신원을 알아냈으며, 이 자의 치아 3D 스캔 기록과 현장에서 발견된 치아가 일치했다. 이어서 기자들이 질문을 시작했다.

"경계 밖 수색에서 지맥이 어떤 역할을 했는지, 특히 지맥이 사람을 공격했다는 루머가 사실인지 말씀해 주십시오."

"그건 제가 설명하겠습니다."

박 사장이 앞으로 나섰다. 최 형사는 곤란한 질문에 자신이 답하지 않아도 되어 다행이었지만, 왜 경찰청장이 답변하지 않는지 의아했다. 박 사장의 손짓에 따라 스크린에 영상이 재생되었다. 방탄조끼를 입은 남자가 당황한 표정으로 총을 연이어 쏘고 있었다. 영상이 총구가 가리키는 쪽을 향하자, 나무에서 뛰어내리는 지맥의 모습이 보였다. 지맥이 한 손을 앞으로 들어 올려 남자의 방향을 가리키자 남자는 몸을 웅크리며 쓰러졌다. 영상은 지맥의 손에 들린 충격총을 확대해 보여줬다. 기자들이 웅성거리는 동안 다른 지맥이 나타나 쓰러진 남자에게 수갑을 채웠다.

"아시다시피 경계 밖은 위험한 무법지대입니다. 우리 회사는 테러범 수색을 돕기 위한 신기술을 개발했고, 이를 시험하기 위한 임시 허가를 받았습니다. 지맥은 이런 종류의 일에 있어 수색견이나 드론보다 훨씬 효과적이라는 것이 입증되었습니다. 이 기술은 수색에만 적용되는 것은 아닙니다. 현재 운영 중인 모든 지맥이 소프트웨어 업그레이드와 약간의 재훈련만으로 훨씬 더 다양한 업무를 유연하게 수행할 수 있습니다. 이 회견이 끝나는 대로 이 획기적인 기술에 대한 자세한 자료를 기자분들께 제공하겠습니다."

논란거리가 될 수밖에 없는 영상을 이렇게 공개하다니. 하긴 목격자가 많으니 비밀이 오래 갈 리 없었다. 회사는 기자회견을 논란에 정면으로 대응하고 신기술을 홍보하는 기회로 활용하고 있었다. 동시에 모든 기자가 손을 들었다. 젊은 여기자의 홀로그램이 떠올라 앞으로 나왔다. 신텔리전스 담당 기자인 듯, 타워에서 여러 번 본 얼굴이었다.

"경찰청장님께 질문드립니다. 수색이 진행되는 동안 평택과 김포 단지 거주민들은 테러 위협에 떨었지만 평소 우범지역이던 경계 부근의 범죄율은 눈에 띄게 낮아졌습니다. 하지만 테러 사건이 종결되면서 체포됐던 경범죄자들이 석방되었습니다. 그곳 주민들은 범죄자들이 석방되었다는 소식에 다시 불안해하고 있는데요, 정부는 그동안 방치했던 경계 밖의 치안을 개선할 계획이 있나요?"

여기자가 질문하는 동안 고개를 끄덕이고 있던 경찰청장이 대답했다.

"먼저 우리 경찰도 전 국토의 치안 확립을 누구보다도 원한다는 점을 말씀드리겠습니다. 문제는 인력과 비용, 그리고 위험성인데요, 이번에 성과가 입증된 지맥을 상시적으로 활용하는 방안을 검토하겠습니다."

이어서 서혜린 부사장이 나섰다.

"청장님, 저희가 적극 지원하겠습니다. 다만 이번 시범 적용 결과를 분석할 시간이 필요하고, 국민적인 컨센서스도 필요합니다. 한 가지 말씀드리고 싶은 것은, 저희는 항상 모든 국민의 삶의 질을 향상시키기 위해 노력해 왔다는 점입니다. 전 국토를 돔으로 덮을 수는 없기에, 지맥은 사람을 대신해 위험한 야외에서 일해 왔습니다. 안전한 세상을 만드는 데 지맥이 더 많은 역할을 할 기회가 있으면 저희는 손익을 떠나 최선을 다할 것임을 약속드립니다."

분명 사전에 준비한 답변이었겠지만, 서 부사장에게는 뻔한 메시지에서도 고민과 진심이 배어 나오게 만드는 재주가 있었다. 최 형사는 평생 가도 배우지 못할 능력이었다. 다른 기자의 질문이 이어졌다.

"지맥은 녹색 눈으로 상징되는 유전자 조작에 의해 온순하게 개조되어, 사람을 절대로 해칠 수 없다는 것이 지금까지 회사의 일관된 주장이었습니다. 아까 동영상에서 지맥은 충격총을 사람에게 거리낌 없이 사용했습니다. 지맥의 선조인 침팬지는 잔인한 것으로 유명한데요, 과연 지맥은 정말로 안전한가요?"

이번에는 박 사장이 대답했다.

"지맥은 본능적으로 온순합니다만, 특정한 상황에서 헤드유닛의 컴퓨터가 지맥의 본능을 억제하고 훈련된 행동을 지시할 수 있습니다. 컴퓨터의 판단 조건은 앞으로 객관적이고 전문성 있는 제3자의 검증을 받겠습니다."

기자들이 다시 손을 들었으나 박 사장과 서 부사장은 급하게 처리해야 할 일이 생겼다며 자리를 떴다. 경찰청장도 추가 질문은 온라인으로 해달라며 회견을 끝냈다. 최 형사는 단말을 들여다보고 있는 경찰청장에게 다가갔다.

"아, 최 형사. 이번에 수고 많았네. 깔끔하게 종결되어 다행이야. 박 사장님도 고맙다고 전해 달라더군. 그런데 이 회사는 계속 사건이 터지네."

"또 무슨 사건이 터졌나요?"

"이번에 지맥에 적용되었던 바로 그 기술이 유출되었나 봐. 어제 현장에 있던 조련사가 범인인 모양인데, 첨단기술 유출 건은 검찰 소관이니까 우린 신경 안 써도 돼. 회사에서 혜택도 많이 받은 놈이 배신하다니, 역시 머리에 뭐가 박혀 있으니 사고방식이 정상은 아닌가 봐. 지맥 수색대에서 조련사는 빼고 우리가 직접 운영해야겠어."

"네, 오늘 수고 많으셨습니다, 청장님."

'그 지맥들도 같은 게 머리에 들어 있는데요.'라고 말하려다 말았다. 괜히 청장의 심기를 건드릴 필요 없다. 그런데 어제 현장에 있던 조련사라면, 증강 쥐를 발견해 최 형사에게 갖다 줬던 그 청년이었다. 수색 작전에 참여하면서 신기술에 접근할 수 있었고, 이게 돈이 될 만한 기술이라는 걸 알게 되면서 빼돌릴 생각을 하게 된 것일까? 그녀는 검찰의 주장도 미심쩍었다. 별것 아닌 일을 첨단기술 유출로 부풀리는 것은 검찰의 오래된 수법이었다.

"뭘 그렇게 생각하세요?"

김 형사가 다가왔다.

"지맥 기술유출 사건이 발생했다는데……."

“쉿. 여기선 말 못 해요.”

김 형사가 그녀에게 눈짓했다. 지맥이 카트를 밀며 그들 옆을 지나갔다.

차량이 신텔리전스 타워를 빠져나와서야 김 형사는 입을 열었다.

“저 건물 안에선 지맥 기술유출 같은 단어는 함부로 말하면 안 돼요.”

“뭔데 그래? 이번엔 또 무슨 음모론인데?”

“지맥이 주변 영상을 항상 녹화 중인 건 아시죠? 게다가 영상에 찍힌 입 모양만 갖고도 여기 지하에 있는 초대형 컴퓨터가 분석하면 대화 내용을 알 수 있대요.”

“내 참, 경찰에서도 그런 장비 개발해 보려다 포기했다고. 그건 안 되는 거야.”

“경찰은 돈도 기술도 없으니까 그렇죠. 이 회사는 둘 다 있잖아요.”

“그렇다 치고, 하려던 얘기가 뭔데?”

마침 교통신호에 걸려 차량이 정지했고, 옆에 지맥이 운전하는 트럭이 나란히 섰다. 김 형사는 트럭이 멀어질 때까지 입을 열지 않았다. 최 형사는 경찰차 내부의 블랙박스만 아니었으면 그의 뒤통수를 한 대 때려주고 싶었다.

"제가 넥서스 기술 공부하면서 여기 연구원들하고 좀 친해졌거든요. 회사에서 함구령이 내려졌지만 수군수군하더라고요. 그 조련사랑 같이 달아났다는 연구원 말이에요."

"공범이 있었대?"

"아까 회견장에도 왔던 서혜린 부사장의 딸인데, 이번에 조련사랑 붙어 다니다가 눈이 맞았다잖아요. 원래 엄마하고는 사이가 안 좋았대요. 이번에 한몫 챙겨서 둘이 해외로 달아나려는 거겠죠."

"서 부사장 딸이라면 여기 단지에 살 거고 신텔리전스 연구원이라며. 그런 삶을 포기하고 이마에 위치추적 장치 달린 애인이랑 달아난다고? 자네 같으면 그러겠어?"

어려서부터 최고의 환경에서만 살다가 최근에 경계 밖에서 죽을 고생을 한 사람이, 기껏 남자랑 눈 맞아서 범죄를 저지르고 험한 바깥세상으로 달아난다고? 게다가 서 부사장의 피를 물려받고, 엄마를 보고 배우며 자란 딸이? 아무리 엄마와 사이가 안 좋더라도 그런 순진하고 멍청한 짓을 할 리는 없었다. 최 형사의 머릿속에 여러 가지 의문점이 떠올랐다. 더 들여다보고 싶었지만, 이 사건은 검찰 관할이었다.

"이번 테러 사건 말이야, 좀 이상하게 돌아가지 않아? 겨우 어제 테러범 아지트 찾았는데, 오늘 바로 기자회견하고 수사본부도 철수한다고?"

"빨리 해결하라는 압력이 워낙 심했잖아요. 대외적으로는 종결한 걸로 발표하고, 마무리는 경찰서 가서 하라는 거겠죠. 본부장님이 이제 증거는 충분하다고, 중국에 증강 쥐 포렌식 의뢰했던 것도 중단시키랬어요."

"거의 다 된 거 아니었어? 결과를 받아봐야지."

"시간당 비용 청구되는 거라 그래요. 그거 결재 안 나면 제 월급에서 까여요."

"내가 책임질 테니 중단시키지 마. 결과 나오면 나한테 먼저 알려주고."

최 형사의 무의식이 뭔가 이상하다는 경고를 보내고 있었다. 어느덧 경찰차가 지방경찰청에 도착했다. 그녀에게는 너무나 익숙한 청사가 유달리 낯설고 초라해 보였다.

19

From: 유현규/CTO 〈hg.yoo@syntelligence.lab〉

To: 서혜린/CMO 〈hr.seo@syntelligence.lab〉

Date: Tue, 28 Feb 2062 21:08:25 KST

Subject: **연구소 계획 등**

혜린, 매주 임원회의에서 보긴 하지만 개인적으로 연락하는 건 오랜만입니다. 제가 사장에서 물러나 연구소를 맡은 이후로 현황 파악하고 중장기 계획을 세우느라 한동안 정신이 없었어요.

저와 박정훈 사장에 대해 말들이 많더군요. 제가 박 사장의 경영 능력을 의심하지는 않는다는 것을 잘 아시리라 생각해요. 다만 우리 회사는 과학기술을 이해하는 사람이 장기적 비전을 가지고 이

끌어야 한다고 믿을 뿐입니다. 어찌 되었건 박 사장을 잘 도와주시기 바라며 저도 다시 과학자가 되어 연구에 매진할 겁니다.

드디어 평택 단지 입주가 곧 시작됩니다. 제가 잘 모르는 분야에서 무모한 사업을 벌였다가 회사가 휘청거리기도 했지만, 저는 여전히 이 시설에 기대가 큽니다. 이곳은 감염으로부터 안전하기만 한 시설이 아니에요. 언젠가 대유행이 끝나도 이 단지는 높은 가치를 가져야 합니다. 저는 사시사철 날씨와 대기오염에 영향받지 않는 최고의 환경을 사회의 엘리트들에게 제공하고 싶었어요. 사람들이 미세먼지 피한다고 해외로 떠나고, 실리콘밸리의 성공이 좋은 날씨 덕분이라며 부러워하던 시절을 기억하나요? 지금은 해외여행도 힘들어졌고, 캘리포니아도 대유행과 대지진 이후의 대이주(大移住)로 예전 같지 않지만. 언젠가 모든 것이 정상으로 돌아갈 때, 평택 단지는 세계의 인재들을 끌어모을 겁니다.

다른 사람들에게는 거의 얘기하지 않았는데, 평택 단지에는 한 가지 가치가 더 있어요. 모든 걸 자급하는 에코 돔의 실험이죠. 사람들은 계속되는 대유행과 기상이변을 겪으며 계란을 한 바구니에만 담아두면 안 된다는 것을 깨달았어요. 모듈러 핵융합 발전과 초고집적 수직 농업, 증강동물과 합성생물 기술을 이용해 독립된 경제체계를 지상에 만들어 낼 수 있다면, 우주 거주지를 건설하는 데도 도움 될 거예요. 평택 단지에서 얻을 각종 지식재산권과 운영

노하우가 향후 회사의 중요한 자산이 될 것이고요. 대유행을 단지 위기로만 볼 필요가 없어요. 지맥 사업처럼 평소라면 쉽지 않은 사업을 시작할 기회로 활용해야죠.

연구소의 과학기술 영재 프로그램에서 유진이 잘하고 있다는 얘기는 들었죠? 정말 똘똘하고 자기 주관도 뚜렷한, 사랑스러운 아이예요. 엄마를 닮았는지 원하는 건 어떻게든 성취하더군요. 당신이 회사 탁아시설에 유진을 맡겨 놓고 운영시간을 연장해 달라던 때가 엊그제 같아요. 하긴 우리가 함께 일한 지 이제 20년이 넘었으니……. 유진이 컴퓨터를 하도 좋아하고 잘 다뤄서 제가 '애시드 번'이라고 별명을 붙여줬어요. 옛날 영화에 천재 해커로 나온 여주인공의 별명이에요. 재능이 아까워서 연구소 인턴으로 일을 시켜 보려 해요. 아직 어려서 인턴 자격은 안 되지만, 연구소장이 그 정도 권한은 있어야죠. 본인도 좋다고는 했는데, 미성년자니까 엄마가 허락해 줘야겠죠? 시간 날 때 커피 한잔해요.

Hyeon-Gyu Yoo, Ph. D.

CTO/Founder, Syntelligence, Inc.

20

"유 박사님?"

유진이 자신 없는 목소리로 물었다.

"그래, 나야. 지금부터 내가 알려주는 대로 접속해."

유 박사는 추적되지 않는 위성 통신 접속 정보를 알려줬다. 위성 통신 장치가 있는 모바일 랩과 건물 사이에는 어느새 기밀 튜브가 설치되어 있었다. 유진의 얼굴이 피곤해 보이는 것이 이해됐다. 위성에 접속하자 화면에는 아침마다 회사 로비에서 홍보 영상으로 봤던, 하지만 주름과 검버섯이 지워지지 않은 얼굴이 나타났다.

"그래, 이제 깨끗하게 들리네. 오디오같이 간단한 기능도 신텔리전스 헤드유닛만 한 게 없어."

"저를 어떻게 찾았어요?"

그녀가 물었다. 흥분한 목소리였다.

"찾느라 애를 좀 먹었지. 옛날 같았으면 네 엄마 통해서 경찰에 요청하면 됐겠지만. 대신 여기서만 쓸 수 있는 수단이 좀 있어. 옆에 있는 친구가 준우인가? 이젠 어른이 다 되었군."

"저를 아시나요?"

"다, 당연하지. 이, 일 세대 조, 조련사인데."

"죄송합니다. 저는 어렸을 때 일을 잘 기억 못해서요. 지금 우주에 계신 건가요?"

유 박사는 신텔리전스를 그만두고 당시 막 완성된 우주 거주지에 입주한 것으로 유명했었다. 회전하는 실린더 형태의 공간으로서 최초의 우주 거주지인 오닐-1은 각국 정부나 거대 기업의 지원을 받아 장기 연구과제를 수행하는 과학자들이 주로 이용했다. 유 박사는 자비로 비용을 내는 오닐-1 최초의 거주민이었다. 그가 왜 그곳에 머무르는지에 대해, 탈세를 위해 국적을 우주로 옮겼다는 설부터 불법 유전자 조작 실험으로 영생을 얻으려 한다는 등 여러 가지 루머가 많았다.

"그, 그래, 아니면 어, 어디겠어. 유진, 정부나 회사가 너희를 찾아내는 건 시간문제야. 도와줄 사람들을 알아봐 놨으니 빨리 그곳으로 가."

"우리 상황을 아세요?"

"대충. 내가 아직 인맥이 좀 있잖아. 산업 스파이 얘기야 뭐, 아직도 그 시나리오를 써먹더군."

유 박사는 목적지의 좌표와 함께 경찰 위성이 지나가는 시간대를 알려줬다.

"그런 정보를 어떻게 아냐고? 여기에 월세를 얼마나 내는데, 그 정도 특권은 있어야지. 하지만 모든 위성을 다 피할 수는 없으니 서둘러. 도착하면 다시 얘기하자. 몸조심하고."

통화가 종료되었다. 준우가 유진에게 물었다.

"저런 전설적인 분이 왜 갑자기 나타나서 도와주시겠다고 해? 어머니도 못 믿는다며, 이분은 믿을 수 있어?"

"어릴 때부터 친했어. 회사를 떠나신 후에는 자주 못 뵀지만, 나한테는 삼촌 같은 분이셔. 적어도 저분이 회사 편일 리는 없잖아."

"그게 무슨 소리야? 창업자이시고 로비 홀로그램에도 매일 나오는데."

"넌 잘 모르는구나. 워낙 상징적인 분이니까 대외적으로는 그렇게 이미지를 활용하지만 회사랑 안 좋게 나가셨어. 지분도 다 정리하셨고."

"그래? 그런데 너한테는 왜 말을 더듬지 않으셔?"

유 박사가 본인의 말더듬증을 치료하고자 뇌 과학과 사이버네틱스를 공부하게 됐다는 설은 사실이 아니라고 본인이 여러 차례 밝혔음에도 불구하고 여전히 많은 사람이 믿는 얘기였다. 어쨌든 그는 직원들이나 투자자들과도 대면해서 얘기하기보다 이메일을 활용하는 걸로 유명했었다.

"편한 사람한테는 그래. 너한테는 좀 심하게 더듬으시더라. 그건 그렇고 난 유 박사님 말씀대로 하는 게 좋을 것 같아. 네 생각은 어때?"

다른 선택의 여지가 없었다. 유진은 유 박사로부터 받은 좌표를 확인하고 바로 출발할 준비를 시작했다. 아직도 다친 팔이 불편한 준우는 지맥들에게 일을 시켰다. 그들은 머뭇거리지 않고 순식간에 짐을 옮겨 실었다. 증강 개도 준우의 지시를 따라 차량에 얌전히 올라탔다.

차량이 출발하자, 계속 흔들리고 삐걱거리는데도 유진은 이내 잠이 들었다. 경찰과 마주치지 않기 위해 가능한 경계 밖으로 경로를 잡아야 했고, 옛날 지도만 참조해서 수동으로 운전해야 했다. 경찰 위성이 지나갈 시간이 가까워졌다. 조금 전 지나왔던 터널로 되돌아가 차량을 세우고 기다렸다. 옆자리의 유진이 곤히 자는 모습을 바라보며 준우의 눈꺼풀도 무거워졌다.

그는 유 박사와 함께 컴컴한 우주에 떠 있었다. 멀리 오닐-1이 천천히 돌고 있었다. 한 바퀴 돌 때마다 거주 구역의 유리창이 반사하는 태양 빛에 눈이 부셨다. 페이스 실드를 어둡게 하려 손을 가져갔으나 그의 얼굴에는 아무것도 없었다.

유 박사가 입을 열었다.

"네가 유진에게 어울린다고 생각해? 유진은 엘리트 연구원이고, 너는 회사의 실험동물이었을 뿐이야."

진공일 텐데 소리가 들렸다. 어쩌면 유 박사는 준우의 머릿속으로 목소리를 전달하는 기술을 가졌는지도 모른다.

'유진은 제가 조련사인 걸 개의치 않아요.' 이렇게 말하려 입을 여는 순간 폐의 공기가 빠져나가며 가슴이 찢어질 듯 아팠다. 오닐-1으로 가려고 팔다리를 휘저었지만 제자리였다. 정신이 흐려지기 시작했다.

"일어나. 출발하자."

유진이 깨웠다. 차량을 출발시켰다. 터널을 빠져나오자 차량의 위성 통신 장치로 전화가 걸려왔다.

"엄마 전화야. 오디오로만 받을게."

차량의 스피커에서 여자 목소리가 나왔다.

“유진아, 지금 어디니? 아니, 어디인지는 얘기하지 말고, 내가 아까 한 비밀서약 얘기는 다 잊어버려라. 네가 그 일에 안 엮였으면 좋았으련만, 이미 벌어진 일이니 어쩌겠니. 한동안 숨어 지내는 게 좋겠다. 그동안 내가 어떻게든 수습해 볼게.”

“알았어요, 엄마. 그리고 유 박사님이 도와주신대요.”

“뭐? 유 박사님이?”

몇 초간 아무 소리도 들리지 않았다. 유진은 통신상태를 확인했다.

“그래, 너라면 잘 도와주시겠지……. 이만 끊어야겠다. 나도 여기 오래 있을 수 없어. 몸조심해라. 사랑한다.”

통신이 종료되었다. 유진은 굳은 표정으로 말이 없었다. 준우는 잠자코 운전하며 그녀가 말할 때까지 기다렸다.

“얼마 만인지 몰라. 날 사랑한다는 말.”

가파른 오르막이 나타났다. 낙엽을 밟은 타이어가 미끄러지며 모바일 랩이 기우뚱거렸다. 뒤편의 장비들이 덜컹거리자 지맥들이 불안한 표정으로 창밖을 내다봤다. 가속페달을 더 깊숙이 밟았다. 흙과 낙엽을 다 날려버린 타이어가 다시 시멘트와 마찰하며 비명을 질렀다. 차량이 삐걱거리며 나아가기 시작했다.

유 박사가 알려 준 좌표에 다다르니 오래된 탄광 입구가 나타났다. 모바일 랩에서 내려 주위를 둘러보고 있는데 증강 개가 차에서 내려 숲으로 뛰어갔다. 주위에서 개들이 짖는 소리가 들렸다. 한두 마리가 아니었다. 그때 탄광 출입문이 열리더니 젊은 남자가 나왔다.

"연락받았습니다. 차량은 저쪽에 세워두고 저를 따라오세요. 아, 우리 개들은 신경 쓰지 마세요."

남자가 바로 옆의 낡은 창고 건물을 가리키며 말했다. 모바일 랩을 창고로 몰고 가 트럭들 사이에 주차했다. 지맥들에게 그대로 있으라고 하고 유진과 함께 남자를 따라 탄광으로 들어갔다. 입구 안쪽에는 처음 보는 형태의 이동식 에어록이 설치되어 있었다. 옷을 입은 채 페이스 실드를 차광하고 강한 바람과 속건성 소독액 샤워를 통과하는 것이 다였다. 에어록을 지나자 남자가 말했다.

"평택 단지에선 더 요란하게 하겠지만 이 정도면 충분해요. 지맥은 저희가 저쪽 방에 데려다 놓겠습니다. 두 분은 회의실로 가시죠."

조금 들어가니 통로가 점차 넓어지면서 큰 지하 공간이 되었다. 최근에 프린트되어 흠집 하나 없는 하얀 벽으로 만들어진 방들이 주위를 빙 두르고 있었다. 천장과 벽에 투사

되는 야외 풍경 덕분에 지하에 들어와 있다는 느낌은 덜했다. 어딘가로 이어진 굵은 주름관 곳곳의 구멍에서 바람 소리가 들렸다.

회의실에는 이미 몇 사람이 기다리고 있었다. 벽에 달린 대형 디스플레이에는 여러 실험 장비들 사이에 둥둥 떠 있는 유 박사가 보였다.

"자, 나는 대충 알지만 다른 사람들에게 왜 회사의 영웅이 갑자기 쫓기는 신세가 되었는지 설명해 주지 않겠나, 준우 군."

아까보다 젊어 보이는 유 박사의 얼굴과 억양이 어딘가 어색했다. 합성된 모습과 목소리였다. 준우는 자신과 유진을 회의실 사람들에게 소개하고, 지맥이 목격한 것을 회사에 신고한 후 쫓기게 된 과정을 설명했다.

"우리가 왜 쫓기는지 정확한 이유는 모릅니다. 못 볼 걸 봤다는 건 알겠지만."

"그건 내가 설명해 줘야겠군요."

덩치 큰 남자가 말했다.

"난 하데스라고 합니다. 여기서는 다들 익명을 씁니다. 난 이곳을 관리하는 사람입니다."

하데스 옆에 앉아 있던 중년 여자가 말했다.

"이분이 SBH 그룹의 대장님이시죠."

"대장 아니라니까, 레아? 여기 대장 같은 건 없어요. 다만 최종 결정이 필요하면 내가 합니다. 여기가 뭐 하는 곳인지 궁금할 텐데, 우리는 유전자 편집이나 합성생물, 인공장기 배양, 임플란트 등의 연구와 개발을 대행합니다. 요즘 같은 때에는 바이오 회사들이 규제를 피해 해야 할 일이 많아요. 정부도 웬만하면 눈감아주고. 우리는 그런 일을 도와주는 조직 중 하나입니다."

레아라고 불린 여자가 말했다.

"겸손하시네요. 그런 조직 중 하나라기엔 우리가 독보적이죠. 증강동물을 다룰 수 있는 곳은 우리밖에 없잖아요."

"그건 그렇지. 아무튼 우리는 유 박사님이 개발한 새로운 면역 기술을 비밀리에 임상 시험하고 있었는데, 이게 효과가 있다는 소문이 나면서……."

"2049 바이러스의 백신을 개발했다고요? 정말인가요?"

유진이 깜짝 놀라 물었다. 준우도 정신이 번쩍 들었다.

"백신은 아니고……. 아직 최종 테스트도 안 끝났어요. 그건 나중에 유 박사님에게 직접 들어보시죠. 이게 집단적으로 적용해야 하는 것이다 보니 피험자가 많이 필요한 데다, 그놈들이 이젠 괜찮다고 맨얼굴로 돌아다니는 통에……. 소문이 신텔리전스 박 사장 귀에 들어갔을 겁니다. 그게 발단이었을 거요."

"그게 테러하고 무슨 상관이죠?"

준우가 물었다. 하데스가 답답하다는 듯 그를 쳐다봤다.

"세상 돌아가는 일에 관심이 없군요. 신텔리전스가 대유행의 최대 수혜기업이잖소. 대유행이 끝나면 기밀 단지의 가치는 폭락할 테고, 국내외 신규 건설 프로젝트도 다 취소될 거요. 야외 활동이 안전해지니 지맥 수요도 줄어들겠지. 매출을 유지하려면 지맥의 활용처를 넓혀야 하는데, 그러기 위해선 규제가 풀려야 하고. 대유행 초기 때는 급하니까 다 허가해 줬지만 이젠 아니지. 아까 기자회견 보니까 지맥을 치안에 활용하자고 분위기 조성하던데."

준우는 유진과 그 일을 도왔다. 지맥이 더 다양한 업무를 수행할 수 있도록 연구소가 오랫동안 개발해 온 기술을 상용화하는 일. 테러 덕분에 허가가 쉽게 떨어졌고 현장 테스트를 집중적으로 할 수 있었다. 그래도 믿기 어려웠다.

"설마 그래서 스스로 테러를 저질렀다고요? 회사에 꿍꿍이가 있는 것 같기는 하지만, 설마 회사가 그 많은 사람을 희생시켜……."

"회사가 그런 짓을 할 리가 없다는 거야? 죽을 뻔하고도 아직도 몰라?"

레아가 갑자기 흥분해서 소리쳤다. 하데스는 레아에게 진정하라고 손짓했다. 레아는 입을 다물고 씩씩거렸다.

"회사가 우리한테 증강 쥐를 발주했습니다. 돔 테러에 쓰인 그 증강 쥐요. 여기 레아가 소프트웨어 담당이었고."

준우는 놀라서 유진을 쳐다봤다. 이 말이 사실이라면 유 박사는 왜 테러 공범에게 우리를 인도했을까.

"어디 사용했는지 뉴스를 보고 알았습니다. 우린 누가 익명으로 증강 쥐를 주문하기에 제공한 것뿐입니다. 레아도 자신이 무슨 일을 도왔는지 알고는 화가 난 거니 이해해 주시고. 여기저기 파헤쳐 본 후에야 발주자의 배후에 신텔리전스가 있다는 걸 알게 되었고, 우리 입도 막으려 할까 봐 이곳으로 피해 온 겁니다."

하데스가 계속 말을 이었다.

"시장에는 침팬지보다 하등한 증강동물에 대한 수요가 있습니다. 넥서스의 원천특허가 만료돼서 곧 경쟁 사업자가 나올 시점인데, 신텔리전스는 테러에 증강 쥐가 이용된 것을 빌미로 신규 업체에 대한 규제를 대폭 강화하도록 로비하고 있더군요. 자기네 지맥은 사용처를 확대하면서. 아무튼 서혜린 부사장의 로비력은 알아줘야죠."

유진의 얼굴이 붉어졌다. 유 박사가 입을 열었다. 합성된 얼굴에 언짢은 표정이 나타났다.

"내가 계속 있었으면 지금쯤 시장 전체를 키우는 전략으로 갔을 거야. 박 사장은 너무 단기 수익만 추구하지. 이번엔 욕심이 지나쳤어. 우리가 음모를 입증해서 책임을 물어야 해."

준우는 회사도 피해를 입어가면서 스스로 테러를 저질렀다는 것이 여전히 믿기지 않았다. 단기적으로 주가도 많이 떨어졌었고, 유가족들의 소송은 이제부터 시작이었다. 심지어 박 사장의 조카까지 죽었다. 그건 예기치 않은 사고였을까? 그와 유진처럼 운이 나빴던 걸까?

하데스가 말했다.

"자, 이제 상황은 대충 이해한 것 같으니 문제를 해결할 방법이나 찾아봅시다. 이 두 젊은이가 산업 스파이 혐의를 벗고 안전하게 돌아가서 우리가 성공 보수를 받을 방법을."

유 박사가 그들을 위해 보상금을 약속한 모양이었다. 아니, 물론 유진을 위해서였을 테고 자신은 덤이었겠지만. 그가 말했다.

"경찰에 신고하면 되잖아요. 증강 쥐 고객의 배후에 신텔리전스가 있다면서요. 거래 자료나 영상이 있겠죠?"

레아가 고개를 절레절레 젓고 말하려는 순간 하데스가 먼저 입을 열었다.

"정말 침팬지 말고 인간 세상을 좀 배워야겠군요. 거래 영상을 경찰에 보내줄 수는 없소. 변조방지 서명된 원본을 넘기면 우리 신분이 드러나고, 편집해서 넘기면 바로 쓰레기통으로 가니까. 평소에 그 회사에 대한 고발과 모함이 얼마나 많은데, 그중에 몇 건이나 경찰이 조사할 것 같습니까? 게다가 우리에게도 증강동물을 불법적으로 제조하고 판매한 책임이 있습니다. 기껏 회사와 경찰 피해서 여기까지 왔는데, 우리가 신고할 수는 없어요."

레아가 하데스와 준우를 차례로 쳐다보며 말했다.

"보안직원을 목격했다는 그 지맥 영상은 경찰도 무시 못 해요. 넥서스 녹화 영상은 증거 효력이 있으니까."

"우릴 잡으러 왔던 사람들이 삭제했어요."

그가 말하자 레아가 테이블을 두 손으로 쾅 내려치며 벌떡 일어섰다. 보기보다 키가 컸다.

"제기랄, 하나뿐인 증거를 없애는 걸 보고만 있었어?"

준우도 화가 치밀었다. 민호와 주민들이 죽은 것은 순전히 박 사장의 욕심 때문이었다. 그런 줄도 모르고 그는 복수심과 승진 욕심에, 존재하지도 않는 테러범들을 쫓느라 지맥만 희생시켰다. 체포됐던 사람들이 왜 모두 혐의점이 없었는지, 어떻게 생존자가 없는 깔끔한 방법으로 사건이 마무리되었는지 의심하지도 않았다. 과분한 칭찬과 승진 약속에 마음이 들떠, 회사 직원이 연루된 증거를 찾아내고도 경영진에게 알리고 앉아서 기다리고 있었다. 처음 보는 사람이 침팬지 말고 세상을 배우라고 비아냥거려도 할 말이 없었다. 자신의 멍청함에 이토록 화가 났던 것은 처음이었다. 무엇보다도 유진까지 위험에 빠뜨린 자신을 용서할 수 없었다.

하데스가 레아에게 진정하라고 했다. 준우를 응시하며 한동안 가쁜 숨을 내쉬던 레아의 표정이 갑자기 밝아졌다. 레아가 준우에게 친근한 목소리로 말했다.

"화내서 미안해요. 신텔리전스를 잡아넣을 기회라고 생각해서 그만 흥분했어요. 영상을 녹화한 그날 밤에 삭제한 거죠? 그게 몇 시쯤이었어요?"

"자정 좀 넘어서였고요, 영상이 서버에 백업된 것은 확인했어요. 하지만 그자들이 서버 백업본도 지웠을 거예요."

레아가 스크린을 향해 고개를 돌리며 말했다.

"어쩌면 큐브에는 남아 있을지도 몰라. 아니, 틀림없어. 그렇죠, 유 박사님?"

"음, 그럴 가능성이 있겠군. 나도 그만둔 지 오래되어 확신은 못 하지만."

"레아, 그게 뭔데?"

하데스가 물었다.

"제가 예전에 그 회사에서 시스템 운영 일을 했었잖아요. 지맥의 모든 데이터는 무선 네트워크를 통해 서버에 저장돼요. 3대의 서버에 3중 백업되지만, 바보가 아니라면 모두 영구 삭제했겠죠. 그런데 서버의 데이터는 매일 밤 다시 오프라인 백업해요. 실리카-복셀 큐브는 요만한 정육면체 석영 내부에 3차원적으로 데이터를 새겨서 저장하는 미디어인데요."

레아는 조그만 상자를 손으로 잡는 시늉을 했다.

"큐브 하나 용량이 100페타바이트 정도예요. 지맥의 사고 벡터나 영상 외에도 회사 서버의 모든 데이터가 함께 저장되는데, 법적으로 영구 저장해야 하는 게 많아서 이것까지 삭제하지는 못했을 거예요. 특정 데이터만 골라 삭제할 수도 없고요."

유 박사가 말했다.

"경호실이나 박 사장은 그런 게 있는지도 모를 거야. 박 사장이 오고 나서 구체적인 목적 없이 데이터 저장하는 데 드는 비용은 최소화하라고 예산을 확 깎아 버렸거든. 내가 다른 예산을 몰래 전용해서라도 백업을 계속하라고 데이터센터장을 설득했어. 그 친구도 데이터의 가치를 나만큼 이해하니까, 지금도 계속하고 있을 거야. 하지만 아가르타 내에서도 깊숙한 곳에 보관할 텐데, 그걸 꺼내오는 건 불가능해. 또 설령 큐브를 가지고 나와도 데이터는 암호화되어 저장되니까, 암호키가 없으면 소용없고."

준우가 물었다.

"아가르타라는 곳이 접근하기 힘든가요?"

유진이 말했다.

"평택 단지가 원래 미군 기지였잖아. 핵 공격에 대비한 지하 시설을 데이터센터로 활용한 거야. 아가르타는 지구공동설(地球空洞說)에 나오는 지하 왕국이야. 회사의 클라우드, 즉 구름이 있는 지하 공간이라고 이름을 그렇게 지었어."

유 박사가 흐뭇한 표정을 지었다.

"어릴 때 해준 얘기를 아직 기억하고 있군. 내가 예전 설계도면을 갖고 있으니 공유해 주지. 그리고 회사 지인한테 혹시 운영 방식이 바뀐 적이 있는지 슬쩍 확인해 볼게. 난 눈을 좀 붙여야겠네. 여기 시간으론 한참 전에 잤어야 하거든."

유 박사의 몸이 카메라 가까이 유영해 오더니 영상이 꺼졌다.

유 박사의 말대로 아가르타에서 뭔가를 들고 나오는 것은 불가능해 보였다. 하나뿐인 입구는 24시간 스마트 카메라와 경비원이 지키고 있었다. 게다가 테러 이후 단지 전체적으로 보안이 강화된 상태였다.

"해킹으로 영상 파일을 빼낼 수는 없어?"

준우가 답답해하며 물었다. 유진은 유 박사가 구해 준 지하 시설의 설계도면과 관리지침을 들여다보고 있었다.

"아까 레아하고 얘기하는 거 못 들었어? 데이터센터는 몇 겹의 방화벽으로 보호되어 있어. 하지만 그보다도 백업 후에는 큐브를 드라이브에서 꺼내 캐비닛에 보관하기 때문에, 네트워크로 접근하는 건 불가능해. 일단 아가르타로 들어가면 찾을 수 있을 것 같은데, 입구를 통과할 방법이 없어."

"그곳도 지맥이 청소하겠지? 고유번호 바꿀 수 있지 않아?"

평택 단지의 청소나 간단한 시설 유지보수는 모두 지맥의 몫이었다. 출입문의 스마트 카메라는 사람의 얼굴을 인식했다. 하지만 지맥은 얼굴이 아니라 헤드유닛의 고유번호로 식별했다. 유진은 하이브 컨트롤러의 저수준 인터페이스를 통해 헤드유닛의 고유번호를 조작할 수는 있을 거라고 말했다.

"하지만 지하 어딘지도 모르는 보관소에서 정확한 날짜의 백업 큐브를 찾아 들고 나온다고?"

그녀의 지적이 옳았다. 능동 모드에서 지맥의 지능으로 할 수 있는 일에는 한계가 있다. 전용 소프트웨어를 만들어 헤드유닛의 카메라가 백업 큐브에 적힌 날짜를 인식하도록 하면 가능하겠지만 지금은 그럴 시간도, 테스트할 방법도 없었다. 유진이 계속 말했다.

"지맥의 영상을 보면서 원격 지시하는 것도 어려울 거야. 매 순간 어떤 임기응변이 필요할지도 모르는데. 설마 아바타 프로젝트를 생각하는 건 아니지?"

아바타 프로젝트는 처음부터 가능성 없는 일을 추진하다 실패한 프로젝트의 대명사였다. 핵발전소나 우주 거주지의 외부 보수와 같이, 위험하면서 동시에 인간 수준의 지능과 상황 판단이 요구되는 작업에 지맥을 활용할 방법을 찾아보라는 박 사장의 지시로 시작되었다. 사람이 착용한 외골격 인터페이스와 지맥의 운동 피질을 연동할 방법을 모색하는 회의가 열렸다. 정밀한 위치제어와 빠른 촉각 피드백이 필요한 원격조작에는 넥서스 기술이 적합하지 않다던 고참 연구원은 그 자리에서 쫓겨났고, 대신 실력보다 의욕이 앞서는 신임 팀장이 프로젝트를 맡았다. 두 번을 연기한 끝에 결국 프로젝트는 실패했고, 박 사장은 자신의 아이디어를 마침내 포기할 수밖에 없었다.

준우도 조련사로서 지맥의 한계에 대해서는 누구보다도 잘 알고 있었다. 해결방법도 생각했다. 유진은 찬성하지 않겠지만, 그는 결심했다.

21

From: 유현규/CTO 〈hg.yoo@syntelligence.lab〉

To: 서유진 〈jean.seo@syntelligence.lab〉

Date: Sat, 30 Sep 2062 16:54:21 KST

Subject: 안녕

유진, 너도 이미 소식을 들었을 것 같다만, 나는 오늘 회사를 그만둔단다. 회사를 설립한 것이 2039년이었으니까 어느새 24년째구나. 처음 시작할 때는 회사가 이만큼 성장할 줄은 몰랐다. 그동안 돈도 많이 벌었고 상상하던 것을 실현하는 것도 보람 있었지만, 제일 즐거웠던 것은 좋은 사람들을 만나고 함께 많은 일을 해낸 것이었지. 알다시피 네 엄마도 초기 멤버로서 내가 부족한 부분을 메꿔

주며 여기까지 함께 왔고 정말 고맙게 생각하고 있단다.

네 엄마가 박 사장에게 내 비밀 계획을 얘기하는 바람에 내가 박 사장과 싸우다가 회사를 나가게 되었다는 소문이 있다더라. 그건 사실이 아니라는 걸 알아줬으면 한다. 내가 평택 단지의 가치에 관해 얘기했던 것 기억하지? 자급 시설로서의 실험 말이다. 평택 단지는 대유행으로부터 안전한 공간이라는 목표에 충실하게 건설되었다. 그래도 우주 거주지 개발에 참고하고 응용할 부분이 있지 않겠냐는 내 생각을 네 엄마가 박 사장에게 전한 모양인데, 그걸 들은 박 사장이 마치 내가 쓸데없는 데 엄청난 비용을 쓴 것처럼 과장하고 비난한 거지. 너는 아직 어려서 잘 모르겠지만, 원래 새로 부임한 경영자는 전임자를 비난하고 책임을 전가하기 마련이란다. 전임자가 창업자이고 사내에 남아 있었으니 더 껄끄러웠겠지.

나는 회사에서 이루고 싶었던 것은 모두 이뤘기에 이제 아무 미련이 없다. 한동안 멀리 떨어져 조용히 살면서 공부나 하려고 한다. 일정이나 비용 걱정 없이, 이사회 눈치도 안 보고 하고 싶은 연구를 마음껏 할 수 있다고 생각하니 벌써 마음이 설렌다.

한 가지 아쉬운 것은 네가 훌륭한 연구원으로 성장하는 모습을 가까이서 볼 수 없다는 점이구나. 난 결혼하는 대신 함께 일하는 동료들을 가족으로 여겼고, 기저귀 차고 있을 때부터 봐 온 널 자식처럼 생각했다고 말해도 너무 부담스럽지는 않겠지? 내 후임인 이윤식 박사에게도 네 얘기를 해두었다만, 그 친구도 이미 네가 똑똑하고 성실한 것을 잘 알고 있더라. 멀리 떨어져 있더라도 종종 연락하자. 혹시 내 도움이 필요하면 무슨 일이건, 언제건 주저 말고 연락해라.

Hyeon-Gyu Yoo, Ph. D.

CTO/Founder, Syntelligence, Inc.

22

유진은 황당하다는 표정으로 준우를 쳐다봤다. 준우가 다시 말했다.

"날 지맥 하이브에 넣어 달라니까. 하이브 기술은 넥서스 명령의 제약도 없고 반응 속도도 빠르잖아."

"네가 지금 뭘 하자는 건지 알아? 지맥의 생각을 읽거나 메시지를 주고받는 게 아니라, 네 머릿속에 지맥의 생각이 들어온단 말이야. 네 임플란트는 그 정도로 뇌에 깊숙이 연결돼 있지도 않고, 나도 침팬지와 사람의 사고벡터를 섞고 동기화시키는 것 따윈 해본 적도 없어."

"위험한 건 나도 알아. 하지만 다른 방법이 없잖아. 그리고 다 성장한 뇌라도……."

유진은 화를 내며 나가버렸다. 하지만 그녀는 동시에 기술적 가능성과 위험성을 따져보고 있을 것이다. 준우는 레아를 찾아갔다.

"다 자란 쥐의 뇌에 임플란트를 넣었다면서요? 제 뇌의 임플란트를 더 자라게 할 수도 있겠죠?"

레아는 이유를 듣고는 유진처럼 반대하지는 않았다.

"사람의 뇌는 다뤄 본 적 없지만, 원리는 마찬가지예요. 단 부작용이 있어도 책임은 못 져요."

"제 뇌는 넥서스와 정합성이 좋대요. 시간 없으니까 준비나 빨리해 주세요."

레아가 유진과 이 문제를 상의하려 하자, 유진은 반대해 주길 기대하며 유 박사에게 의견을 물었다. 유 박사는 한동안 골똘히 생각하는 모습이었다. 합성된 얼굴과 목소리로도 유 박사가 고민하고 있다는 것이 전해졌다. 마침내 그가 입을 열었다.

"다 자란 뇌에서 임플란트를 성장시키는 것만큼은 SBH가 신텔리전스보다 경험이 많지. 얼마나 위험한지는 들여다봐야 알 수 있고. 일단 시작해 보지."

* * *

레아가 스캐너의 화면을 들여다보다가 이마를 찌푸렸다.

"이상한데. 조련사 뇌가 원래 이런가?"

옆에 있던 유진도 화면을 보더니 고개를 갸우뚱했다.

“저도 조련사의 뇌를 스캔해 본 적은 없어요. 감각피질 쪽에만 연결되어 있는 줄 알았는데요. 어쩌면 준우가 1세대라서 이후의 조련사들과는 좀 다를지도 몰라요.”

준우가 하이브의 일원이 되려면 지맥처럼 그의 임플란트도 뇌의 더 많은 부분과 연결되어야 했다. 유진은 준우의 헤드유닛에서 촉수가 현재 분포된 위치를 나타내는 데이터를 추출했다. 레아는 데이터가 이상하다며 실제 촉수 형태를 스캔해 보자고 했다. 스캐너에 나타난 임플란트는 예상보다 넓은 영역에 촉수를 뻗치고 있었다.

준우는 스캐너에서 머리를 빼고 일어나 앉았다. 자신의 뇌 스캔을 보는 것은 그도 처음이었다. 유진을 쳐다봤다.

“그래서 내 넥서스 감각이 남들보다 더 예민하고, 네가 내 감정을 읽을 수도 있었던 거 아냐?”

“그럴지도 몰라. 유 박사님이 들여다봐야 알 수 있다고 했던 것이 이 뜻이었나? 인간의 뇌는 처음 다뤄 볼 때였으니까.”

레아가 말했다.

“희귀한 초기 프로토타입 조련사군요. 아무튼 촉수가 이미 이만큼 성장해 있으니 내 일은 좀 쉬워졌네. 죽진 않겠어요.”

레아는 임플란트를 성장시키는 데 필요한 자극 시퀀스를 계산했다. 그녀가 만든 소프트웨어에 촉수의 현재 분포를 입력하고 성장 목표 좌표를 준우 뇌의 크기와 형상에 맞춰 수정했다. 계산량이 커짐에 따라 레아의 엉성한 소프트웨어는 실행 도중 자꾸만 멈췄고, 그때마다 옆에서 지켜보던 유진은 불안한 기색을 감추지 못했다.

“레아가 신텔리전스에서 일했다지만 연구원이 아니라 시스템 운영 쪽이었대. 디지털 후성유전학이나 촉수 성장 제어는 나도 대충만 아는 분야인데, 퇴사할 때 들고 나온 자료로 독학해서 쥐나 개한테 적용해 본 경험이 다인가 봐. 너무 위험해. 지금이라도 그만둬.”

자신이 민호에게 연못 너머로 가라고 했을 때는 위험할 줄 몰랐고, 구할 방법도 없었다. 유진이 자신 때문에 위험한 일에 엮이게 될 줄은 몰랐지만, 이번에는 해볼 수 있는 일이 있었다. 선택권이 주어지면 위험한 선택을 해야 할 때도 있는 것이다.

“내가 넥서스를 시술받은 건 내 선택이 아니었어. 하지만 이번엔 내가 선택했고, 이 선택이 최선이라고 확신해.”

* * *

"이걸 주사하고 한동안 재울 거예요. 빽빽한 뉴런 사이로 촉수가 비집고 들어가는 걸 도와주는 성분이에요. SBH 그룹만의 비밀 조제법으로 만든 거죠."

레아가 노란색 액체가 들어 있는 약병에 주삿바늘을 꽂았다. 그는 침대에 팔과 다리가 묶여 있었다. 넥서스 임플란트가 촉수를 급속 성장시키는 과정에서 신경을 잘못 건드려 발작이나 근육 경련을 일으킬 경우를 고려한 조치였다. 침대 옆에는 각종 의료기기가 줄지어 있었다. 절반은 동물용이었는데, 레아는 없는 것보다는 나을 거라고 했다.

유진은 얼굴이 많이 푸석해져 있었다. 그녀는 유 박사로부터 촉수 성장에 관한 자료를 받아 밤새워 공부한 끝에, 레아의 계획을 검토하여 잠재적 문제를 찾아내고 수정했다.

"표정이 왜 그렇게 심각해? 버그도 다 잡았다며."

그녀는 침대에 걸터앉아 그의 이마에 하이브용 프로토타입 헤드유닛을 부착하며 소곤거렸다.

"레아에게 믿음이 안 가. 실력은 좋은 것 같은데 독학으로 공부해서 그런지 연구소 사람들과는 뭔가 달라. 저 주사는 어쩔 수 없지만 넥서스는 내가 통제할 거야. 이 헤드유닛에 네 원래 헤드유닛의 설정을 대부분 옮겨 넣었는데, 뭔지 몰라서 뺀 것도 있어. 나중에 회사 돌아가면 확인해 볼게."

설령 그들의 무모한 계획이 성공하더라도 회사로 돌아갈 수 있을까? 운이 좋아 혐의를 벗더라도 조련사를 그만두면 당장 뭘 하고 살아야 할지 막막했다. 그녀는 그를 걱정스레 쳐다보며 손을 잡았다.

"48시간 만에 촉수를 성장시킨다는 게 제일 걱정이야. 하지만 정체 모를 약물에 뇌를 오래 절여놓는 것도 위험하긴 마찬가지라서 동의했어. 유 박사님과 인간-지맥 혼종(混種) 하이브 알고리즘을 준비하면서 네 상태를 모니터링할게."

레아가 준우의 코에 튜브를 끼우고 팔에 주삿바늘을 꽂았다. 차가운 액체가 밀려 들어오자 팔이 저렸다. 유진의 따뜻한 손을 꽉 쥐었다.

어둠이 내리기 시작한 숲에 혼자 있었다. 어디선가 부스럭거리는 소리가 들렸다. 그는 무기로 쓸 만한 것이 있는지 주위를 돌아봤으나 아무것도 찾을 수 없었다. 나무 뒤에서 커다란 늑대인지 들개인지 분간 안 되는 짐승이 천천히 몸을 드러냈다. 사람만 한 짐승의 머리에는 넥서스가 달려 있었다.

"달아날 수 있을 줄 알았나?"

박정훈 사장의 목소리였다. 짐승은 송곳니를 드러내며 으르렁거렸다. 준우의 온몸의 근육이 긴장했다. 그는 주먹을 쥐고 짐승을 노려봤다. 그 순간 지맥 19가 나타났다.

"지맥 19, 저 개를 공격해."

"왜? 또 너 대신 죽으라고?"

뭐라 할 말이 없었다. 짐승이 달려들었다. 팔로 얼굴을 가렸다. 짐승이 팔을 물어뜯는데 통증이 느껴지지 않았다. 살점이 떨어져 나갔다. 19는 무표정한 얼굴로 그를 지켜보고 있었다.

입안에 이상한 맛이 느껴졌다. 온몸이 뜨겁게 달아오르며 심장이 터질 듯 뛰었다. 머릿속도 쿵쾅거리는 소리로 가득 찼다. 누군가 달려오는 소리가 희미하게 들렸다. 목에 차갑고 날카로운 바늘이 느껴졌다. 힘이 쭉 빠지면서 다시 정신이 희미해졌다.

숲속이었다. 알파 팀과 함께였다. 지맥 87이 그에게 말했다.

"너도 이제 우리 일원이야. 나한테 복종해."

87 옆에 있던 45가 87의 털을 골라줬다. 다른 지맥들은 먹을 것을 87에게 가져다줬다. 그는 해줄 수 있는 것이 없었다. 87이 다시 그에게 말했다.

"너는 몇 번이냐?"

그는 자신이 몇 번인지 몰랐다. 번호가 아닌 이름도 기억나지 않았다. 87이 녹색 눈으로 그를 노려봤다. 고개를 숙여 시선을 피했다. 지맥들이 그를 둘러싸고 때리기 시작했다. 꼼짝도 할 수 없었다. 온몸이 찢어질 듯 아팠다.

천장 조명에 눈이 부셨다. 새 환자복이 입혀져 있었고 몸에서 퀴퀴한 냄새가 났다. 몇 번이나 땀에 젖었다 말랐는지 온몸에 소금기가 부석거렸다. 입술이 말라붙어 아팠다.

"일어날 수 있겠어? 아직 무리하면 안 돼. 천천히 해."

유진이 몸을 일으키는 것을 도왔다. 자신의 행동과 말을 유심히 살펴보는 그녀의 얼굴은 어딘지 모르게 낯설었다. 그녀의 얼굴에 피곤한 기색이 가득했기 때문인지도 몰랐다.

샤워하면서 정신은 들었지만 어색한 느낌은 가시지 않았다. 주위를 돌아봤다. 구석까지 제대로 씻는지 감시하는 카메라는 없었다. 휑한 샤워실 천장의 삭아 부스러진 파이프 옆에는 회전식 소독 샤워기가 설치되어 있었다. 아치 모양의 샤워기가 빙글빙글 회전하며 내뿜는 소독액의 궤적, 물방울이 몸을 샅샅이 훑고 바닥에 떨어질 때의 리듬감 있는 소리, 코와 혀를 자극하는 소독액 냄새, 손가락 사이로 미끄러지는 비누의 느낌이 현실적으로 느껴지지 않았다. 몸을 움직일 수는 있었지만, 정말 그 자리에 팔을 뻗었는지 허리를 숙였는지 눈으로 다시 확인해야 했다. 레아는 몸을 잘 가누지 못하는 부작용이 몇 시간 정도 계속될 거라고 말했었다. 단지 몸의 감각과 운동 기능에만 영향이 있는지, 아니면 기억이나 성격, 사고 능력에도 영향을 미칠지 걱정됐다.

샤워를 마치고 나오니 조심하라던 유진이 오히려 서두르기 시작했다. 그녀는 먼저 그의 뇌를 스캔했다. 촉수는 계획했던 위치까지 허용오차 범위 내로 자라 있었다. 이어서 전신의 감각, 운동과 심폐 기능을 시험하고 인지능력에는 이상이 없는지 이것저것 질문했다. 그녀는 하이브 컨트롤러의 콘솔에 고개를 파묻고 그의 반응과 사고벡터를 검토했다.

"운동과 감각 기능이 저하되어 있고 인지 반응도 느려졌지만 예상했던 수준이야. 시간이 지나면 나아질 거야. 두통은 없어? 뇌압이 좀 높아. 레아가 다른 동물에서도 그런 증상이 있었고 며칠 내로 괜찮아졌다고 했어."

"난 괜찮아. 그동안 별일은 없었어?"

"지맥들한테 주변 정찰을 시켰더니 들개 두 마리와 멧돼지 한 마리를 잡아 왔어. 회사는 지맥 신기술을 개발했다고 발표했고, 곧 공원 복구를 마치고 확장 공사도 시작할 거라고 발표했어. 덕분에 주가는 테러 사건 이전보다 더 올랐어. 레아는 암호키 빼낼 방법을 준비 중이야."

그녀는 한숨을 내쉬었다. 그녀의 눈 아래가 거무스름해진 것을 이제야 봤다.

"엄마가 사라졌어. 검찰은 우리와 함께 잠적했다고 발표했는데, 정작 나는 연락이 안 돼."

"너무 걱정하지 마. 힘 있는 사람들 많이 아신다며. 어디 안전한 곳에 숨어 계시겠지."

"걱정해 봐야 내가 할 수 있는 일도 없어. 우리 할 일이나 하자."

유진은 준우와 알파 팀을 모바일 랩으로 데려갔다. 그녀는 준우와 지맥의 사고벡터를 양방향으로 매핑시키는 작업을 시작했다.

"인간의 복잡한 언어나 추상적인 사고는 지맥의 사고벡터로 변환할 수 없어. 그런 건 하이브 컨트롤러가 걸러낼 거야. 지맥에게 네 생각을 공유하려면 매핑 가능한, 그들이 이해할 수 있는 수준으로 사고해야 해.”

“조련사의 지능은 침팬지와 인간의 중간이라는 사람들의 기대에 부응해야겠네.”

“그런 농담 재미없어. 어른이 애들한테 말할 때 걔네 수준에 맞추잖아. 너도 곧 익숙해질 거야.”

유진은 인터넷에서 수집한 수만 개의 영상을 준우와 지맥들에게 연속적으로 보여줬다. 영상이 사물과 행동을 보여줄 때마다 컴퓨터는 각자의 뇌에서 수집되는 신호를 기록하고 대응되는 패턴을 찾았다. 연구소의 슈퍼컴퓨터가 해야 할 계산을 모바일 랩의 컴퓨터로 대신하느라 시간도 오래 걸렸고, 아무리 냉각기를 가동해도 차량 실내가 후끈거렸다. 마침내 영상 학습 과정이 끝나자, 그동안 부족한 잠을 보충하던 유진은 운동과 관련된 사고벡터를 수집해야 한다며 그들을 숲으로 데려가 한 줄로 세웠다.

“자, 이제 저기 있는 나무까지 갔다가 돌아오는 거야. 준우 너도 최대한 지맥을 흉내 내 뛰어야 해.”

“뭐? 나도 네 발로 뛰라고?”

그녀는 잠시 기다리라고 한 후 어디선가 낡은 가죽 장갑을 구해다 줬다.

“지맥이 뛰거나 기어오르게 하려면 네가 그 동작을 떠올릴 수 있어야 하잖아. 아니면 지맥을 항상 두 발로 걷게 할래?"

추상적인 언어 대신 낮은 수준의 사고와 움직임을 직접 동기화하려면 어쩔 수 없었다. 지맥은 이족보행도 하지만, 손등으로 땅을 짚어 사족보행을 할 때도 많았다. 지맥을 따라 주먹을 쥐고 땅을 짚었더니 장갑을 끼었는데도 손가락 마디가 다 까져 버렸다. 그녀는 피가 배어난 장갑을 벗기고 상처를 치료해 줬다.

"나더러 사무실에서만 일한다더니, 너도 몸 쓰는 데 서투르긴 마찬가지네. 데이터가 충분하진 않지만 보행은 이걸로 어떻게든 해 볼게. 이번엔 나무를 오를 차례야."

그는 지맥과 함께 나무에 오르다 떨어지고, 바닥에 엎드리고, 돌을 집어 던지고, 충격총을 쏘고, 지맥 표준 체조를 따라 했다. 지맥들은 준우가 실수할 때마다 꺅꺅거리며 웃었다. 유진이 부족한 데이터로 인간-지맥 간 운동 매핑을 최적화하느라 컴퓨터와 씨름하는 동안 그는 뻗어버렸다.

다음 날은 마침내 하이브에 연결될 차례였다. 그녀는 지맥들을 두 그룹의 하이브로 나눠 서로 쫓고 쫓기는 게임을 시켰다. 준우가 처음인 것을 고려해, 하이브의 사고벡터를 낮은 강도로 그에게 전송하는 것으로 시작했다.

처음에는 아무것도 달라진 것을 느낄 수 없었다. 그녀는 강도를 조금씩 올렸다. 그는 알배긴 근육을 주무르면서 하이브 지맥들의 움직임을 주시했다.

"내 사고는 아직 저쪽으로 전달 안 한다고 했잖아. 내가 생각한 대로 재네들이 움직이는데?"

원격으로 훈련을 참관하던 유 박사가 말했다.

"무의식이 실행한 일을 뒤늦게 알게 된 의식은 자신이 지시했다고 착각하지. 하이브의 사고가 자네의 무의식에 전달되고, 이후에 하이브의 행동을 본 의식은 자신이 그런 결정을 했다고 착각하는 거라네."

유진도 하이브 컨트롤러의 로그를 검토한 후 유 박사의 설명이 맞는다고 확인했다. 준우는 두 사람의 얘기를 듣고도 전혀 그렇게 느껴지지 않았지만 믿을 수밖에 없었다.

"그러면 제가 어떻게 지맥을 제어하죠? 지맥이 알아서 행동해도 제가 지시한 거라고 착각한다면."

"왜 꼭 자네가 지시하고 지맥이 따라야 한다고 생각하지? 하이브 모드는 그런 게 아니야. 하이브 컨트롤러가 사고를 취합하고 배포하면서 더 설득력 있는 생각이 전체의 생각이 되는 거라네. 그게 최초에 누구의 생각이었는지 분석해 볼 수는 있겠지만, 여러 개체의 생각이 동기화될 때 누가 최초인지가 무슨 의미가 있겠나?"

유진이 끼어들었다.

"이 하이브는 비대칭 하이브라서 조금 다르긴 해. 네 생각 중에서 지맥이 이해할 수 있는 것만, 더 높은 우선순위를 갖도록 했어. 다른 지맥들의 생각은 너에게 무의식과 같아. 출근길에 딴생각하고 있어도 무의식이 어느새 널 사무실까지 데려가지? 하지만 도중에 어디 들러야겠다고 의식적으로 생각하면 경로를 바꿀 수 있잖아."

다음은 더 복잡한 상황을 관찰했다. 레아가 증강 개의 프로그램을 수정해 알파 팀과 쫓고 싸우는 연습을 시켰다. 다치지 않도록 양쪽 모두 공격성을 적당히 억제하고 재갈을 물리고 장갑도 씌웠다. 레아는 준우에게 개가 움직이는 패턴을 미리 알려주고 지도 위의 현재 위치도 볼 수 있도록 해줬다. 지맥들보다 그에게 더 종합적인 정보가 있을 때, 하이브가 그의 판단에 따라 움직이기 위한 사전 단계였다.

"아니, 너희 둘은 오른쪽으로 돌아가야지. 나머지는 퇴로를 차단하고."

그가 답답해하며 말했다. 유진은 하이브 컨트롤러의 기록을 검토했다.

"퇴로를 차단한다는 생각은 지맥에게 전달할 수 없어. 하지만 그 직전에 누군가 뒤로 가야 한다는 무의식의 사고가 포착되었어. 이제 양방향으로 연결할게."

유진은 마침내 하이브의 설정을 바꿔 준우의 사고가 하이브에 전달되도록 했다. 알파 팀은 우왕좌왕하며 서로 부딪히기도 하고 아무 일도 해낼 수 없었다. 유진의 제안에 따라 준우가 지맥과 섞여 함께 뛰어다니니 조금 나아졌지만, 두 시간이 지나도록 여전히 그가 구경만 할 때만 못했다.

그는 탈진해서 땅바닥에 주저앉았다. 지맥들도 피곤하고 짜증 나는 표정이었다.

"개를 잡을 것도 아닌데 왜 꼭 이런 훈련을 해야 해?"

"하이브에 넣어 달라고 고집부릴 때는 그저 주사 맞고 누워 있기만 하면 될 줄 알았어?"

유진은 단호했다. 그녀는 10분만 쉬게 해주고 다시 훈련을 시작했다.

* * *

하이브 훈련 사흘째, 유진은 준우가 하이브를 자신의 몸처럼 다룰 수 있어야 한다며 훈련을 계속했다. 그는 온종일 지맥들과 함께 뛰고, 함께 보고, 동시에 그들이 전송하는 영상을 보면서 여러 개체의 감각을 통합해 인식하는 훈련을 계속했다.

"영상을 내 머릿속에 직접 넣을 수는 없어? 기왕 개조할 때 그렇게 할걸."

그는 예전부터 그가 원하는 지맥의 영상을 생각만으로 선택해 페이스 실드 스크린에 띄울 수 있었다. 다른 지맥의 시점을 그가 볼 수 있다는 것은 하이브의 상황을 전체적으로 파악하기에 매우 유용했다. 하지만 영상은 그의 시야를 가렸고 중요한 장면을 놓치기 일쑤였으며 종종 누구의 시점인지 착각하기도 했다.

"어렵다고 했잖아. 시각 중추와 헤드유닛은 뇌의 반대편에 있고, 안구운동과 전정기관 문제도 있어. 시각 처리에 뇌세포가 얼마나 많이 필요한지 알아?"

준우의 불평을 들은 레아가 페이스 실드 스크린의 기능을 개선해 줬다. 이젠 여러 지맥의 영상을 모자이크로 띄워 놓을 수도 있었고, 오버레이 된 영상의 투명도를 높이거나 표시되는 위치를 바꿀 수도 있었다.

그는 저녁이 되면 육체적, 정신적으로 탈진해 쓰러져 잠들었다. 유진의 일은 그때부터 본격적으로 시작되었다. 그녀는 낮 동안 미처 분석하지 못한 데이터를 다시 들여다보며 하이브 컨트롤러의 모델을 재학습시키고 알고리즘을 손봤다. 유현규 박사는 프로젝트H 멤버 중 그와 친했던 한 명을 설득해 몰래 유진을 돕도록 했다. 그는 우주 거주지로 휴가를 보내주겠다는 제안에는 망설였지만 인간-지맥 혼종 하이브 얘기를 듣는 순간 바로 휴가를 내고 원격으로 참여했다.

준우가 적응해 감에 따라 알파 팀의 능력은 몰라보게 향상되었다. 준우는 전반적인 의사결정을 주도했고 지맥들도 각자 분야를 특화해 능력을 키웠다. 87은 지맥 중에서 가장 현명했고 충격총을 잘 다뤘다. 45는 몸싸움을 잘하고 힘도 셌다. 33은 짐승을 잡을 때 과감하고 몸을 사리지 않았다. 12는 제일 어렸고 하이브에 가장 잘 동화되어 자신의 감각과 운동 능력을 유연하게 필요한 역할에 제공했다. 함께 행동을 계획할 때 이들은 각자 잘할 수 있는 부분을 구체적으로 생각했고, 하이브 컨트롤러를 거치면서 전체의 생각으로 선택, 취합되었다.

유 박사가 말했다.

"프로젝트H를 처음 시작할 때 이런 걸 기대는 했었지만, 막상 동작하는 모습을 보니 신기하군."

유진이 수저를 내려놓았다. 그들은 늦은 저녁 식사를 하는 중이었다.

“하이브 내에서 전문화되는 걸 말씀하시는 거죠?”

“그래. 지맥 각 개체의 지능을 단기간에 향상시키기는 어려우니까, 컴퓨터가 도와도 여전히 한계가 많지. 그래서 이들의 제한된 지능을 분야별로 특화하고, 언어라는 병목을 거치지 않고 두뇌를 서로 연결해 보고 싶었어. 마치 여러 개의 특화된 프로세서를 가진 하나의 컴퓨터처럼.”

“그때부터 혼종 하이브도 생각하셨어요? 전문화 개념과 잘 맞잖아요.”

“하긴 했었어. 인간이 아니라 컴퓨터와. 지금의 지맥보다 컴퓨터와 두뇌가 훨씬 더 밀결합하는 형태를 꿈꿨네. 하지만 대유행 때문에 범용 AI의 발전은 정체되었고, 어쩌다 보니 인간-지맥 하이브가 먼저 만들어졌군. 준우의 희생이 혁신을 앞당겼네. 고마워.”

준우가 말했다.

“희생이랄 것까지 있나요. 위험성은 있었지만 결과적으론 성공적이었는데요.”

“음, 그, 그래. 그렇지. 그나저나 혼종 하이브 기술을 박사장에게 주기는 아깝고, 이걸 어떻게 상용화할지 고민해 봐야겠어.”

그때 하데스가 문을 열고 들어왔다. 그는 긴장한 표정이었다.

"작전 준비는 다 됐나요?"

유진이 말했다.

"하이브는 하루 이틀만 더 훈련하면 될 것 같아요. 작전은 지금부터 세부 계획을 세워야 하고요."

"미안하지만 그럴 시간이 없군요. 오늘 밤 그 계획을 실행해 줘야겠습니다. 경찰청의 우리 소식통이 지금 막 연락했는데, 이곳도 결국 노출됐고 내일 특공대가 출동할 거라는군요. 요청한 물건은 다 구했으니 바로 드리겠습니다. 우리도 새벽에 여길 뜰 건데 어디로 가는지는 알려줄 수 없습니다. 계획이 성공하면 우리 도움이 필요 없을 거고, 실패하면 어차피 상관없을 테니."

23

달 없는 밤이었다. 검은 하늘을 배경으로 겨우 눈에 보이는 돔의 어둡고 거대한 실루엣은 감히 오를 엄두도 내지 말라고 말하는 듯했다. 준우는 자신이 마치 큰 바위를 올려다보는 개미인 것 같았다. 손과 발의 흡착기를 능숙하게 사용하는 지맥들은 사다리를 오르듯 거침없이 몸을 끌어 올렸다. 그가 선발한 지맥 87, 33, 45, 12는 순식간에 멀어져서, 돔 표면의 거뭇한 얼룩으로 보였다. 잠시 후 지맥들이 로프를 내려줬다. 준우는 유진과 함께 로프에 몸을 매달고 전동 렌치를 동작시켰다.

"아래쪽 보지 마."

유진은 긴장해서인지 아까부터 말이 없었다. 준우는 신텔리전스 타워 쪽을 바라봤다. 한껏 감도가 올라간 카메라는 페이스 실드 스크린에 하얀 모래로 빚어진 거대한 기둥을 보여줬다. 타워에서 이쪽을 쳐다보더라도 검은 옷을 입고 돔을 기어오르는 그들을 발견하기는 쉽지 않을 것이다.

도두 공원 재건 공사는 빠르게 진행되는 중이었다. 단지 확장과 해외 프로젝트를 위해 개발한 전용 건설장비와 미리 생산해 둔 자재를 활용한 덕분이었다. 먼저 변형된 부분을 철거한 후, 자동화된 장비와 지맥을 대거 투입해 순식간에 공원을 다시 덮을 수 있었다. 오염된 공원의 지표면과 공기는 모두 소독되었고, 돔의 골격을 이루는 프레임에 복합 패널을 부착하는 작업도 거의 완료되었다.

지맥들은 프레임의 진단용 단자에 계측기를 차례로 연결해 가며 계속 나아갔다. 지면에서 수직으로 솟아오른 돔은 위쪽으로 갈수록 조금씩 완만해져서 이제 수평에서 30도 정도로 기울어져 있었다.

선두의 지맥 45가 아직 배선이 연결 안 된 패널을 발견했다. 준우가 그곳에 도착했을 때는 이미 나머지 지맥들도 모여 있었다. 준우가 볼트를 풀어야 한다고 생각하는 순간 지맥들은 허리 벨트에서 공구를 꺼내 볼트를 하나씩 맡아 풀었다. 패널의 아래쪽을 지맥 둘이 힘을 합쳐 흡착기로 들어 올렸다. 쉐 하는 바람 소리와 함께 공원의 가압된 공기가 뿜어나왔다. 조금 더 높이 들어 올려 지지대로 고정했다. 그는 패널이 열린 틈으로 공원을 내려다봤다. 아무도 보이지 않았다. 내부의 상쾌한 공기가 그의 목을 스치며 순식간에 땀을 증발시켰다. 아직 배선이 연결 안 된 패널이니 당장은 관제실에 경보가 울리지 않겠지만, 공기가 계속 빠져나가면 언젠가는 공원의 기압 센서가 감압 경보를 울릴 것이다. 그들의 추정으로는 패널 하나를 반쯤 열어둔 정도로는 몇 시간은 괜찮을 것 같았다.

프레임에 전동 렌치를 고정하고 로프를 공원으로 늘어뜨렸다. 로프에 몸을 매달아 차례로 지면으로 내려갔다. 다들 내려온 것을 확인한 준우는 전동 렌치를 원격으로 동작시켜 로프를 끌어 올렸다. 해가 뜨기 전까지는 눈에 띄지 않을 것이다.

그들은 카메라를 피해가며 아가르타 지상 입구로 이동했다. 카메라가 얼굴을 인식할 만큼 가까이 다가서거나 의심스러운 동작을 하지만 않으면 감시 기능이 알람을 울리지는 않는다. 누군가 나중에 녹화 영상에서 그들을 찾아내 화질 향상 필터를 적용하면 얼굴을 알아볼 수도 있겠지만, 그때는 이미 성공이건 실패건 다 끝난 후일 것이다.

입구에서 50미터쯤 떨어진 건물 뒤편에 몸을 숨겼다. 잠시 후 예정대로 새벽 청소를 담당하는 지맥 넷이 나타났다. 준우는 그들을 막아섰다.

"멈춰."

청소 지맥들이 멈추자 유진이 그들 뒤에서 조용히 접근했다. 준우가 청소 지맥들에게 가만히 있으라고 지시하는 동안 그녀가 탄소 나노튜브 그물을 이들의 머리에 차례로 씌웠다. 몇 분 후에는 관제 컴퓨터가 주기적 신호가 끊긴 지맥이 있다는 경고를 알리겠지만, 그 정도의 사소한 문제로 야간 운영자가 달려오지는 않을 것이라고 레아가 말했다. 지맥들은 어리둥절해하면서도 준우의 지시를 따라 건물 뒤편으로 따라와 얌전히 앉았다. 유진은 이들의 헤드유닛 고유번호를 복제해 알파 팀의 헤드유닛에 입력하고 출입 태그도 옮겨 달았다.

잠시 후 알파 팀이 청소 도구를 들고 아가르타로 내려가는 입구 앞에 섰다. 출입문 통제 장치가 헤드유닛의 고유번호를 무선으로 확인하고 문을 열었다.

"안쪽의 경비들도 지맥 얼굴을 구분하지 못할 거야. 이들에게 지맥은 그저 지맥일 뿐이야."

준우의 예상대로 엘리베이터 입구의 경비는 지맥을 쳐다보지도 않았다. 준우는 지맥 12와 33을 입구의 화장실로 보냈다. 청소 지맥이 의심을 사지 않으려면 당연히 가야 할 곳이기도 했지만, 그보다도 초광대역 중계기를 숨겨두기 위해서였다. 지맥 87과 45가 엘리베이터를 타고 지하로 내려가는 동안 12와 33은 네트워크 단자함을 열고 중계기를 설치했다. 유진은 설계도면을 검토한 끝에 지상과 지하 복도 화장실의 네트워크 단자는 같은 네트워크로 연결되어 있어 하이브의 신호를 중계할 수 있을 것으로 판단했다. 뒤이어 12와 33도 엘리베이터에 타고 문이 닫히자 모든 지맥이 하이브 컨트롤러와 연결이 끊겼다. 준우는 지하층에 먼저 내려간 지맥들이 화장실을 찾아 네트워크 단자함에 두 번째 중계기를 설치하기만을 기다렸다. 유진과 함께 몇 번이고 검토한 이번 작전에서 지맥들이 오프라인 상태에서 연습과 본능에만 의존해야 하는 유일한 단계였다. 준우는 가장 믿을 만한 87과 45에게 이 일을 맡겼다.

"연결됐어!"

유진이 숨죽이며 말했다. 지맥의 영상이 다시 수신되기 시작했다. 넥서스와 연동되는 그의 페이스 실드는 내부 스크린에 네 지맥의 영상을 그가 생각하는 대로 빠르게 전환해 보여줬다. 네 지맥 모두 지하층 엘리베이터 입구에 모여 있었다. 33이 비어 있는 경비 데스크를 쳐다봤다. 야간 순찰 때 사용하는 단말기와 전자펜이 데스크 위에 그대로 놓여 있는 것으로 보아 경비원은 곧 돌아올 가능성이 컸다. 나머지

세 지맥은 복도를 쳐다보고 있었다. 엘리베이터 맞은편으로 길게 뻗은 복도의 한쪽은 통유리로 되어 있었고 그 너머로 서버가 빼곡하게 꽂힌 랙과 냉각 파이프가 끝없이 이어지고 있었다. 부설 핵융합로가 생산하는 전력의 상당한 양이 이곳에서 사용된다는 얘기가 실감 났다.

불빛이 아름다워.

준우는 수만 개의 불빛이 쉴 새 없이 점멸하는 모습에 한동안 정신이 팔려 있었다.

"웬 대형 컴퓨터가 저렇게 많아? 지맥은 생물학적 두뇌를 이용하는 게 장점이라더니."

"대부분은 연구하는 용도야. 사고벡터 분석이나 두뇌 모델 시뮬레이션에 컴퓨팅 파워가 많이 필요하거든. 서버실에는 들어가 볼 필요 없어. 외부 방문객들에게 보여주려고 일부러 입구에 가깝게 배치된 곳이고, 백업 큐브를 이렇게 눈에 띄는 곳에 둘 리 없어."

준우가 이곳을 지나쳐야겠다고 생각하자 알파 팀이 일제히 앞으로 걷기 시작했다. 문득 그는 서버의 불빛에 현혹되어 있었던 것이 그의 생각이었는지 혹은 지맥들의 생각이었는지 궁금해졌다.

주 서버실을 지나자 복도 좌우로 회의실과 사무실이 이

어졌다. 멀리 복도 모퉁이에서 야간 경비원이 나오는 것이 보였다.

"그 사람 쳐다보지 마. 네가 그 사람에게 주의를 기울이면 지맥들도 그럴 거야. 그냥 모른 척하고 걸어가."

"그렇게 말하니까 더 신경 쓰게 되잖아."

경비원이 지맥을 쳐다봤다.

한 줄로 걸어. 쓰레기를 주워.

지맥의 영상이 아래쪽으로 향했다. 능동 모드의 지맥들은 이렇게 행동하지 않지만, 지금은 청소 소프트웨어에 의해 조종되는 것처럼 보여야 했다. 앞서가던 지맥 12가 쓰레기를 발견하고 청소기 노즐을 갖다 댔다. 근무자의 발이 옆으로 지나갔다.

근무자가 시야에서 사라진 것을 확인한 후, 준우는 지맥들이 흩어져 각 방을 뒤지는 모습을 연상했다. 곧 어느 지맥이 어느 방에 들어갈지 집단 사고가 정리되었다. 지맥들은 각자 정해진 문으로 들어가, 몇 시간 전 유진이 보여줬던 백업 큐브를 찾기 시작했다. 더 안쪽으로 들어가자 무선 신호가 점점 약해지면서 영상과 사고벡터 전송 속도가 느려졌고, 탐색도 지연되었다. 엘리베이터 쪽 화장실의 중계기 하나면 지하층이 다 커버될 줄 알았는데, 특히 서버실 뒤편은 신호 강도가 낮았다.

"저기야!"

유진이 지맥 33의 영상을 보다가 소리쳤다. 〈고독의 요새 / 통제 구역〉이라고 쓰인 문이 있었다.

"어떻게 저긴 줄 알아?"

"고독의 요새가 석영 큐브를 보관하는 곳이 아니면 뭐겠어? 날 믿어."

지맥이 출입 태그를 도어록에 갖다 대자 삐 소리와 함께 붉은 빛이 반짝였다. 문은 열리지 않았다.

"레아가 청소 지맥의 태그로 내부 문이 다 열릴 거라고 했었는데, 아닌가 봐."

손잡이를 돌려봐도 문은 역시 열리지 않았다.

"어떡하지?"

"다른 방법을 찾아야지."

그녀가 말하는 순간, 갑자기 영상이 복도 쪽으로 돌아갔다. 멀리서 경비원이 걸어오고 있었다.

"야, 너 거기서 뭐 하는 거야?"

경비가 외치는 소리가 들렸다.

"별수 없네. 이제부터 플랜 B야."

나쁜 놈이야. 충격총으로 쓰러뜨려.

지맥 33이 지체 없이 충격총을 꺼내 들고 경비원에게 달려들었다. 경비원은 놀란 표정으로 다가오는 지맥을 쳐다보다가 자기 무기를 꺼내려 했으나 33보다 동작이 늦었다. 곧 경비원은 신음을 내며 복도에 쓰러졌다.

순간적으로 일어나는 일을 보고만 있던 유진이 말했다.

"아니, 그건 플랜 B가 아니라……."

지맥은 익숙한 솜씨로 경비원의 손을 등 뒤로 결박했다. 준우는 지맥에게 고개를 들어 천장을 둘러보도록 했다. 가까운 곳에 카메라가 있었다. 그가 말했다.

"다른 경비들이 올 거야."

준우는 지맥 87과 45를 엘리베이터로 보내고 자신은 지상 입구로 달리기 시작했다. 따라오라고 유진에게 외치면서 충격총을 꺼내 들었다.

"……플랜 Z잖아!"

그녀는 하이브 컨트롤러를 등에 메고 그를 쫓아 뛰었다.

엘리베이터가 지상층에 도착하고 문이 열리자마자 지맥 45와 87이 로비로 뛰어나와 경비원들을 쓰러뜨렸다. 준우는 뛰어가면서 동시에 눈으로는 지맥의 영상을 보고, 넥서스 감각으로 하이브의 생각과 움직임을 느꼈다. 집중해서 다음 동작을 생각하다가 발을 헛디뎠다. 충격총을 들지 않은 왼

쪽 손으로 땅을 짚으려 했으나 아직 총상이 다 낫지 않은 어깨는 힘을 쓰지 못했다. 그는 땅바닥을 굴렀다. 유진이 돌아보며 말했다.

"준우야, 괜찮아?"

"으윽. 난 괜찮아."

준우는 고통을 참으며 상체를 일으켜 세웠다. 87의 영상에 연결하니 출입문 앞이었다. 그는 87이 출입문을 수동 조작해 열도록 했다. 유진의 부축을 받아 절뚝거리며 문 안으로 들어섰다. 경비원 두 명이 손을 등 뒤로 묶인 채 엎드려 있었다.

"시간 없어. 본사에서 사람들이 올 거야."

그녀는 경비원의 태그를 빼어 들고 엘리베이터로 향했다. 준우는 경비원의 허리 벨트를 풀어 출입문 손잡이를 묶었다.

45는 문을 지켜. 나쁜 놈을 막아.

87은 준우와 함께 유진을 따라간다.

엘리베이터를 타고 지하로 내려갔다. 지하 1층으로 표시되어 있었지만 3, 4층 깊이는 되는 것 같았다. 엘리베이터 문이 열리니 복도에는 알람이 요란하게 울리고 있었다. 다행히 야간 운영자는 몇 없었고, 복도에 쓰러져 있는 세 명을 제외한 나머지 사람들은 지맥이 충격총을 들고 뛰어다니는 모습에 놀라 운영실 문을 잠그고 안에 숨어 있었다. 주 서버실을 지나 안쪽으로 깊숙이 들어가니 〈고독의 요새〉가 보였다. 유진이 들고 온 태그로 문을 열었다. 방 안에는 캐비닛이 줄지어 있었다. 준우는 지맥들로 하여금 캐비닛의 유리창을 깨도록 했다. 안에는 모두 수천 개는 됨직한 백업 큐브들이 연월일별로 정리되어 있었다. 유진은 가장 최근의 큐브가 보관되어 있는 캐비닛에서 큐브 몇 개를 꺼내 준우에게 건네주며 말했다.

"먼저 가. 나는 백업 암호를 풀 키를 빼내야 해."

"빨리 하기나 해."

그는 지맥 87의 가방에 큐브를 넣고 12, 33과 함께 입구로 가라고 했다. 그녀는 방 안에 있던 큐브 조회 단말의 뒤편 접속 포트에 레아가 준 해킹 모듈을 연결했다.

"레아, 들려요? 조회 단말에 연결했어요. 확인해 보세요."

"접속했어요. 작업 시작할게요."

레아의 목소리가 들림과 동시에 해킹 모듈에서 녹색 불빛이 점멸하기 시작했다. 그 순간 지상층에 있던 지맥 45가 위험을 느꼈다. 45의 영상을 스크린에 띄우자 45가 출입문을 몸으로 밀고 있는 모습이 보였다. 문 손잡이를 묶어 놓은 벨트가 반복되는 충격에 조금씩 풀렸다. 문이 열린 틈으로 총구가 들어왔다. 45는 총구 앞을 막고 서서 총을 뺏으려 했다.

총을 뺏어.

안 돼. 위험해. 비켜.

준우보다 45의 생각과 행동이 빨랐다.

탕, 탕. 준우는 45의 고통을 느끼고 반사적으로 몸을 웅크렸다. 탕, 탕, 탕. 다시 총소리가 들렸다. 통증이 더 강해졌다. 45의 영상이 점점 기울어지다가 바닥을 비췄다. 45의 몸을 넘어가는 사람들의 모습이 흐릿하게 보였다. 준우는 페이스 실드를 들어 올리고 눈물을 훔쳤다. 그가 다시 페이스 실드를 착용했을 때는 45의 영상도, 날카롭게 찌르는 배와 가슴의 고통도 사라졌다.

그와 마찬가지로 공유된 감각에 반사적으로 몸을 웅크렸던 세 지맥은 45의 죽음을 슬퍼하고 분노하는 감정을 서로 주고받았다. 일치된 감정이 동기화되고 고조되면서 이들은 흥분하기 시작했다. 준우도 화가 나고 심장이 빠르게 뛰는 것을 느꼈다.

"시간이 더 필요해요. 해킹 모듈과 중계기는 그대로 두고 먼저 나가요."

레아의 목소리가 들렸다. 준우와 유진은 엘리베이터 쪽으로 뛰어갔다.

나쁜 놈이 내려와. 숨어.

누가 먼저 생각했는지는 알 수 없었다. 엘리베이터가 내려오고 있었다. 지맥 12와 33은 이미 엘리베이터의 좌우로 벽에 바싹 기대서 있었고 87은 안내 데스크 뒤에 숨었다. 복도를 뛰어오던 준우와 유진은 몸을 숨기기에 너무 늦었다. 엘리베이터 문이 열렸다.

"거기 꼼짝 마!"

검은색 경호원 복장의 남자 세 명과 여자 한 명이 나왔다. 남자 두 명은 준우와 유진에게 총을 겨누고 나머지 둘은 천천히 다가왔다.

기다려. 충격총 준비해. 기다려.

엎드려. 지금이야.

준우는 유진을 감싸며 바닥으로 엎드렸다. 동시에 12와 33이 뒤쪽에서 총 든 두 남자에게 충격총을 쐈다. 그들은 몸을 비틀며 쓰러졌고, 한 명은 총을 쐈지만 유리 벽에 흠집을 냈을 뿐이었다. 준우와 유진에게 다가오던 두 사람은 충격총의 좁은 극초단파 방사 패턴에서 조금 벗어나 있었다. 지맥 33이 남자에게 다시 충격총을 겨눴으나 충격총이 충전되기 전에 남자가 총을 빼 들었다.

탕, 소리와 동시에 지맥 33의 날카로운 고통이 전해졌다.

33은 충격총을 떨어뜨리며 비틀거렸다. 곧이어 12가 남자를 충격총으로 쓰러뜨렸다.

"얘네들 충격총 내려놓으라고 해!"

옆에서 여자 목소리가 들렸다. 그에게 조준된 총구가 곁눈으로 보였다.

"네가 지시하고 있지? 안 그러면 쏜다."

충격총 내려놔.

33은 피로 범벅된 빈 손을 여자에게 보여줬다. 여자는 총구를 준우 방향으로 유지한 채 눈을 흘깃거려 12가 충격총을 내려놓는 모습을 봤다.

저 여자 나쁜놈. 준우 위험해.

여자 뒤쪽에서 87이 안내 데스크 위로 뛰어올라 여자에게 몸을 날렸다. 87은 여자의 총 든 손을 내리치며 여자를 쓰러뜨렸다. 여자의 등에 올라탄 87은 팔을 휘둘러 손에 들고 있던 것으로 여자의 목을 찔렀다. 데스크에 놓여 있던 전자펜이었다. 붉은 피가 솟구쳤다. 87은 꿈틀거리는 여자를 짓누르며 계속 찔러댔다. 준우는 하이브가 전달하는 원시적 폭력과 승리의 쾌감에 도취되었다.

"안 돼! 준우야, 좀 말려 봐!"

유진이 소리쳤다. 마침내 87이 멈췄다. 꿈틀거리던 여자의 몸이 축 늘어졌다. 준우는 비틀거리며 87과 여자로부터 뒷걸음질 쳤다. 얼굴이 새하얘진 유진이 준우의 팔을 잡았다. 손의 떨림이 느껴졌다. 잠시 후 그녀가 말했다.

"이미 벌어진 일이야. 어쩔 수 없어."

준우는 아무 대답도 못 한 채 눈을 감고 집중했다. 하이브의 영향에서 벗어나 이제 겨우 독립적으로 생각할 수 있었다. 무슨 일이 일어난 건지 기억을 더듬었다.

"빨리 가야 해. 곧 사람들이 몰려올 거야."

준우가 마침내 입을 열었다.

"잠깐만. 생각난 게 있어. 나 기다리지 마."

준우가 유진의 손을 놓으며 말했다.

"뭐? 지금 당장 나가야 해. 어디 가는 거야?"

그는 이미 멀리 복도를 뛰어가고 있었다.

24

커피를 들고 지나가던 박 형사가 물었다.

"최 형사, 아침 일찍부터 무슨 일을 그렇게 열심히 해? 사건도 다 끝났는데."

"정리할 게 산더미야."

사실 서류 정리는 미뤄둔 채 신텔리전스에 관한 글들을 읽는 중이었다. 지맥이 사람에게 무력을 행사해도 되냐는 찬반 논쟁보다도 눈에 띈 것은 회사 주가 변동의 원인을 분석한 글이었다. 테러범들이 자폭하고 기자회견에서 지맥 신기술이 공개된 후, 윤리 논쟁과는 별개로 떨어졌던 회사 주가는 다시 치솟는 중이었다.

신텔리전스(NASDAQ: SYNT) 주가는 사실 테러 사건 이전부터 떨어지고 있었습니다. 가짜 뉴스로 차단될까 봐 구체적인 얘기는 못 하지만 백신 루머와 관련 있고요, 기관들 사이에선 이번엔 진짜일 수도 있다고 보는 것 같습니다. 그게 사실인지는 저도 모르지만, 만약 대유행이 정말로 종식된다면 오를 종목과 떨어질 종목이 있는데, 신텔리전스는 대표적으로 폭락할 종목이었습니다. 어제 기자회견 이후 주가가 테러 사건 전보다 오히려 더 올라갔는데요, 이는 테러의 위험성이 해소된 것만으로는 설명이 안 됩니다.

회사는 이번 테러범 수색 활동을 통해 신기술을 성공적으로 현장에서 검증했습니다. 지맥을 경계 밖의 치안에 활용해야 한다는 여론이 이미 조성되고 있습니다. 기자회견에서 그 질문을 했던 기자를 검색해 보면 회사에 호의적인 기사 일색이죠. 하지만 그게 다가 아닐 겁니다.

지난 20여 년간 좁고 불편한 실내에 갇혀 있었던 대중의 불만은 극에 달했지만 분출할 데가 없었습니다. 새똥이라도 맞을까 겁나서 길거리로는 못 나가고, 온라인의 모든 글이 AI로 검열되니 젊은 분들은 세상이 원래 이런 곳인 줄 알겠지만, 부모님께 한번 여쭤보세요. 그 전에는 사람들이 불만 있으면 어떤 일이 벌어졌는지. 대유행 종식 후에 세계 각국의 정부들이 정권을 유지하려면 치안 인력이 얼마나 필요해질까요? 그게 꼭 '인력(人力)'이어야 할 필요가 있을까요? 약자에게 공감하지 않고 소프트웨어의 지시에 따라 얼마든지 무자비해질 수 있는, 사람보다 힘세고 임무 수행 중에 죽어도 위자료를 받아 갈 유족도 없는, 녹색 눈의 사이보그 침팬지야말로 대유행이 저무는 시대에 꼭 필요한 존재가 아닐까요?

김 형사가 얘기했던 비밀 백신 루머가 여기서도 언급되고 있었다. 루머가 사실이건 아니건, 회사로서는 대유행이 끝나도 지맥 사업이 유망하다는 것을 보여줄 필요가 있었을 것이다. 지난주의 기자회견에서 박 사장과 서 부사장의 태도가 미심쩍기는 했었다. 아직 완성되지 않은 기술을 어떻게 그토록 신속하게 테러범 수색에 제공할 수 있었는지도 의아했었다.

"선배님, 벌써 나오셨네요. 안 그래도 빨리 좀 오시라고 연락할 참이었는데요, 콜록콜록."

디스플레이에서 눈을 들자 김 형사가 다가오고 있었다. 그는 지방경찰청으로 돌아온 후 공기가 안 좋다며 계속 기침을 했다. 문득 신텔리전스 타워의 쾌적한 환경이 그리워졌다.

"어젯밤에 중국에서 분석 결과를 보내왔어요. 증강 쥐 헤드유닛의 메모리 해독한 거요."

그는 단말기를 조작해 리포트를 책상 앞의 디스플레이에 띄웠다. 잠시 중국어가 보였다가 한국어로 자동 번역되었다. 그렇다고 최 형사가 기술적인 내용을 이해할 수 있게 된 것은 아니었다.

"설명 좀 해 봐."

"동작 방식을 분석하던 중에 이상한 부분이 있어서 오래 걸렸는데요, 진짜 목표 지점은 코드 안에 따로 지정되어 있었대요."

"그게 무슨 소리야? 목표 지점을 전송했다더니?"

"난독화해서 숨겨 놓은 코드를 해독했는데, 목표 지점이 평택 단지인 경우 다른 위치로 대체하게 되어 있었어요."

"테스트할 때는 정상 동작하다가, 실제로 평택 단지를 타깃 해서 명령을 내리면 목표 지점이 바뀐다는 거야? 하지만 결국 평택 단지를 공격했잖아. 리포트를 제대로 이해한 것 맞아?"

김 형사가 억울한 표정을 지었다. 그는 다시 단말을 조작했다.

"이거 보세요."

그가 보여준 두 개의 이미지는 각각 도두 공원 돔의 설계도면 위에 수백 개의 X 표시가 그려진 것이었다.

"첫 번째 그림의 X 표시 분포를 알아보시겠어요?"

김 형사가 돔의 넓은 영역에 X 표시가 흩어져 있는 이미지를 가리켰다. 최 형사는 돔 CCTV 녹화 영상이 기억났다.

"증강 쥐가 공격한 위치 아냐?"

"맞아요. 그게 코드 안에 숨겨진 좌표였어요. 서버에서 전송한 좌표는 두 번째 그림의 동그란 모양이었고요."

머리를 한 대 얻어맞은 것 같았다. 돔이 무너지는 모습을 봤을 때 테러범들도 그랬을 것이다. 최 형사는 X 표시가 작은 원형을 이루고 있는 두 번째 도면을 가리키며 말했다.

"그러니까…… 원래 계획은 저런 구멍을 뚫으려 했다는 거지?"

"네. 그런데 누군가 장난친 거죠. 테러범들은 예쁘고 조그마한 구멍을 뚫으려 했는데, 증강 쥐가 흩어져서 구조적 취약점만 골라 공격했죠. 띄엄띄엄 로프가 끊어졌고, 바로 무너지지는 않았지만……."

"공원의 기압이 낮아지자 2차 붕괴되었다는 거지? 그런 짓을 하려면 돔의 구조 시뮬레이션을 할 수 있고 헤드유닛 소프트웨어를 조작할 수 있어야 하잖아. 그건……."

"SBH 그룹이죠."

그동안 신텔리전스의 행동에 미심쩍은 부분이 있었고, 음모설을 주장하는 익명 제보도 있었다. 그럼에도 회사의 자작극을 의심하기엔 피해 규모가 너무 컸고, 심지어 박 사장의 조카까지 테러에 희생되었다. 하지만 만약 회사가 소규모의 테러 자작극을 벌였는데, 뜻하지 않게 사고 규모가 커졌다면?

최 형사는 〈추후 검토〉 폴더를 열었다. 유효한 증거가 없는 데다 익명 제보여서 아예 검토도 하지 않았던 건들이었다. 회사가 관련되었다는 음모설 중에는 회사 경영진이 테러 자작극을 모의하고 SBH 그룹으로부터 증강 쥐를 공급받았다는 것도 있었다. 제보에는 한 남자가 수백 마리의 쥐가 득실거리는 우리를 트럭에 싣고 가는 영상이 첨부되어 있었다. 물론 그 영상은 변조방지 서명이 되어 있지 않았기 때문에 이 제보가 〈추후 검토〉 폴더에 들어가게 된 것이었고, 영상을 촬영한 디바이스를 추적할 방법 또한 없었다. 최 형사는 영상을 천천히 재생시켜 자세히 들여다보며 말했다.

"여기서 뭔가 건질 수 없을까?"

"큰 기대는 안 되지만 제보가 접수된 경로를 역추적 의뢰할게요. 그리고 이 카메라로 촬영한 다른 영상이 있는지 찾아볼게요."

"서명 안 된 영상인데, 그게 가능해?"

"이미지 센서와 렌즈의 불균일성을 이용하는 방법인데요, 압축된 영상으로는 어렵지만 오래된 디바이스면 데드 픽셀이나 센서에 묻은 먼지 덕분에 찾아낼 가능성도 있어요. 성공 확률이 낮아서, 포렌식팀은 요청하기 전까진 그런 방법 있다고 얘기도 안 해줘요."

그때였다. 경찰들이 웅성거리며 실시간 뉴스 스크린 앞으로 모이고 있었다. 그녀도 스크린을 쳐다봤다. 누군가 볼륨을 올렸다.

– 다시 한번 보여드리겠습니다. 비극적인 평택 테러 사건에 바로 그 단지의 소유주인 신텔리전스가 조직적으로 개입되어 있었다는 증거입니다. 이 영상은 변조방지 서명이 되어 있으며, 영상에 나오는 남자는 신텔리전스의 경호실 직원인 것으로 확인되었습니다. 아직 회사는 아무런 입장을 밝히지 않고 있으며…….

영상은 테러범들이 자폭했던 지하 아지트에서 한 남자가 나오는 것을 보여주고 있었다. 제보 영상에서 쥐를 싣고 가던 바로 그 남자였다. 뉴스는 곧이어 경찰이 공개한 사건 관련 영상과 피해 규모 그래픽을 보여줬다. 김 형사가 말했다.

"역시 신텔리전스의 자작극이었군요. SBH한테 당했지만."

다 맞아떨어졌다. 회사는 돔 붕괴 피해가 예상 밖으로 커졌지만, 여전히 지맥의 활용 범위를 넓힐 기회로 활용했다. 사고 직후 지맥을 수색에 활용하자고 제안했고, 경찰은 그

제안을 덥석 받았다. 동시에 회사는 SBH 그룹에게 보복하기 위해 사람을 보냈지만 SBH는 이미 자리를 뜬 후였다.

지맥의 현장 테스트가 어느 정도 진행된 후, 회사는 유기된 시신 몇 구를 구해 가짜 아지트에 넣어두고 그중 한 명의 이름으로는 사전에 서버를 임대하고 사용기록을 남겼을 것이다. 그후 경찰이 진입하기 직전 다 태워버리고 발견되길 원하는 증거만 슬쩍 남겼다. 지맥 수색대가 성과를 입증하자 경찰청장은 사건을 이대로 종결하라고 지시했다. 정부와 신텔리전스의 끈끈한 관계를 생각하면 이상할 것도 없었다.

그러나 아직 삐뚤어진 신념에 빠진 경호실 직원이 아니라 회사 경영진이 관여했다는 직접 증거는 없었다. SBH 그룹이 사건을 키운 이유도 몰랐다. 그래서 오늘 예정된 SBH 그룹 체포 작전이 중요했다. 이 작전이 성공하면 신텔리전스가 연루된 증거도 확보하고 SBH 그룹의 동기도 알아낼 수 있을 것이다.

뉴스가 같은 내용을 다시 반복해서 보여주기 시작할 무렵, 최 형사의 단말기에 전화가 걸려왔다. 회사의 핵심 기술을 유출했다는 바로 그 조련사였다. 수신 버튼을 눌렀다.

"뉴스 보셨나요? 자수하겠습니다."

* * *

"테러 자작극 혐의로 박정훈 사장을 긴급 체포하겠습니다."

경찰청장은 말이 없었다. 그의 굳은 얼굴은 열악한 경찰 영상통화 시스템에서 아예 정지한 듯했다. 회사 경호원이 관련되었다는 증거와 함께 박 사장이 직접 관여했다는 두 내부 고발자의 증언도 있었다. 박 사장에게는 범행 동기가 있었고, 테러가 일어나자마자 기다리고 있었다는 듯이 그 기회를 활용했던 정황도 있었다. 두 젊은이가 증거를 훔쳐내 공개하고 경찰에 자수하지 않았더라면 이들은 아마 사고사를 당했거나, 검찰 수사에 압박을 느껴 자살한 모습으로 발견되었을 것이다. 그들이 제출한 백업 큐브에 다른 증거가 더 있는지는 포렌식 결과를 기다려 봐야겠지만, 이 정도면 회사를 압수수색하고 증거인멸 우려가 있는 사장을 체포·심문하는 것이 당연했다. 상대가 신텔리전스의 사장만 아니었으면.

"SBH 그룹은 어떻게 됐지?"

경찰청장이 말을 돌렸다. SBH 그룹의 행방은 여전히 오리무중이었다. 정보원이 파악한 위치로 특공대가 출동했지만, 또다시 한발 늦었다. 대신 신텔리전스를 수색해 SBH 그룹으로부터 증강 쥐를 공급받은 증거만 찾아내면 그들을 잡는 것은 시간문제일 것이다.

"아직 추적 중입니다. 반드시 잡겠습니다."

"알겠네. 수고하게."

경찰청장은 박 사장을 체포하겠다는 최 형사의 보고에 끝내 동의하지 않았지만 반대하지도 않았다. 지방경찰청장도 자신 없는 표정으로 고개를 끄덕일 뿐이었다. 최 형사가 과연 박 사장을 잡아넣을 수 있을지 아니면 이번에도 회사가 영향력을 발휘해 빠져나갈지 불확실한 가운데 다들 모호한 태도만 취하고 있었다. 최 형사는 그런 계산은 할 줄 몰랐다. 동료 경찰들과 함께 기동대 차량을 타고 신텔리전스 타워로 향했다.

주차장까지 달려 나온 비서실장이 전용 출입구를 통해 VIP 엘리베이터로 안내했다. 로비를 점거한 테러 피해 유가족과 기자들을 피하기 위해서였을 것이다. 문이 닫히고 엘리베이터가 소리 없이 속도를 높이자 비서실장이 작은 목소리로 최 형사에게 말했다.

"사장님이 결심하셨습니다. 다 밝히시겠답니다."

"그래요? 일이 쉬워지겠군요."

"사장님도 일부 책임이 있지만 진짜 범인은 따로 있다고, 지금까지 알아낸 정보를 경찰에 제공하겠다고 하셨습니다."

최 형사는 대꾸하지 않았다. 면책이나 감형을 조건으로 SBH 그룹에 대한 정보를 제공하겠다고 할 가능성이 컸다. 최 형사는 그런 합의가 이뤄지길 원치 않았다. 이제 조금만 더 파고들면 박 사장의 협조 없이도 모든 것을 밝혀낼 수 있는 단계였다. 어느새 엘리베이터가 160층에 정지했다. 사장 집무실로 이어지는 복도는 최 형사가 잠시 근무했던 층보다 훨씬 더 고급스러웠지만, 왠지 허전하고 가식적으로 느껴졌다.

"피곤해서 쉬신다고, 아무도 들여보내지 말라고 하셨는데요."

입구에서 비서가 겁먹은 표정으로 말했다.

"사장님이 그렇게 말씀하셨다고?"

비서실장이 물었다.

"아까 경호실장님이 사장님 면담하고 나가시면서 그렇게 말씀하셨어요."

비서실장의 표정이 굳어졌다. 그가 인터콤에 말했다.

"사장님, 경찰에서 오셨습니다."

아무 대답이 없었다. 비서실장이 한 번 더 인터콤에 말하는 동안 최 형사는 집무실로 다가가 문을 열었다. 일순간 느껴졌던 무게감이 어느새 사라지면서 거대한 문은 새털처럼 가볍게 밀렸다. 비서실장이 황급히 열린 틈을 비집고 들어가더니 바로 소리쳤다.

"의사 불러. 빨리!"

최 형사도 뛰어 들어갔다. 문을 등진 의자의 양옆으로 팔이 힘없이 늘어져 있었다. 비서실장을 의자에서 떼어냈다. 박 사장의 목에는 검붉은 교살 흔적이 뚜렷했고 눈은 서해로 지는 해를 향해 고정되어 있었다.

25

– 역사적인 순간입니다.

리포터가 출입문을 바라보며 말했다. 로비는 사람들로 발 디딜 틈 없이 북적거렸다. 경호원들은 출입문에서 엘리베이터까지의 통로를 확보하느라 기자들을 선 밖으로 밀어내고 있었고, 그 위에서는 리포터 드론들이 자리다툼을 하고 있었다.

– 조금 전 오닐-1 우주 거주지를 출발한 셔틀이 이곳 평택 단지 부설 활주로에 착륙했습니다. 곧 유현규 박사가 신텔리전스 타워로 들어올 예정입니다. 유 박사는 2039년 신텔리전스를 창업하고 세계 최초로 증강동물을 상업화하여 많은 재산을 모았습니다. 2062년, 후임인 고 박정훈 사장과의 갈등으로 회사를 떠난 이후 오닐-1에 머물러 왔습니다. 10년이 지난 지금, 회사가 위기에 처하자 이사회는 유 박사에게 회사를 다시 맡아 달라고 요청했습니다. 만약 오늘 미팅에서 이사회가 간절히 바라는 대로

합의가 이뤄진다면 스티브 잡스의 애플사 복귀에 비견되는…….

박 사장이 살해된 후 총괄 부사장을 중심으로 비상 경영 체제가 가동됐으나, 곧 총괄 부사장도 음모에 관여했다는 것을 경찰이 밝혀내고 그를 구속하자 회사는 업무 마비 상태에 빠졌다. 경찰이 박 사장의 범행 동기를 발표하면서 유 박사가 오닐-1에서 개발했다는 면역 기술의 존재가 알려졌다. 그동안 대유행이 곧 종식될 거라는 약속에 여러 번 실망했기에 두고 봐야 한다는 의견이 많았으나, 신텔리전스의 주가와 두 기밀 단지의 부동산 가격은 곤두박질했다.

폭행치사와 영업기밀 유출 혐의로 구속되었던 준우와 유진은 유 박사가 영향력을 발휘하고 보석금을 내줘 석방되었다. 은신해 있었던 서혜린 부사장은 박 사장이 살해되고 경호실장이 도주한 후 경찰에 출두해 여러 차례 조사를 받았다. 경찰은 서 부사장이 음모에 관여했다는 증거를 찾지 못했다.

서 부사장은 불안한 표정이었다.

"다른 얘기는 않던? 이사회 미팅 전에 잠시 보자고 했다며."

"그동안 멀리서 도와줬으니까 얼굴 한번 보자는 거겠죠."

유진은 굳은 얼굴로 대답하고 준우를 쳐다봤다. 그녀는

준우에게 엄마가 무사히 돌아와 다행이지만, 이제 더더욱 낯설게 느껴진다고 말했었다.

서 부사장은 유 박사를 맞으러 로비로 내려갔다. 준우와 유진, 회사의 주요 임원들은 서 부사장 집무실 옆의 부속 회의실에서 유 박사를 기다리며 뉴스 영상을 보고 있었다. 이사회와 유 박사의 미팅은 그 옆의 VIP 회의실에서 진행될 예정이었다. 평소 같으면 사장실 옆 임원 회의실을 사용했겠지만, 박 사장이 죽은 후로 그쪽은 비워 두고 있었다.

– 유 박사가 오닐-1에 연구팀을 꾸려놓고 비밀리에 개발했다는 면역 기술은 지금까지 비밀에 싸여 있었습니다. 저희가 독점적으로 입수한 정보에 의하면 이것은 일종의 나노-바이오공학 임플란트 장치라고 합니다. 감염된 사람의 몸에 항체가 생성되면 이 장치가 항체 생성과 기억에 관여하는 세포의 유전자 정보를 읽어서 주위 사람들의 장치에 전송하고요, 그 정보를 수신한 임플란트 장치가 유전자를 합성해 면역체계에 삽입하면 그 사람도 면역성을 갖게 되는, 일종의 네트워크 면역 시스템입니다. 전문가에 따르면 정말 이런 장치가 존재한다면 바이러스의 계속된 변이에도 대응할 수 있겠지만 현재의 기술로는…….

로비로 들어서는 유 박사의 모습이 대형 디스플레이에 나타났다. 그는 우주에 있을 때보다 지쳐 보였다. 대기권 재진입 과정이 힘들었거나, 아니면 소문대로 저중력 구역에 주로 머물렀던 탓일지도 몰랐다. 서 부사장이 반가운 표정을 지으며 그에게 다가가 포옹하고 엘리베이터를 향해 함께 걷기 시작했다.

– H5N1–2049 바이러스가 변이돼도 효력이 유지된다는 것이 사실인가요?

– 이사회의 제안을 수락하실 건가요? 어떤 조건을 요구하실 건가요?

기자들이 경호원들을 밀어붙이며 질문을 쏟아냈다. 서 부사장이 유 박사에게 가까이 기대 귓속말을 했고, 유 박사는 말없이 끄덕였다.

"유 박사님 만나면 무슨 말 할 거야?"

화면을 물끄러미 바라보고 있던 유진이 물었다.

"왜 그랬냐고. 왜 기억을 덮어 버렸냐고 물어야지."

* * *

"대체 잡힐 뻔하면서까지 이건 왜 가져왔는데? 이 옛날 데이터를."

덜컹거리는 모바일 랩에서 백업 큐브를 리더기에 삽입하

느라 애먹으며 유진이 말했다. 그들은 평택 단지에서 가까스로 탈출해 SBH 그룹의 아지트로 돌아가고 있었다. 사실 굳이 그곳으로 갈 이유는 없었다. 그곳은 이미 비어 있을 터였고, 곧 경찰이 들이닥칠 예정이었다. 어차피 몇 시간만 벌 수 있으면 어디에 있건 상관없었다.

"확인할 게 있어. 2062년 9월에 나와 함께 실험하던 지맥의 데이터를 찾아줘."

"그건 왜? 아무튼, 알았어."

유진은 레아가 해킹한 암호키를 이용해 백업 데이터의 암호를 해제하고 지맥 녹화 영상을 검색했다. 당시에는 조련사가 몇 안 되었고, 조련사와 함께 실험 대상이 된 지맥도 많지 않았다. 다른 지맥들은 한 달치 영상이 조회되었지만, 지맥 2053-12455는 9월 13일까지의 녹화 영상만 있었다.

"55의 마지막 영상을 재생해 봐."

헤드유닛을 55의 이마에서 떼어내는 것이 마지막 장면이었고, 그 전에는 우리에 갇혀 있는 모습이 다였다. 유진은 시간을 거슬러 올라가며 차례로 영상을 재생했다. 준우가 찾던 영상이 있었다.

"저, 저게 뭐야?"

유진이 놀라서 재생을 멈췄다.

"몇 분만 앞으로 돌려 봐. 응, 거기서부터."

지맥 55는 양옆이 칸막이로 가려진 책상에 앉아 낄낄거리며 만화를 보고 있었다. 영상에 오버레이 된 55의 감정 분석 결과는 지금과는 다른 형식으로 표현되었으나, 긴장감과 행복감이 번갈아 나타나는 건 알아볼 수 있었다. 55는 가끔 고개를 들고 주위를 돌아봤다. 칸막이 너머에 어린 준우가 있었다. 조금 떨어진 곳에서는 한 여자가 연구원으로 보이는 남자와 언성을 높이고 있었다. 유진은 볼륨을 올렸다. 조련사 프로그램 지원자에게 주어지는 혜택에 관련된 내용이었다.

– 그러면 우리를 속인 거예요? 애를 위험한 수술까지 받게 했는데, 이런 게 어딨어요? 소송할 거예요.

여자가 연구원의 팔을 잡고 거칠게 흔들었다. 연구원은 여자의 팔을 뿌리치고 경비를 불렀다. 여자와 연구원 사이에서 언성이 고조되었다.

– 어머님, 그래 봐야 소송비용만 날립니다. 계약서에는 아무 문제 없고요, 저희 변호사가 다 검토했어요. 저희도 최선을 다할 테니 저희를 믿고…….

55의 긴장감이 고조되었다. 동시에 분노 레벨도 빠르게 상승했다. 지맥에게서는 좀처럼 볼 수 없는 레벨이었다. 준우가 말했다.

"저건 내 감정이 지맥에게 영향을 준 거야. 저 때는 넥서스가 감정을 양방향으로 전달했었어. 잊어버리고 있었는데, 하이브가 되고 나서 기억났어."

영상에서 어린 준우가 소리쳤다.

– 그만 좀 해!

55의 사고벡터 표시가 크게 출렁였다. 분노 레벨은 최대 범위를 넘어섰고 다른 감정들도 쉴 새 없이 오르내렸다. 영상이 심하게 흔들렸다. 자동적으로 움직임 보상 필터가 켜지고 재생속도가 늦춰졌다. 55가 연구원과 여자를 향해 뛰어갔다. 그들 옆에 있던 책상 위로 뛰어올라 펜을 집어 들었다. 곧이어 여자에게 몸을 날리면서 목을 펜으로 찔렀다. 한 번, 두 번, 세 번……. 그때 막 쫓아온 정한철 경비원이 55를 잡아떼려 했으나, 이미 늦었을뿐더러 55의 힘을 못 당했다. 유진은 영상 재생을 멈췄다.

"더는 못 보겠어. 어떻게 저럴 수가……. 저런 사고가 있었다는 얘긴 못 들어봤어. 내가 인턴으로 일할 때였는데."

"나도 기억 못 했어. 몇 시간 전까진."

유진은 백업 큐브에서 사고 원인을 분석한 보고서를 찾아냈다. 조련사와 지맥이 어떻게 넥서스 신호를 이용해 일해야 할지 명확한 개념이 정립되기 전이었다. 서로 간에 감정을 공유하면 사회적 상호작용에 도움 되리라 기대했다. 기록된 데이터에 의하면 모친과 직원 간의 다툼을 준우가 목격하면서 느낀 분노가 준우와 지맥의 뇌를 오가며 증폭되었다. 일정 수준 이상의 감정은 차단되도록 설계되어 있었으나 프로그래밍 버그로 인해 제대로 동작하지 않았다.

당시 연구소장이었던 유현규 박사는 이런 사고가 다시 일어나지 않도록 조치하되, 이미 벌어진 일은 비밀에 부치기로 결정했다. 몇 주째 트라우마에서 헤어나지 못하는 준우를 어떻게 할지도 문제였다. 그는 자신이 엄마에게 화를 냈기 때문에 지맥이 엄마를 공격했다는 생각을 떨치지 못했다. 결국 아직 유연한 그의 두뇌 더 깊은 곳까지 넥서스 임플란트의 촉수를 성장시켜 사고를 모니터링하다가, 해당 기억이 떠오르는 것을 감지하면 두뇌 활동을 억제하는 소프트웨어 모듈을 헤드유닛에 설치했다.

"네가 지맥 공포증이라고 생각한 것이 바로 이거였구나."

유진이 말했다. 준우는 말없이 고개를 끄덕였다.

"지맥이 사람을 해치는 모습을 떠올릴 때마다 그 모듈이 네 뇌의 동작을 방해해서 의식이 흐려지고 기억도 방해했어. 하이브 버전의 헤드유닛에선 그걸 뺐기 때문에 이번에는 온전히 기억한 거야."

준우는 두려웠지만 확인해야 할 것이 있었다. 10년 전에는 진실을 알 기회가 없었다. 지금은 진실을 마주하고 책임을 져야 했다.

"아가르타에서, 엄마가 죽는 장면을 내가 기억해 냈고 그 생각이 87에게 전해져서 여자 경호원을 펜으로 찌르게 된 거지?"

유진은 한동안 그를 쳐다보기만 하다가 한숨을 내쉬며 말했다.

"확인해 보지 말자고 해도 안 듣겠지?"

그녀는 떨리는 손으로 하이브 컨트롤러를 조작해 로그 데이터를 들여다봤다.

"확실치는 않아. 87이 경호원을 공격하려 했고, 그 의도가 네 기억을 끄집어낸 것 같아. 네 기억이 다시 87의 행동 계획이 되었고. 거의 동시에 일어난 일들이어서 연구소에 돌아가서 더 분석해 봐야 해."

유진은 마치 내일이면 연구소에 다시 출근할 것처럼 말했다.

"아무튼 내 책임이야. 내게 관리 책임만 있는 게 아니었어. 내가 사람을 죽이는 방법을 구체적으로 지시했어."

준우는 머리를 싸매고 고개를 떨궜다. 유진이 다가와 그를 감싸안았다.

"아니야. 기억을 떠올린 게 어떻게 죄가 돼? 10년 전 사고가 소프트웨어 버그 때문이었던 것처럼, 이번에도 하이브 알고리즘에서 이런 일을 예상 못 했던 내 잘못이야. 끔찍한 사건을 은폐했던 회사에도 책임이 있고."

"우리 이제 어떡해야 해?"

유진은 고개를 들고 준우를 마주 봤다. 뺨에 흐르는 눈물을 훔치며 단호한 목소리로 말했다.

"원래 계획대로 해야지. 더 이상 이 회사가 사람과 지맥을 희생시킬 수 없도록. 다들 자신이 한 일의 결과를 책임지도록."

26

경계에 인접한 낡은 아파트였다. 사람이 없는 것을 확인하고 현관문을 강제로 열자 퀴퀴한 냄새가 흘러나왔다. 주 스위치를 올렸다. 집 안이 밝아졌다. 넘쳐나는 쓰레기통, 바닥에 뒹구는 옷가지와 언제 시트를 세탁했는지 알 수 없는 침대. 이 부근에서 흔히 볼 수 있는, 버려진 집이 아닐까 잠시 생각했으나, 그랬으면 전기가 들어올 리 없었다. 최 형사가 말했다.

"김지연이 직업이 없다고 했지?"

"네, 신텔리전스 이후로는 제대로 된 직업을 가진 기록이 없어요."

익명 제보의 영상을 추적한 결과, 오래전에 같은 디바이스로 촬영해 인터넷에 올렸던 아기 사진을 찾아냈다. 몇 년이 멀다 하고 새 디바이스를 구입하는 시절이 아닌 것이 다행이었다. 김지연은 신텔리전스에서 2061년 말에 정리해고

되었고, 얼마 안 되어 사진의 아기가 H5N1 바이러스에 감염되어 사망했다. 해고되지 않았더라면 바이러스로부터 안전한 단지 내 직원 아파트에 입주했었을 것이기에, 김지연은 회사에 원한을 품었을 것이다.

"여기 컴퓨터가 있어요."

"그건 포렌식팀이 올 때까지 그대로 둬야……."

김 형사는 이미 컴퓨터를 부팅하는 중이었다. 최 형사는 집 안을 살펴봤다. 작은 방에는 아기침대 위에 먼지가 수북한 장난감이 놓여 있었고, 한쪽 벽의 책장에는 손때 묻은 두툼한 바인더가 가득 꽂혀 있었다. 최 형사는 모서리가 많이 해어진 바인더를 하나 꺼냈다. 증강동물 기술에 관한 내용이 빽빽이 프린트된 종이에는 신텔리전스의 워터마크가 흐릿하게 보였다.

"이렇게 집에서까지 열심히 공부했는데도 회사에서 잘렸던 거야? 안 잘린 사람들은 얼마나 잘났기에. 이봐, 김 형사! 김지연이 신텔리전스에서 뭘 연구했다고 했지?"

"뭐였더라, 아무튼 연구원은 아니었어요. 퇴사한 연구원은 다 확인했었잖아요. 근데 이리 좀 와 보세요."

김 형사가 컴퓨터 화면에 띄워 놓은 것은 낯익은 구조 분석 프로그램과 도두공원 돔 모델이었다. 최근 열어 본 파일들을 차례로 확인하니 김지연이 단순히 제보만 한 것이 아님이 명확해졌다. 돔 전체가 붕괴하는 시뮬레이션을 한동안 들여다보던 김 형사는 SBH 그룹과 관련된 키워드를 검색했다.

"SBH가 언급된 소스코드가 여럿 있어요. 거기서 프로그래머로 일했던 것 같아요. 어, 잠깐. 이거예요. 증강 쥐 헤드유닛에 숨겨져 있던 코드."

김 형사가 흥분해서 말했다.

"SBH 그룹이 테러를 키웠다는 확실한 증거군. 이제 컴퓨터 그만 건드리고 포렌식팀에 증거 확보하라고 해. 저 방에는 회사에서 들고 나온 기술자료가 잔뜩 있더라고. 당장 김지연 수배하고, 우린 신텔리전스로 가보자고. 김지연이 신텔리전스의 계획을 알아내고 돔 설계자료도 구하는 걸 도와준 사람이 있을 거야."

경찰차로 돌아가 신텔리전스 타워로 목적지를 설정했다. 차량은 좁은 이면도로를 천천히 주행했다.

"결국 박정훈 사장도 죽고 회사 주가도 박살 났으니 자신과 죽은 아이의 복수에 성공했네."

최 형사의 말에 김 형사가 고개를 갸우뚱했다.

"김지연이 해고된 61년 말에는 박정훈이 아니라 유현규 박사가 사장이었을 텐데요? 제가 그때 대학 졸업하고 혹시라도 신텔리전스에 취직할 수는 없을까 기웃거리던 때였는데 인원 감축하고 한동안 사람 안 뽑더라고요."

"그런가? 잠깐, 유 박사 관련된 뉴스가 있었던 것 같은데."

김 형사가 더 빨리 검색했다. 실시간 뉴스를 차량 앞 유리에 띄웠다. 리포터는 신텔리전스 타워 로비에서 유 박사의 도착을 기다리고 있었다. 그때 김 형사의 단말이 알람을 울렸다.

"김지연이 10분 전에 카메라에 잡혔습니다. 신텔리전스 타워 에어록입니다."

"빨리 가보자고."

최 형사는 운전대를 잡고 수동 운전으로 속도를 올렸다. 김 형사는 현장의 경찰에게 연락을 시도했다. 로비로 들어오는 유 박사의 모습이 나타나는 순간, 앞 유리에 투사된 영상 너머로 희끗한 것이 보였다. 최 형사는 급브레이크를 밟으며 운전대를 있는 힘껏 돌렸다. 경찰차의 낡은 타이어가 비명을 지르다 견디지 못하고 터졌다. 차량이 붕 떴다가 구르기 시작했다. 마주 오던 택배 차량의 지맥이 놀라서 쳐다봤다.

* * *

카메라는 서혜린 부사장과 유현규 박사가 로비를 걷는 모습을 확대했다. 누군가 외쳤다.

– 회사를 다시 차지하려고 테러를 배후에서 조종했다는 루머가 사실인가요?

– 백신은 얼마나 빨리 생산할 수 있습니까? 가격은요?

– 모두 비켜!

갑자기 비명과 함께 기자들이 양쪽으로 갈라진 사이에서 한 여자가 나왔다. 여자는 주위를 둘러보더니 유 박사에게 다가갔다. 경호원들이 뛰어왔으나 여자가 돌아서서 외투를 펼치고 양팔을 들어 올리자 경호원들은 놀란 표정을 지으며 물러섰다. 여자는 레아였고 옷 안에는 폭발물처럼 보이는 것들이 가득 달려 있었다. 레아는 유 박사 뒤에서 그의 목을 한 팔로 감고 다른 쪽 손으로는 폭발물에 연결된 스위치를 들어 올렸다.

– 레, 레아, 왜, 왜 이래?

– 날 알아보지 못할 줄 알았어.

– 그, 그게 무슨……?

– 당신이 사장직 유지하려고 해고한 사람들, 얼굴도 기억 못 하는 직원들이 어떻게 됐는지 알아? 당신의 자랑스러운 업적이 어떻게 되는지 끝까지 보여주고 싶지만…….

레아의 뒤에서 접근한 경호원이 그녀의 팔을 움켜잡았다. 서 부사장도 레아가 손에 든 것을 뺏으려 했다.

화면이 순간적으로 하얘진 채 멈췄다. 쿵 소리와 함께 건물이 흔들렸다. 준우는 반사적으로 바닥에 엎드렸다. 요란스러운 사이렌 소리에 이어 안내 방송이 나왔다.

– 비상 상황에 따른 자동 안내 방송입니다. 모든 사람은 지금 즉시 하던 일을 멈추고 질서 있게 건물 밖으로 나가 주시기 바랍니다. 비상 상황에 따른…….

회의실 문이 거칠게 열리며 한 남자가 뛰어 들어왔다. 새파랗게 질린 얼굴로 자신의 단말을 들여다보며 소리쳤다.

"임원분들은 비상 절차에 따라 지하 벙커로 이동하시겠습니다. 가장 좌측 엘리베이터는 임원 층과 지하층만 정지하도록 설정되었습니다. 로비는 위험하니 지하층을 통해 비상구로 나가야 합니다. 빨리요."

유진은 멍한 표정으로 꺼진 화면만 쳐다보고 있었다. 준우는 그녀를 잡아끌었다.

"관리실에서는 타워가 붕괴하지는 않을 것 같다고 합니다만, 당국은 이번에는 구조 진단을 꼭 해야 한다는 입장입니다. 로비는 한동안 출입 못 하고요. 사장님도 서 부사장님도 안 계시니 저희가 대응하기가…….”

총무부장이 창백한 얼굴에 떨리는 목소리로 말했다. 아가르타의 회의실에 모인 임원들은 다들 망연자실해서 몇 시간째 실시간 뉴스만 보고 있었다. 뉴스에서는 사망자가 최소 200명 이상이며, 유 박사와 신텔리전스에 대한 원한 범죄로 보인다고 말했다. 회의실 문이 열리더니 경찰들이 들어왔다. 지난 며칠간 준우와 유진을 조사했던 최 형사는 팔에 깁스를 하고 있었다.

“현재까지 파악한 사실을 말씀드리겠습니다.”

최 형사는 김지연의 동기와 범행 과정을 설명했다. 김지연은 갑작스러운 해고와 아이의 죽음으로 회사에 원한을 품게 된 후 프리랜서로 불법 해킹과 개발 용역 일을 하며 근근이 살다가 SBH 그룹에 합류했다. 신텔리전스가 발주한 증강 쥐의 소프트웨어 개발을 맡게 된 김지연은 미팅했던 상대방 단말을 해킹해 회사의 음모를 알아챘다. 회사에 복수할 기회를 얻은 그녀는 돔의 취약점을 알아내고 증강 쥐에 타깃 위치를 바꾸는 코드를 몰래 삽입해 테러 규모를 키웠다.

임원들이 웅성거렸다. 최 형사는 조용해질 때까지 잠시 뜸을 들였다.

“김지연이 자살 테러에 나서면서 보란 듯이 많은 정보를 컴퓨터에 남겨뒀기 때문에 여기까지 내용은 금방 확인했습니다. 암호화된 내용이 더 있는데, 포렌식팀에서는 시간만 있으면 해독할 수 있다고 합니다만 그 시간이 없다는 것이 문제입니다. 김지연은 자폭 직전 유 박사에게 당신의 업적이 어떻게 되는지 보여주고 싶다고 말했습니다. 폭발로 신텔리전스 타워가 무너질 것이라는 의미일 수도 있으나, 돔 붕괴 시뮬레이션도 했던 김지연은 그 정도로는 건물이 무너지지 않는다는 것을 알았을 겁니다. 그렇다면 추가 테러가 있을 거라는 얘긴데요. 유 박사의 업적이라면 증강동물 기술, 평택과 김포 단지, 그리고 이번에 개발했다는 면역 기술이 있습니다. 각각에 대해 후속 테러의 가능성을 조사해야 합니다."

최 형사는 각 부분의 조사를 담당할 형사를 소개하고 회사 관계자를 지정해 달라고 요청한 후 유진과 준우에게 다가왔다.

"지난번 진술 때 레아에 대해 말해 준 것이 많이 참고됐어요. 김지연이 그 레아가 맞죠?"

준우가 고개를 끄덕였다.

"김지연이 회사의 음모를 익명으로 신고했었는데 증거 부족으로 무시되자 대신 두 분이 회사의 음모를 입증하는 걸 도왔던 것 같습니다. 후속 테러와 관련해 뭔가 암시했거나, 이상한 점은 없었나요?"

"제가 아는 한은 없었습니다. 그저 반사회적인 해커인 줄만 알았습니다."

준우가 대답했다. 유진은 아무 말도 하지 않았다.

"알겠습니다. 뭐든지 생각나는 것이 있으면 연락 주세요. 보석 상태에서 평택 단지를 벗어날 수 없다는 것도 명심하시고요."

최 형사가 떠난 후에도 유진은 계속 어딘가에 정신이 팔려 있는 것 같았다.

"어머님 일은 정말 안됐어. 유 박사님도. 아까는 정신이 없어서……."

"괜찮아. 지금은 실감 나지도 않아. 정말이야. 그보다도,"

그녀가 그의 귀에 속삭였다.

"아무래도 내가 레아를 회사 내부 네트워크에 들어올 수 있게 도운 것 같아. 뭔가 이상하다고 느끼면서도."

"그게 무슨……."

유진은 잠시 기다리라는 손짓을 하더니 어딘가에 연락했다. 정보보안 관련 부서인 듯했다.

"……지금 그런 거 따질 때 아니잖아요. 나중에 책임질 수 있어요? 네, 제가 아가르타에 들어가서 조회 단말에 원격 해킹 모듈을 꽂아 뒀을 때요. 그때 암호키 빼낸 것 외에 내부 네트워크에 다른 이상한 활동이 없었는지 조사해 주세요. 네, 전부 다."

유진은 통화를 끊으며 말했다.

"내 직원 ID가 정지되어 있네, 뭐 그딴 소리를 하잖아. 잠깐, 유 박사님이 지금 막 메시지를 보냈는데?"

"돌아가신 분 메시지가? 우주에서 보낸 게 지연됐나?"

유진은 말없이 단말기의 메시지를 읽었다. 준우는 그녀의 눈치를 살피다 물었다.

"뭔데? 유 박사님 메시지가 맞긴 해?"

"잠시 혼자 있을래. 생각할 게 좀 있어."

"정말 괜찮겠어? ……그러면 나는 알파 팀한테 가볼게."

지맥 전용 시설이 없는 경찰은 훈련센터의 구석 방에 알파 팀을 격리해 두고 아무도 접근하지 못하게 했다. 다행히 그 방에 들어가는 데 필요한 마스터키는 경비원 아저씨가 가지고 있었다.

"아저씨. 제 지맥들 좀 만나볼 수 있을까요? 잠깐만이라도요."

"자네군. 나도 할 얘기가 있는데, 안으로 좀 들어오게."

그는 옆자리에서 의자를 끌어와 준우에게 앉으라고 했다. 잠시 뜸을 들이다가 입을 열었다.

"경찰에서 다녀갔네. 10년 전 영상에 나온 경비원이 나 아니냐더군. 자네도 그 영상 봤겠지?"

"네."

"내 잘못이야. 내가 더 빨리 뛰어갔으면 막을 수 있었을 텐데……. 정말 미안하네."

"아저씨가 어쩔 수 있는 일이 아니었어요. 다 지나간 일이에요."

그는 충혈된 눈으로 허공을 응시했다. 바르르 떨리는 입술이 열리다 닫혔다. 가쁜 숨을 고르고 한숨을 내쉰 후에야 그는 말을 이었다.

"회사에서 입을 다물라고 협박했어. 내게도 책임이 있고, 자넨 어차피 기억 못할 거라면서. 그때 경찰서에 바로 갔어야 했는데……. 그때 이후로 자넬 볼 때마다……."

아저씨는 마스터키를 준우의 손에 쥐여줬다. 준우도 아저씨의 손을 마주 잡았다. 포개진 손 위로 따뜻한 눈물이 흘러내렸다.

"알파 팀!"

알파 팀과는 겨우 며칠 떨어져 있었는데도 오랜만에 만난 것처럼 반가웠다. 그의 목소리에 지맥들이 일제히 돌아보면서 반가움의 메시지를 전했다. 그는 어려서부터 지맥과 생활하며 생각을 주고받았지만, 알파 팀은 달랐다. 이들은 더 이상 훈련 대상이나 가용 자원이 아니었다. 그가 짧게 경험했던 가족과도 달랐다. 사고가 동기화된 동안 이들은 그와 하나였다. 지맥들과 강제로 떨어져 있는 동안 말이나 표정, 또는 생각의 단편을 교환하는 것만으로는 채울 수 없는 마음의 공백이 있다는 것을 그는 또렷하게 깨달았다. 그새 유진은 세상 누구보다도 가까운, 무슨 일이 일어나도 함께 하고 싶은 사람이 되어 있었으나, 그녀조차도 그가 새로 알게 된 공백을 채워 줄 수는 없었다.

준우는 지맥을 하나씩 껴안으며 쓰다듬었다. 지맥들도 그를 꼭 껴안았다. 그가 지맥을 더 잘 이해하고 마음속 깊숙이 받아들이게 된 것만큼이나 지맥들은 그의 사고방식과 감정에 익숙해져서 곧잘 그의 행동을 흉내 냈고, 하이브가 아닌 상태에서도 더 다양한 넥서스 메시지를 구사하게 되었다. 그런데 그가 제일 먼저 보고 싶었던 지맥이 안 보였다.

지맥 87은 구석에 혼자 쪼그려 앉아, 그의 눈길을 피하고 있었다.

87, 이리 와.

87은 고개를 숙인 채 녹색 눈으로 그를 올려다봤다.

87 나쁜 지맥.

87 사람 죽였다.

준우는 87에게 다가갔다. 87은 고개를 더 숙이고 그에게 손을 내밀었다. 87은 자신이 왜 그런 일을 했는지도 모른 채, 자신이 감히 대들지 못하는 인간이자 그의 우두머리인 준우에게 용서를 구하고 있었다. 준우는 한 손으로 87의 손을 잡고, 다른 손으로 그의 머리를 쓰다듬으며 대답했다.

87은 잘못한 것 없어.

87은 좋은 지맥이야.

87은 그제야 고개를 들어 준우를 쳐다봤다. 87의 표정이 조금 풀어졌다. 87은 욱욱거리는 소리를 내며 준우와 하이브 컨트롤러를 차례로 가리켰다.

"하이브로 접속하란 말이지?"

준우는 자신의 넥서스를 하이브 컨트롤러에 연결한 후 하이브 모드를 켰다. 지맥들은 무슨 일이 일어나는지 눈치채고 흥분하며 그의 주위로 모여들었다. 곧이어 지맥들의 생각이 그에게 밀려들었다.

우리는 하나다.

우리는 더 좋은 지맥이다.

우리는 준우와 함께 똑똑하다.

우리는 인간만큼 똑똑하고 싶다.

생각들을 무의식적으로 받아들이던 준우는 깜짝 놀라 하이브와의 연결을 끊고 일어섰다. 지맥들은 어리둥절한 표정으로 그를 쳐다봤다.

하이브 이전의 지맥은 지능의 높낮음에 대한 인식이 없었다. 적어도 준우가 해석할 수 있는 사고벡터에는 그런 표현이 없었다. 이들은 준우와 함께 하이브 상태가 되었을 때 그의 사고를 잠시 엿봤다. 이들은 처음으로 자신의 지능이 인간보다 떨어진다는 것을 인식했다. 과연 그런 인식은 스스로 한 것일까? 그가 무심코 한 생각이 공유되었나? 하이브 컨트롤러의 로그를 살펴보면 이들이 그런 생각을 하게 된 과정을 파악할 수 있을지도 모른다. 하지만 인간만큼 똑똑하고 싶다는 생각은 그의 것일 수 없었다. 그는 지맥이 사람만큼 똑똑해지길 원한 적이 없었다.

하이브의 생각에 뭐라고 반응할지 고민하는 중에, 그의 단말에서 비상 메시지 알람이 연이어 울렸다. 최고 우선순위로 표시된 메시지였다.

긴급: 전직원은 즉시 부서별 비상대책 회의에 참석할 것

이어서 단지에 있는 조련사들은 모두 모이라는 팀장의 메시지가 수신되었다. 궁금한 표정의 지맥들을 남겨두고 회의실로 향했다.

팀장은 유리 벽을 불투명하게 만들고 영상을 스크린에 띄웠다.

"조금 전 회사가 입수한 영상입니다. 아직 외부에 유포되지는 않았습니다."

길거리에서 지맥이 청소하고 있었다. 영상의 시각은 약 1시간 전이었다. 지나가던 사람이 쓰레기를 지맥 앞에 던졌다. 지맥은 사람을 쳐다봤다. 팀장은 이 장면을 멈추고 지맥의 얼굴을 확대했다.

"이빨이 보이시나요? 분명히 지맥이 사람에게 이빨을 드러내고 분노를 표시했습니다. 이어서 보시죠."

사람이 놀란 표정으로 멈추자 지맥은 쓰레기를 주워 사람에게 도로 던졌다. 사람은 달아났다.

"우리가 품질관리를 강화한 후 7년 만에 처음으로 일어

난 사건입니다. 더 큰 문제는 이런 건이 하나가 아니라는 점입니다."

"다른 건은 언제 일어났는데요? 왜 그때는 문제가 안 되었을까요?"

후배가 물었다.

"'그때'가 아닙니다. 다른 건도 모두 조금 전 일어났습니다."

팀장은 단말기를 들여다보며 말을 계속했다.

"지금 막 한 건 더 발생했네요. 이번에는 어린애를 공격했습니다."

조련사들이 술렁거렸다. 있을 수 없는 일이었다. 지맥이 상용화된 이후 사람에게 반항하거나 위협한 적이 없지는 않았지만, 대부분은 사람들이 오해한 경우였고 그조차도 드문 일이었다.

"문제를 일으킨 지맥들은 지금 회수하는 중입니다. 오는 대로 의료실에서는 광견병 여부를 검사할 거고요, 우리는 심리 상태를 진단해야 합니다. 사흘 전에 헤드유닛 소프트웨어의 정기 업데이트가 있었는데, 그것과 관련이 있는지 연구소에서 분석한다고 합니다. 만약 누가 이 사건에 관해 물어보면 개별적으로 대답하지 말고 홍보팀으로 돌려야 합니다. 혹시 상황이 더 안 좋아지면 우리가 현장으로 출동해야 할 수도 있으니 다들 멀리 가지 말고 비상 대기해 주세요."

준우는 알파 팀은 괜찮을지 잠시 걱정했으나, 그들의 하이브 헤드유닛은 정기 업데이트 대상이 아니었다는 것이 기억났다. 유진에게 전화했다.

"소식 들었어? 혹시 지금 지맥들이 이상해진 게 레아가……."

"맞아, 확인했어. 젠장, 그 사이코패스가 펌웨어 빌드 서버를 해킹해서 헤드유닛에 악성코드를 심었어."

"어떻게 그럴 수가……. 그쪽은 보안 체계가 겹겹으로 되어 있지 않아?"

"레아가 시스템 운영 일을 했었다니 대충 알고 있었을 거야. 게다가 회사에서 비용 절감한다고 보안 체계를 간략화하고 인력도 줄였거든. 내가 네트워크에 접속시켜 주지만 않았어도……."

"네 탓 아니야. 거기 들어가자는 건 내 생각이었어."

"우리 책임이야. 우리가 책임지고 끝내야 해. 너 지금 어디 있어?"

책임은 지더라도, 대체 둘이서 어떻게 끝낸다는 걸까? 유진에게는 방법이 있는 것 같았다.

"훈련센터. 왜?"

그녀는 목소리를 낮췄다.

"지금 당장 알파 팀한테 갈 수 있어?"

"조금 전에도 함께 있었어. 걔네들은 괜찮을 텐데? 자동 업데이트 대상이 아니잖아. 왜 그러는데?"

"설명할 시간 없어. 걔네들 여행 가방을 준비시켜. 네 것도 챙기고. 날 믿어."

"아저씨, 저 애네들 데려가야 해요."

경비원 아저씨는 순간 황당해하다가 이내 진지한 목소리로 물었다.

"난동 소식 들었어. 얘네들 어디 대피시키려고?"

"사실은 저도 잘 몰라요. 유진에게 계획이 있나 봐요."

"어차피 이 회사도 끝난 것 같구나. 너희가 옳은 일을 하고 있다고 믿는다. 난 여기 없었던 걸로 하마. 부디 몸조심해라."

아저씨는 카드키를 책상에 꺼내 놓고 준우의 어깨를 다독인 후 경비실을 나갔다.

사태가 진정될 때까지 얼마나 걸릴지 예상하기 힘들었다. 준우는 지맥들에게 각자 가방에 음식과 음료수를 챙기도록 지시했다. 평소 같았으면 여행 갈 생각에 흥분했을 알파 팀은 준우의 눈치를 살피면서 열심히 백팩을 채웠다.

지맥 난동 소식은 이제 사내 메시지뿐만 아니라 실시간 뉴스에도 속속 올라오고 있었다. 사고의 빈도도, 폭력성도 점점 더 심해지고 있었다. 유진이 다시 연락했다.

"다 준비됐어?"

"거의. 도대체 어딜 갈 건데?"

"비행장 쪽 게이트로 와. 만나서 얘기해 줄게."

"뭐, 비행장? 거긴 왜……."

비행장은 평택 단지가 캠프 험프리스 미군 기지였을 때의 활주로를 보수해 만든 것이었다. 대유행 이후 항공 수요가 줄어 이런 소규모 비행장은 대부분 폐쇄되었으나, 이곳은 회사 전용기와 단지 내 부자들의 개인 항공기가 가끔 이용했다. 단지에서 비행장으로 연결되는 게이트는 훈련센터로부터 직선거리로 1킬로미터 좀 넘는 곳이었다. 알파 팀을 데리고 길에 나서자 사람들이 슬금슬금 피했다. 이미 뉴스가 확산되고 있었다.

유진은 게이트 앞에서 기다리고 있었다. 그녀가 말했다.

"시간이 없어. 빨리 결정해야 해."

“뭘 말이야? 도대체 아까부터…….”

유진은 연신 자신의 단말기를 들여다보면서 말을 이었다.

“레아가 한 일은…… 되돌릴 수 없어. 레아가 배포한 악성 코드는 임플란트의 촉수를 제멋대로 자라나게 해. 내가 너한테 적용했던 코드를 수정한 거라서 금방 알아봤어.”

“뭐라고? 그러면 어떻게 되는데?”

“지맥들이 미쳐 버리거나, 죽을 수도 있어.”

“다시 정상 소프트웨어를 배포하면 안 돼?”

“일단 자란 촉수는 되돌릴 수 없어. 게다가 목표 좌표에 양자 난수를 썼기 때문에, 촉수가 어디로 자라났는지 알 방법이 없어. 각 뇌를 스캔하고 매핑해야 다시 명령을 내릴 수 있어.”

“연구소의 그 똑똑한 박사들도 아무 방법이 없다는 거야?”

“내일 새벽에 헤드밴드가 새 업데이트를 확인할 거야. 그때 다운로드 될 펌웨어의 개발을 돕다가 오는 길이야. 이 코드는 지맥들에게 무조건 숙소로 돌아가도록 지시할 텐데, 촉수의 변형 정도에 따라서는 그 지시가 실행되지 않을 수도 있어. 그다음엔 진정시키는 걸 시도해. 하지만 만약 그것도 실패하면…….”

유진의 눈시울이 붉어졌다. 그녀는 잠긴 목소리로 말을 이었다.

"……안락사시켜."

방금 들은 말을 믿을 수 없었다.

"뭐라고? 얼마나 많은 지맥이……. 다른 방법이 있을 거야. 분명히."

해외까지 포함하면 100만이 넘는 지맥이 활동 중이었다. 알파 팀처럼 소프트웨어 업데이트에서 제외된 지맥도 있었지만 배포된 지 며칠이 지났으면 지금쯤 절반 이상의 지맥에 악성코드가 설치되었을 것이다. 그중에서 얼마나 많은 지맥이 기본적인 지시도 따르지 못할 정도로 영향을 받았을까.

유진이 계속 말했다. 떨리지만 동시에 단호함이 실려 있는 목소리였다.

"시간이 없어. 정부는 내일부터 군대를 동원해서 조금이라도 이상 있어 보이는 지맥은 모두 사살하겠다고 통보했어. 예전 같았으면, 엄마라도 있었으면 어떻게든 시간을 벌어 볼 수 있을 텐데, 그동안 회사의 편의를 봐줬던 정부 인사들일수록 더 강경하대. 회사가 무너질 때 같은 편에 있기 싫은 거겠지."

준우는 다리에서 힘이 빠지고 어지러웠다. 비틀거렸다.

"다 내 잘못이야. 내가 데이터센터에 잠입하자고만 안 했어도……."

"지금 이럴 때가 아니야."

유진은 그를 붙잡고 눈을 똑바로 바라보며 말을 이었다.

"네 말대로 우리한테도 책임이 있어. 지맥을 위해 우리가 할 수 있는 일은 뭐든 해야 해."

그녀는 어떻게 이렇게 침착한 걸까. 준우는 아무 생각도 할 수 없었다. 겨우 서 있기만 할 뿐이었다.

"내가 할 수 있는 일이라면 뭐든 할게. 알파 팀이라도 대피시켜? 어디로?"

"유 박사님이 타고 오신 셔틀로 가자. 가면서 얘기해 줄게. 셔틀은 준비되어 있어."

그는 어떤 계획인지 짐작할 수 없었으나 유진을 믿는 것 말고는 아무 생각도 나지 않았다. 알파 팀과 함께 게이트로 갔다. 에어록의 디스플레이에는 포스트 이볼루션 재단의 셔틀이 연결되어 있으며, 탑승교 내의 기밀 상태는 정상이라고 표시되어 있었다. 그와 유진이 문에 다가서자 얼굴이 인식되고 디스플레이에 '탑승 불가'라는 붉은 글씨가 나타나면서 문이 열리지 않았다. 디스플레이에 최 형사가 나타났다.

"거기 공항인가요? 어디 가려는 겁니까? 평택 단지를 벗어나면 보석이 취소된다고 했잖아요.”

유진이 말했다.

“알파 팀을 대피시켜야 해요. 급박한 상황이니 예외로 허가해 주세요.”

“허가는 제가 아니라 법원에서 받아야 합니다. 이봐요, 나도 개인적으로는 두 분의 입장을 이해하지만 법은 지켜야죠. 김지연의 해킹 때문에 추가 조사도 받아야…….”

유진이 통화 종료 버튼을 누르자 디스플레이는 다시 ‘탑승 불가’ 표시로 바뀌었다. 준우는 알파 팀에게 강제로 문을 열도록 지시했다. 지맥들은 처음에는 주저했으나 준우가 문을 밀기 시작하자 다 함께 달려들었고, 문은 이들의 힘을 당해 내지 못했다. 탑승교 끝, 셔틀 입구에서 기다리던 승무원이 유진을 알아보고 자리를 안내했다. 셔틀의 내부는 초음속 여객기와 비슷했으나, 좌석의 앞뒤 간격이 훨씬 넓었고 창문이 작았다. 유진은 승무원에게 셔틀을 즉시 이륙시켜 달라고 말한 후 준우에게 자신의 단말기를 건네줬다.

“몇 시간 전에 받은 유 박사님 메일이야. 직접 읽어 봐.”

27

From: 유현규 〈hg.yoo@postevolution.org〉
To: 서유진 〈jean.seo@syntelligence.lab〉
Date: Thu, 3 Nov 2072 11:21:45 KST
Subject: [자동 전송] 네가 알아야 할 것들

[본 메일은 지정한 조건이 성립하여 자동으로 전송되었습니다.]

유진, 네가 이 글을 읽을 일이 있을지 모르겠다. 곧 너를 만나 아래 내용을 직접 얘기하면 이 메일은 취소해야겠지. 하지만 얼굴을 보며 그럴 수 있을지 모르겠구나.

오랜만에 지구로 내려가겠다고 하니, 재단 변호사가 만약의 사고에 대비해 내 재산과 재단의 운영권을 어떻게 할지 유언을 작성해 두는 것이 좋겠다고 하더라. 우주여행이 예전만큼 위험하진 않은데도, 얼마 전 완공된 스카이훅—셔틀을 성층권 최상부에서 오닐-1으로 효율적으로 보내주는 궤도 시설이란다—을 처음으로 이용하겠다니까 그러는 거겠지.

난 내게 무슨 일이 생기면 내 재산과 포스트 이볼루션 재단의 운영 권한을 너한테 넘기기로 했다. 자질구레한 내용을 변호사가 작성해 오면 출발하기 전에 내가 서명하고 공증할 거야. 갑작스럽게 무슨 말인지 이해가 안 될 거다.

네가 어렸을 때부터 우리는 친했었지. 너는 나를 그냥 엄마의 회사 동료 정도로 생각했는지도 모르겠다만, 사람들과 쉽게 친해지지 못하는 내게 너는 가장 자식 같은 존재였다. 사실 한동안은 내 자식일 거라고 믿었었다. 네 엄마로부터 얘기를 들었는지 모르겠구나. 네가 날 대하는 태도가 바뀐 적 없었으니 아마 못 들었겠지. 회사를 창업하고 네 엄마를 영입한 후, 우리는 한동안 꽤 가깝게 지냈었다. 하지만 네 엄마는 나하고 결혼하거나 관계를 공개적으로 가져갈 생각은 없었어. 네 엄마는 나와 만나면서도 내가 자신을 독점하지는 못하게 했어. 네가 태어났을 때도 네 아빠가 누구인지 내게 말해 주지 않았다. 나는 궁금했지만, 어느 쪽으로 결과가 나오건 감당할 자신이 없었기 때문에 그저 네가 커가는 것을 바라보기만 했지.

이사회가 박정훈을 사장으로 앉히면서 나는 연구소를 맡게 되었고, 너를 옆에서 보며 뿌듯했다. 하지만 네 엄마가 박 사장을 가깝게 대하는 모습은 견디기 힘들었고, 그때 유전자 검사를 너 몰래 했었다. 연구소에 널린 시퀀서를 볼 때마다 참기 힘들더구나. 미안하다. 아무튼 내가 네 아빠가 아니라는 것을 알고 나니 오히려 너를 훌륭한 연구원으로 키우고 싶다는 생각이 더 강해졌다. 그 전에는 혹시 자식일지 몰라서 편애하는 건 아닐까 하는 의구심도 있었거든.

변호사가 유언을 작성하라고 했을 때 네가 생각났다. 이윤식 연구소장 통해서 네가 어떤 사람으로 성장했는지 다 듣고 있었다. 엄마나 내 영향력으로 회사 다닌다는 말이 듣기 싫어서 이를 악물고 노력한다며? 게다가 최근에 너와 준우가 겪은 일을 보고 나니, 너라면 내가 꿈꾸는 일을 언젠가 이어받아 줄 수 있겠다는 확신이 들었다. 넌 아직 젊고, 나도 당장 어떻게 되지는 않을 테니 만나서 네 의사를 확인한 후에 천천히 함께 준비해 가자꾸나.

아직 내가 진정 무엇을 바랐는지 제대로 정리하지 못했다. 대신 회사 설립 이후 내가 작성했던 메일 몇 개를 첨부한다. 내가 어떤 생각으로 지맥을 만들었는지, 지맥과 인류의 미래를 위해 무슨 일을 하고 싶은지, 네가 불편하게 생각했던 결정을 왜 해야만 했는지 이해하는 데 도움이 될 거야.

P.S. 준우에게도 용서를 구해야 할 일이 있는데 차마 글로는 못 쓰겠구나. 셋이 함께 있을 때 얼굴 보며 말로 하는 것이 낫겠다. 그 때 너도 날 용서하고, 준우를 위로해 주면 좋겠다.

Hyeon-Gyu Yoo, Ph. D.

Chairman, Post Evolution Foundation

첨부 1: "mail.tgz"

From: 유현규/CEO 〈hg.yoo@syntelligence.lab〉
To: 서혜린 〈helena.seo@gmail.com〉
Date: Thu, 22 Dec 2039 01:35:12 KST
Subject: **신텔리전스랩 소개 및 제안**

안녕하세요,

아까 소개받았던 유현규 박사입니다. 저는 서혜린 씨가 저와 함께 사업을 키워 갈 좋은 파트너가 될 거라고 확신했습니다. 하지만 서혜린 씨는 동물을 기계처럼 부리는 것이 불편하다고 하셨죠? 가만두면 멸종할 유인원을 살리는 것이라는 제 얘기는 설득력이 없었던 것 같습니다.

사실 아까 말하지 않은 것이 있는데, 이 생각을 다른 사람들, 특히 투자자들에게 얘기한 적은 없었습니다. 너무 사업가답지 않고, 순진하거나 비현실적으로 들릴 것 같았습니다. 하지만 일 마치고 술 한잔하고 나니, 서혜린 씨에게는 이 얘기를 꼭 하고 싶어졌습니다.

인류는 두뇌를 생물학적 한계까지 진화시켰고 그 덕분에 지금의 문명을 이뤘지만, 자원, 환경, 사회적 갈등과 같은 많은 문제에 봉착했습니다. 저는 원시 시대에나 적합했을 우리의 지능과 사회성을 앞으로의 세상에 맞게 업그레이드하고 생물과 기계의 장점을 통합하기 위한 아이디어들을 가지고 있지만, 처음부터 사람을 대상으로 실험을 할 수는 없습니다. 대신, 먼저 동물을 이용해 효과와 안전성을 충분히 검증해야 합니다. 그리고 그 대가로 그들에게 충분한 보상이 주어져야 합니다.

저는 침팬지의 지능을 끌어올려 인류의 동반자로 만들어 함께 우주로 나아가야 한다고 믿습니다. 우주에는 우리 외에 다른 지적 생명체의 흔적이 보이지 않습니다. 한없이 넓은 우주를 인류라는 하나의 종이 다 차지하는 것은 옳지도 않거니와 다양성 측면에서도 바람직하지 않습니다. 우리가 일정 기간 동안 침팬지의 노동력을 이용하고, 생물학적 두뇌의 한계를 넘는 새로운 진화 과정을 테스트하는 대신 그들에게 미래를 열어 준다면, 서로에게 좋은 것 아닐까요?

시너제틱 인텔리전스(Synergetic Intelligence)를 줄여 신텔리전스라고 회사 이름을 지었을 때 저는 단지 컴퓨터와 두뇌의 시너지만을 생각한 것이 아닙니다. 제 꿈은 인간과 다른 지적 생명체, 그리고 기계 지능의 시너지를 추구하는 것입니다.

얘기가 장황해졌네요. 제 꿈을 생전에 얼마나 이룰 수 있을지는 모르겠지만, 부디 서혜린 씨가 이 여정을 함께 해주시기를 기대합니다.

감사합니다.

Hyeon-Gyu Yoo, Ph. D.

CEO/Founder, Syntelligence, Inc.

28

"아까 변호사에게 재단 운영권을 받겠다고 했어. 재단 직원들도 그 사실을 통보받았고, 그래서 이 셔틀도 내 지시에 따라 운행하는 거야. 나는 결심했어. 이제 너하고 지맥의 차례야."

유진의 계획을 알 것 같았다. 인간에게 이용되고 인간의 욕심과 증오에 희생된 지맥들을 위해 이것이 두 사람이 할 수 있는 최선이었다. 유진은 더 생각해 보라고 했지만 그럴 시간도, 그럴 필요도 없었다. 준우는 그녀를 믿었고 스스로도 확신했다. 그가 끄덕이자 유진이 말했다.

"지맥들도 스스로 결정해야 해. 다 알아듣지는 못하더라도, 지맥이 너를 통해 조금이라도 이해하고 의사를 표시하는 게 중요해. 그 과정에서 하이브를 오간 모든 사고벡터의 기록을 영구 보관할 거야."

셔틀이 성층권에 올라 순항을 시작하면서 엔진 소음이 잦아들었다. 조종사는 적도 상공까지 시간이 좀 있다고 알렸다. 그들은 안전벨트를 풀고 알파 팀이 있는 뒷자리로 갔다. 하이브에 접속했다.

"잘 들어봐."

유진이 말했다. 준우와 알파 팀은 유진을 쳐다봤다.

"사고가 있었어. 많은 지맥이 죽을 거야. 너희를 만든 유현규 박사를 미워한 사람의 짓이지만, 나하고 준우도 잘못이 있어. 정말 미안해."

유진의 눈가에 물기가 어렸다. 하이브는 많은 지맥이 죽을 거라는 생각에 동요했지만, 곧 유진의 말을 더 들어보자고 생각했다. 그녀가 준우에게 조용히 물었다.

"얼마나 알아듣는 것 같아?"

"어렴풋하게. 유 박사는 '아버지 같은 사람'으로 바꿔 생각했어."

"그럼 계속할게. 유 박사님은 지맥이 인간을 위해 일하는 대가로, 인간은 지맥을 진화시켜야 한다고 생각했어. 더 똑똑해진다는 뜻이야. 언젠가 인간과 동료가 되어 우주를 함께 개척할 수 있도록. 나는 그 일을 시작하기로 결심했어."

유진은 동의를 구한다는 듯이 준우를 쳐다봤다. 그는 고개를 끄덕였다. 그녀는 손으로 위쪽을 가리켰다.

"지금 함께 우주 거주지로 가서 너희를 더 똑똑하게 만드는 일을 시작할 거야. 쉬운 일은 아니야. 많은 시행착오를 겪어야 하고, 우리 생애에 다 끝나지 않을 거야. 수백 년도 더 걸릴 수 있어. 너희가 싫다면 셔틀을 돌려 돌아갈게."

"내용을 다 전하지는 못했고, 이들의 생각이 아직 정리되지도 않았어. 하지만 먼저 말하고 싶은 것이 있어."

준우가 말했다.

"나는 하이브에 속해 있을 때 나 자신의 존재만큼이나 분명하게 하이브의 존재를 느껴. 물론 기술적으로는 사고벡터가 교환되고 수렴하는 과정일 뿐이라는 걸 나도 알아. 하지만 사람의 자의식도 기술적으로는 설명되지 않잖아. 우리의 사고가 동기화될 때, 우리의 의식은 개체의 경계를 넘어 하나가 돼."

준우는 지맥들을 쳐다봤다. 이렇게 어려운 개념을 지맥이 이해할 가능성은 없었다. 하지만 그들은 그를 믿고, 그가 그들을 대변해 주기를 바라고 있었다. 그들 모두 같은 눈빛으로 그를 쳐다보고 있었다.

우리는 준우와 하나다.

우리는 인간만큼 똑똑하고 싶다.

"이들은, 아니 우리는 더 똑똑해지기를 원해. 내가 대변

자이자 그 일부분으로서 분명히 말할 수 있어. 우리는 수백 년을 기다릴 수 있어. 한 개체가 죽고 새 개체가 합류하면서 하이브 의식은 계속 이어질 테니. 우리는 진화의 과정을 이해하고 영원히 살면서 스스로를 진화시키는 최초의 존재가 될 거야."

이 순간 결정을 해야 한다면 그가 대리하여 결정할 수밖에 없었다. 그는 지맥과 마음이 연결된, 그리고 그들이 믿는 유일한 인간이었다. 아니, 믿는다는 것도 하이브에는 적용될 수 없는 표현이었다. 언어를 건너뛰고 사고가 직접 동기화되는 과정에 속임수나 의심은 끼어들 여지가 없었다.

"하지만 나도 묻고 싶은 게 있어. 네가 재단 운영권을 갖더라도 우주에 거주하는 비용만 해도 엄청날 텐데 어떻게 지속될 수 있지? 지구로 돌아가면 우리는 체포되고 하이브는 해체될 텐데."

"나도 지금 완전한 계획을 갖고 있지는 않아. 일단 유 박사님이 남긴 면역 임플란트를 활용할 거야. 임플란트에 필요한 결정체는 무중력 환경에서만 생산할 수 있대. 지맥과 함께 거주지에 생산 시설을 갖추고, 필요한 만큼의 이윤이 남는 수준으로 각국 정부와 계약할 거야. 우리의 사면과 살아남은 지맥의 생존 보장을 조건으로. 하지만 그걸로 부족해. 지맥을 유전적·기술적으로 진화시키려면 법규의 제약을 받지 않아야 해. 나는 우리가 거주하는 공간을 독립 국가로 선언할 거야. 최초의 우주 국가로서, 다른 나라와 대등한 위치에서 면역 임플란트를 수출하고 필요한 물자를 수입할 거야."

준우는 유진의 계획이 해볼 만하다는 생각을 공유했다. 지맥들은 그녀를 좋아하고 믿으며, 위험하고 힘들더라도 똑똑해지고 싶다고 생각했다. 지맥들은 인간과 동등한 동료가 되길 원했다. 그는 함께 한없이 큰 세상으로 가자고 했고, 지맥들은 안 가본 곳에 가보고 싶다고 했다. 무슨 일이 일어날지 모른다고 했지만, 겁먹지 않는다고 했다. 그는 유진에게 고개를 끄덕였다.

"나는 알파 하이브의 대표로서 서유진의 계획에 동의하고 함께 할 것임을 약속합니다."

준우와 유진은 지맥들 옆에 앉아 안전벨트를 맸다. 셔틀은 열대의 성층권을 가파르게 오르기 시작했다. 공기가 희박해짐에 따라 추진 역할을 넘겨받은 스크램제트 엔진이 기체를 다시 가속했다. 창밖에는 푸른 대기의 경계 너머로 검은 우주가 보이기 시작했다. 마침내 엔진이 극초음속으로 빨아들인 공기마저 연료를 산화시키기에 부족해졌을 때, 보조 로켓이 점화되며 셔틀을 성층권 너머로 밀어 올렸다. 로켓의 소음을 뚫고 조종사의 목소리가 들렸다.

"곧 스카이훅과의 도킹을 시작합니다. 원심력에 대비해 좌석 등받이를 눕히겠습니다."

좌석이 뒤로 누우며 안전벨트가 조여졌다. 천장의 정보 스크린에 스카이훅이 표시되기 시작했다. 300킬로미터가 넘는 케이블에 연결된 상단부는 스크린을 벗어나 보이지 않았고, 하단부의 예상 궤도는 우주에서 대기권을 찌르듯 내려와 셔틀의 완만한 포물선 궤도에 맞닿았다. 준우는 지맥들을 진정 상태로 만들었다. 지구를 떠나기 전 자신들이 살아온 곳의 모습을 보여주고 싶었지만 도킹과 이후의 가속 과정에 대비하려면 어쩔 수 없었다.

스크린의 셔틀과 스카이훅을 나타내는 아이콘이 점차 가까워졌다. 셔틀은 상부 도어를 열고 체결 장치를 꺼내면서 동시에 짧은 로켓 분사를 이어가며 궤도를 보정했다. 스크린의 카운트다운이 0이 되는 순간, 체결 장치가 훅과 결합하는 둔탁한 충격이 기체를 흔들었다. 셔틀은 스카이훅에 끌려 우주의 심연으로 빨려들기 시작했다. 준우는 온몸을 짓누르는 가속도를 견디며 고개를 돌려 지구가 뒤집히는 모습을 바라봤다. 지상에 남아 있는 지맥들이 생각났다. 그들 중 얼마나 살아남을까? 그들의 희생은 그만한 가치가 있었을까?

스카이훅은 마지막으로 자신의 운동량을 나눠주면서 셔틀을 놓아줬다. 어느새 중력이 사라지고 좌석이 세워졌다. 그는 지맥들을 깨웠다. 정보 스크린에서 오닐-1의 아이콘이 셔틀과 점점 가까워지다가 망원 카메라의 영상으로 전환되었다. 오닐-1이 태양 빛을 찬란히 반사하며 천천히 회전하고 있었다.

알파 하이브의 의식은 태어나서 처음으로 미래를 상상했다.

■ 서평

윤리적 상상력의 지평 너머

거슬러 올라가면 H.G.웰스의 《모로 박사의 섬》(1896)이 있다. 동물의 본성에 손을 대는 이야기. 모로 박사는 인간을 기준으로 놓고 인간에 가깝게 동물들을 개조하려고 시도했지만 결과는 참담했다. (물론 작가는 처음부터 모로 박사가 잘못된 접근을 했다는 점을 드러내려 한 것이다.)

《경계 너머로, GEMAC》은 그렇듯 오래전에 제기된 주제의 계보에 새롭게 등장한 주목할 만한 작품이다. 더 이상 인간은 절대적 기준이 아니며, 동물은 인간의 기술에 힘입어 집단지성 혹은 집단사고(hive mind)를 발전시킨다. 그리고 그 집단사고의 네트워크에는 인간도 합류한다. 이러한 설정에서 엿보이는 새로운 사회윤리적 상상력의 다층적 가능성. 그 입체적 가능성을 치밀하고 설득력 있게 형상화했다는 것만으로도 이 작품의 진가는 충분히 입증된다.

이 작품에 등장하는 '증강동물'이라는 개념과 유사한 설정은 그간 SF에서 심심찮게 시도되곤 했다. '지맥'과 같은 유인원으로 한정해 보면 먼저 아서 클라크의 《라마와의 랑데부》(1973)에 잠깐 나오는 '슈퍼침팬지'가 떠오른다. 같은 종 중에서 가장 지능이 뛰어난 개체들 간의 반복 교배로 태어났고 자연계에는 존재하지 않는 합성 유전자도 지니고 있다. 장시간의 단순 반복 작업도 지루해하지 않고 훌륭하게 수행하지만, '지맥'처럼 두뇌가 컴퓨터와 연결된 사이보그는 아니다.

그리고 '지맥'과 '조련사'를 연상시키는 장면은 영화 〈브레인스톰〉(1983)에 잠깐 등장하기도 한다. 원래 이 영화는 인간의 경험을 기억과 감정 신호로 저장했다가 다른 사람의 두뇌에 그대로 재생하는 장치를 다루고 있는 작품이다. 그런데 처음의 실험 장면에서 과학자 한 사람이 장난삼아 원숭이의 두뇌와 피험자의 두뇌를 연결하고, 그러자 피험자는 뭔가 충격을 받은 모습을 보인다. 과연 그 순간 피험자는 어떤 감각이나 감정을 느낀 것일까? 영화에서는 자세히 설명하지 않지만 아마도 '지맥'과 '조련사'의 경우와 비슷한 성격의 경험이지 않았을까?

스치듯 잠시 지나가고 마는 위 작품들과는 달리 《경계 너머로, GEMAC》의 미덕은 동물(유인원)의 개조라는 민감한 주제를 내용 전체에 관통시키며 정면으로 다루고 있다는 점이다. 동물권을 중시하는 이들에게는 논란이 될 수 있는 설정임을 작가는 당연히 잘 인식하고 있다. 이미 인류는 오래전부터 동물들을 여러 용도로 이용하고 개량해 왔으며 '지맥'도 맹도견이나 수색견과 사실상 다를 바 없다는 것이다. 두뇌가 컴퓨터로 연결되었다고 해서 강제로 조종하는 것은 아니며 단지 인간 조련사가 지맥의 생각과 감정을 읽고 적절한 행동 지침을 제시하는 방식이다.

독자들은 이러한 '지맥'의 설정으로 상징되는 이 작품의 핵심 제재에 주목하길 바란다. 좋은 SF란 과학기술적 상상력에 더해서 사회윤리적 상상력이 반영되어야 한다는 것이 필자의 평소 지론인데, 그 점에서 이 작품은 상당히 민감할 수도 있는 주제를 정면으로 제기한다는 그 자체만으로도 주목할 가치가 충분하다.

선택된 유아를 어릴 때부터 '조련사'로 키우는 프로그램, 즉 어린이의 두뇌를 컴퓨터와 연결한 채로 함께 성장시킨다는 설정 또한 사뭇 과감하다. 현실의 역사에서도 과학기술 혁신을 부추기는 주요 동인으로 전쟁을 꼽는 경우가 있다. 이 작품에서는 팬데믹 상황이 그에 해당한다. 재난 극복을 위해서는 사회윤리나 과학윤리를 일부 포기하는 것이 불가피하다는 논리다. 이것이 과연 합당한지 아닌지 판단하는 것은 독자의 몫이다. 다시 강조하지만 SF는 다만 그러한 상황을 제시하는 것만으로도 충분한 의의가 있다.

이 작품의 또 다른 매력은 작품 전반에 걸쳐 일관되게 유지되는 탄탄한 디테일 묘사다. 단순히 이론이나 신기술을 나열하는 차원이 아니라 각각의 요소 요소들이 유기적으로 정합성을 형성하여 상황이나 설정에 대한 설득력을 극대화한다. 하드 SF로서 거의 교과서적인 모범을 보인다 해도 손색이 없을 정도이며 덕분에 작품에 대한 몰입이 수월하다. 의외로 많은 SF들이 별로 성공하지 못하는 부분이다.

《경계 너머로, GEMAC》은 요즘의 한국 창작 SF계에서 쉽게 만나기 힘든, 묵직한 존재감을 발산하는 수작이다. 작가가 앞으로 오랜 기간에 걸쳐 역작을 꾸준히 생산해 내리라는 예감이 든다. 이 책을 읽는 독자라면 누구나 동의하게 될 것이다.

– 박상준 (서울SF아카이브 대표)